"在场丛书" | 中国当代中青年作家作品巡展

OI

我和我父亲的过去与现在

姜博瀚 著

北 京 时 代 华 文 书 局

图书在版编目（CIP）数据

我和我父亲的过去与现在 / 姜博瀚著 . -- 北京 ：
北京时代华文书局，2017.10（2019.5重印）
ISBN 978-7-5699-1866-3

Ⅰ . ①我… Ⅱ . ①姜… Ⅲ . ①中篇小说－小说集－中
国－当代②短篇小说－小说集－中国－当代 Ⅳ .
① I247.7

中国版本图书馆 CIP 数据核字（2017）第 246621 号

我 和 我 父 亲 的 过 去 与 现 在

WO HE WO FUQIN DE GUOQU YU XIANZAI

著　　者 | 姜博瀚

出 版 人 | 王训海
选题策划 | 梁明德　邵鹏军
责任编辑 | 周连杰
装帧设计 | 格林文化
责任印制 | 刘　银　訾　敬

出版发行 | 北京时代华文书局　http://www.bjsdsj.com.cn
　　　　　北京市东城区安定门外大街 136 号皇城国际大厦 A 座 8 楼
　　　　　邮编：100011　电话：010 - 64267955　64267677
印　　刷 | 三河市三佳印刷装订有限公司　0316-3650105
　　　　　（如发现印装质量问题，请与印刷厂联系调换）

开　　本 | 155mm×220mm　1/16　印　张 | 17.25　字　数 | 169千字
版　　次 | 2018 年 1 月第 1 版　　印　次 | 2019 年 5 月第 2 次印刷
书　　号 | ISBN 978-7-5699-1866-3
定　　价 | 39.00 元

目　录

洋河好孩

/

六年前我离开洋河，只身一人来到北京。当时我背着行囊站在洋河桥上宝红还哭着说，你有本事别走，走就是没种，走了就别踏进洋河地界半步。他气嘟嘟地捡起一块黑曜石往洋河水一扔，黑曜石打出十次水漂。六年来，洋河两岸的芦苇绿了又黄，黄了又绿，洋河上的少年个顶个出落的粗壮勇猛，姑娘也俊俏如花。咸酸苦辣的京漂生活让我一年到头很少回家。

宝红和我是一家兄弟。我们都是一个老祖宗。谁敢欺负我，宝红都是第一个站出来拿着偷来的绿色宝葫芦砸那个人的头顶。并一直把葫芦敲碎为止。

洋河上的大人都说宝红出息成了一个好孩。

好孩。它是洋河的一种方言俚语。但不是一个好孩子，好孩带子变成了好孩子那是对人的一种褒奖。洋河人从来不说你是一个坏孩子，能称呼好孩的人总之比坏孩子更恶劣。洋河上骂起人来都不带脏字。

宝红是个能人，也就是说他是一个非常神奇的人。要不当不了好孩。跟宝红在一起从来不会感到寂寞孤独，他从来不会无聊。我们都是在洋河上光着屁股长大的一拨少年，他一直不安分于固定的生活，因为他讨厌我们父辈的古板，讨厌我们父辈一家子八兄弟，没一个男人敢跳进洋河的青年水库游泳。宝红对生活始终有一种叛逆感。他总是手里有很多花不完的钱，生活过得潇洒不说，还逍遥自在经常讨得女人的欢心。宝红不但聪明，甚至聪明过头，他的身高从来没量过，他一直没有机会量，他没有完整的读过书，也没生过病，也从来没有体检过。但是个头看上去在洋河上应该超不过任何人，那时候洋河上的人还没有发明"侏儒"这个词语，后来有人把"侏儒"从大城市青岛带到回胶州县城，又从胶州县城带回洋河，宝红应该算是洋河上地道的侏儒了。我母亲说她刚嫁到我父亲家的时候宝红已经六岁了。我三奶奶无法抱着宝红出街串门子，只好托在手掌心，像托着一块宝石。

三奶奶对着母亲唠叨，侄媳妇恁说说这孩子都六岁啦，走不会走，站不会站，恁看看愁不愁人啊。母亲对我三奶奶说宝红是娘胎里自带来的福，甭管他，顺天老爷的恩德自然的生长，说不定孩子将来还是个能人。眼看着我母亲在短短几年内生了我们兄弟仨，个顶个雅致好看的容貌——乌黑色的头发，金色的眼睛——源于家族的绝大部分相像之处，还主要源于我姥姥娘家门上是红石崖出海打鱼到俄罗斯的缘故，我母亲一直说她姥爷是俄罗斯种长着一个鹰勾大鼻子，褐色的眼珠，五大三粗的个子。但是在宝红身上却显得没那么讨人喜欢，他矬短的腿，细小的身子有些乏力和拖累人。

宝红十岁上才读小学一年级，同学们都叫他矬子。三奶奶说，小杂种再胡咧咧，我一个个把你们狗嘴都缝上当哑巴。宝红虽然人小，模样倒是俊秀可爱。坐在班级里第一排座位上，露着头，像只爬山下来偷西瓜的小猴子。老师也总是让宝红读课文，一只小猴子下山来了，它来到西瓜地里偷了一只大西瓜。同学们都哈哈大笑起来，老师骂这些野孩子不是人养的，再笑都把狗牙打掉了。老师说同学们应该给宝红鼓掌，班里顿时响起热烈的掌声。老师说毛主席教导我们要有爱心，五讲四美三热爱。同学们不要把宝红孤立。大家不要做罪人。虽然老师这样循循善诱，但是放学路上，宝红还是会受到某些熊孩子的冷嘲热讽。时间久了，宝红内心的火气激怒了，他举起拳头一拳就锤到对方肚子上去，把攻击他的人打的上吐下泻。三奶奶为了保护孙子宝红不再受到小杂种们的刻薄挖苦，做出了让宝红辍学的决定。宝红又退回了和我一拨孩子的世界里，他脱掉了侏儒的帽子成了孩子王。

2

宝红成为洋河上的好孩后，所有人都躲着宝红的时候，只有我爷爷另眼对待宝红胜过对待我们。现今的社会成不成才不论学历的高低，赚不赚钱不是个高个矮的问题。宝红遗传了三爷爷的机灵才智，我们都羡慕不已。宝红身上的能量放射足够让我们觉得他能像他的爷爷一样成气候。

改革开放初期，我爷爷在门楼底下开了一间小卖部。不大的屋子，只能容一个人坐下。我爷爷在大队里做了一辈子的会计，回家后闲不住，就考虑弄个小卖部打发时间，我爷爷隔三岔五骑着他的德国造自行车去一趟胶州城进货。路过洋河桥的时候是一个堤坝，夏天的洋河水大得惊人，雨水再大点的话，都有把洋河桥冲垮的危险。洋河人用竹木为框架，再用树枝，石子，秋秸和黄泥头填实，做成一个巨大的堾修成堤坝来做护堤。宝红每次都能眼勤手快地跑到洋河桥保护我爷爷过河。

我爷爷夸宝红虽然人小，是十分聪明的小大人，心里有人眼里有事。宝红也经常会到我爷爷的小卖部坐上半天不走，跟我爷爷拉拉家常。这个时候的宝红总显得比实际年龄要老成。他会陪着我爷爷下一盘象棋，逼迫的我爷爷老师搬家。我爷爷拿着一毛钱的葵花烟给宝红，宝红双手接过。然后掏出自己的将军烟再递给我爷爷。我爷爷说，我的烟不好抽吗还要抽你的将军，宝红说交换一下，味道更香感情更浓。后来，宝红的手艺活也有断缺的时候，几天弄不到一分钱，跑到我爷爷这里叫着四爷爷想抽根烟。我爷爷从货架子上拿下一盒扔给宝红，少抽点，节省着，抽多了，对身体不好。我奶奶还说宝红出生个好孩，你个死老头子你就应从着他吧，咱三嫂子知道了非活扒你皮。我爷爷的脾气我知道，他看不上洋河任何人，从不赊一分钱的账。但宝红在他心里装着。宝红拿着四爷爷比他亲爷爷还亲。这叫一物降一物。有些时候，我三爷爷气得手哆嗦起来，干着急，就是打不着宝红。再后来，我三爷爷得了癫痫，浑身上下时时刻刻不停地哆嗦。我们一直以为三爷爷的病尖是被宝红气出来的。

我爷爷经常跟宝红讲他三哥当年在青岛是多么的红火，在家里大事小事都由三哥主了算，人人都称三掌柜。在外腰里别一把匣子枪，乘船运军火贩卖汽油，风风火火风华正茂。宝红觉得四爷爷说出来的话活鼻子显眼都是为癫痫风病症的三哥吹牛，一百个不信。宝红说爷爷的匣子枪呢，一辈子也没看着个弹壳。哆嗦成那样，还打枪，说不定子弹打到海南岛上了。我爷爷又说，上级运动一来了你爷爷的匣子枪就藏起来。上面带着一群人马来了咱家里，你老爷爷胆小怕事逼着你爷爷交出匣子枪。不上交的话，咱家里还有今天这样的日子，早被抄家了。

宝红觉得四爷爷的话里有理，信了一半。不信的一半，是他没看见一粒弹壳，没有证据。

我爷爷说你去看看你家老屋的门楼上，回来再说。

宝红说那个老屋都快塌了，有什么可看的。我看了十几年，逢年过节贴着四季平安，平时光秃秃的。我爷爷说，你再去看看，仔细看。

宝红被我爷爷的话煽动的激情高涨，回到了老屋里，他伸头瞧瞧，左顾右看，搬来了当年癫痫爷爷活着时候经常坐着晒太阳的太师椅，宝红踩上去，伸一伸手正好够着门框子。

宝红把门框上由红变白的四季平安读了一遍，然后还是没发现什么。后来宝红把四季平安撕掉了，然后又吐上吐沫涂抹擦干净，宝红差点从太师椅上涨落下来，他用小手轻轻地摸了摸，又跷着脚看了看，一个金黄铜色的子弹，露着屁股撅在外面。

我爷爷说，当年上面有人马冲到咱家里，说缴枪不杀。你老爷爷说，三，你要是不想让爹早死的话，就交了吧。我三哥这人就是脾气大举起枪打过去，结果子弹落在了门框的横梁上，还好没伤着人马。我三哥被抓去了，关了五年大牢放出来，就得了癫痫一直癫痫到死都没停过。

宝红被四爷爷说的他三爷爷，引动的宝红血管爆裂，筋骨突出，激情澎湃间突然对爷爷有了更加深厚的情感和敬佩。我也看出来了，宝红像全身灌满了电流，电击般兴奋。同事眼神里又是莫名的忧伤。

宝红说，那些杂种，还我爷爷的匣子枪。

自此后，宝红一心一意想去当兵。当上兵就能摸枪，在民间摸枪犯法，真摸了摸得也是猎枪。那是土包子玩的家伙，说这话的时候宝红像在骂爹。对，他就是在骂爹。他觉得他叔没出息，整天就会打兔子打麻雀。

武装部来洋河征兵的时候，宝红第一个跑到了大队里等候。宝红说他一夜都没合眼，翻来覆去睡不着觉。部队首长在洋河看到宝红的时候，一个劲地夸宝红这个小子挺机灵，退回去几年赛过小兵张嘎。首长一问宝红的年龄十六岁正合适，叫来量一下身高，结果傻眼了。首长摸着宝红的脑袋直叹气可惜了孩子，爱莫能助。宝红一个劲地央求首长，收下他吧。宝红还行了一个不怎么标准的军礼，逗得首长哈哈大笑。首长说，孩子别急，等你再长上三年，我还会来的。我不信你就鼓不了一鼓，蹿升不了一扎。

宝红说拿破仑个不高能扔炸药包，董存瑞个不高，能取威虎山。宝红说了很多，总之张冠李戴，把他知道的串在一起一口气说完。然后是宝红个不高，照样钢枪不倒。

部队首长笑得眼泪都出来了，宝红彻底信以为真的欢喜。当敬国胸前戴着大红花跳上军车的时候，宝红彻底失望了，他最爱的匣子枪又要变成泡影了。敬国走的时候，宝红眼泪稀里哗啦流了洋河一路上，宝红对敬国说等你当兵三年复员回来，老子就上前线，我才是社会主义接班人。

三年里发生了很多变化。我姑姑嫁给了从部队专业回来的志愿兵，分配到了洋河派出所当警察。我姑夫腰里天天别着一把五四手枪，在他到我爷爷家的时候，喝醉了酒躺在火炕上睡大觉，我才敢爬炕上摸一摸。我把摸匣子枪的感觉告诉了宝红，宝红直哭红了眼看着我。

宝红说，你是我亲兄弟。我是不是你亲哥，我说不是。宝红说，就算我们俩不是一个娘生的，可是咱们的爷爷还是一个娘养的。

宝红让我带着他去摸一把我姑夫的五四手枪。你说爷爷都是一个娘养的，那姑夫他也是你的亲姑夫。你自己去说。我一个劲推托起来。

宝红找到我姑夫的时候，嘴甜的像抹了一层蜂蜜上面还带着霜。我姑夫刚刚睡醒坐在炕上不动，宝红上去递了一根烟。宝红跟我姑夫说，宝龙说姑夫的五四手枪是假的。我说不是。姑夫是洋河派出所的警察能带假手枪，怎么说姑夫也是广东海军回来的功臣，真是天大的笑话。

姑夫说，宝龙说是假的那就是假的了。

宝红让姑夫把五四手枪拿出来，当场验证。姑夫从背后的被窝里掏出来，垮塌一声，卸了枪膛取出子弹，把枪滑到了宝红眼前。宝红直勾勾地看着枪托在炕上旋转，转的宝红眼睛都花了。宝红说，四爷爷，你的老花镜呢，待我看个仔细。

我大姑说，你姑夫对你真好，别人都捞不着玩他的枪，你看看你叔的枪好还是你姑夫的枪好。

宝红说我叔的破枪看起来大，顶多打个家雀儿，我姑夫的枪短小精悍，子弹穿堂连大象见了都要立即倒。

宝红问我姑夫很多关于冲锋枪，步枪，机关枪，五四手枪，榴弹枪，匣子枪的特点。我姑夫说枪术在十八般武艺中比较难学，不易掌握，俗说:「年拳，月棒，久练枪」。

宝红听了姑夫的话后，更坚信他以后的道路就是到部队上闯一番天地。宝红也制作了各种各样的枪，尤其他的链条枪，用我爷爷德国造的自行车替换下来的链子扣制成的枪，用一块有弹性的皮子勒着，玩起来非常有杀伤力。我把宝红的链子扣枪借来，装上了火柴杆。趁着我大哥睡觉的时候，我对着他的头，催促他赶快起床，否则我就开枪。大哥从被窝里探出脑袋来看个究竟，结果我手中的枪走火，火柴杆深深地打在了我大哥的腮帮子上。我母亲骂我小杂种，多亏打得准，一旦歪一点就能把眼睛打瞎了。我母亲把宝红骂了一通，你这个小死孩子，好样子不教宝龙，顺手夺过来把那个枪扔了猪圈去。宝红一看结巴起来，婶婶我错了，都是我的错，宝红死心不改跳进猪圈从粪坑里掏出链子扣枪，上面沾满了猪粪，臭烘烘的难闻。

在宝红的带动下，洋河的少年每人自制了一把链子扣枪。他们拿着这些自制的土家伙，吓唬人的破玩意成了威震洋河的"蝗虫帮"。宝红这样的少年我估计哪个小镇都有，在大人的眼皮底下不正干，成了眼中钉。宝红发动所有的孩子都到车铺里去寻找车链子扣，那个时候大街小巷里一群孩子瞄着一只只鸡鸭鹅响着噼里啪啦的枪声。宝红成了罪魁祸首，被人抓住撕着耳朵喊叫着不敢了，不敢了。那个时期，宝红走到哪里总有跟帮的走到哪里，他们成群结伙站在路边上，你来到洋河一定认得他们的脸。宝红更是如此。

3

一年夏天暑假，老师布置作业，每个学生回去抓蝎子。我和宝红去旗山抓蝎子，我那时候是第一次认识蝎子几条腿，什么样的脑袋什么样的尾巴。我真用手去抓，结果被蝎子蜇了一尾巴。疼痛难忍，宝红拿起我的手放在他嘴里用尽吃奶的劲头拼命吸。宝红吐了一地的口水，我的手掌没蜇肿，倒是被他的嘴吸红了一大片。见到母亲，宝红结巴着跟我母亲学舌，说一只蝎子蜇了我的手，被他拿起来填嘴里就嘎嘣嘎嘣地咬着吃了。

母亲说你净胡诌。宝红拖着我就跑出了家门。宝红跑我在后面追，惊吓得大街上鸡飞狗跳。一只误入歧途的老母鸡以为我们是在追它，它用尽了全部力量在我们俩面前歪歪扭扭的跑，最后跑直了腿的老母鸡趴在地上不动地张着舌头喘粗气。我害怕踩着母鸡，甩出去一个趔趄。我趴在地上回过头来，看着宝红把老母鸡抱起来。老母鸡在宝红怀里撒了一泡屎，鸡屎沾了他一身的臭味。

我跟随着宝红一路上来到了洋河。洋河水清澈蔚蓝，老母鸡在水里淹的克洛克洛叫。老母鸡往洋河岸上跑，宝红摁住老母鸡，手里抓了一咎子鸡毛。宝红说，把它烤着吃了。

我被蝎子蜇了一尾巴，手痒痒得要命，心里也不是滋味。突然被宝红说得流了口水。我们俩在洋河边上支起两根木棍当炉灶，宝红用铁丝一头拴着老母鸡的脖子一头拴着老母鸡的两条腿挂在横梁上用火烤。老母鸡烧的克洛克洛叫，胸脯上下喘动着一直到平息了，腿也蹬直了。烤的老母鸡身上的鸡油从肚皮里渗出来吧嗒吧嗒地滴在柴火里，火焰顿时旺盛，被风一吹呼呼地燃着。喷香的烤鸡弥漫了整个洋河。那天下午，我和宝红躺在洋河岸上晒着太阳吃着烤鸡，打扫得干干净净甚至连个鸡头鸡屁股都没剩下，二十多条洋河上的纯种大黑狗闻风嗅到了香气跑来，它们蹲在岸上吐着鲜红的大舌头流着哈喇子像一排站岗放哨的士兵用失望甚至哀怨的眼神看着我们的吃相内心极度的不满。

傍晚我和宝红离开洋河回家的时候，大黑狗们还跟随在我们屁股后面留着哈喇子一直甩不掉。二奶奶在大街上到处叫唤她的老母鸡回窝，就是找不到那只芦花鸡。二奶奶看着我和宝红从远处走来，就堵住我们问有没有看到她下蛋的芦花鸡。宝红一嘴唇的油渍未干，空气中还带有鸡腿的味道，似乎被二奶奶嗅到了马脚。宝红说从来不知道她家还有一只芦花鸡，二奶奶冰冷的双眼斜斜地望着他，一会儿又翻瞪着白眼珠子立马移到我身上说，谁不知道宝龙是好孩子不是好孩，二奶奶是最喜欢他的啦。二奶奶神不知鬼不觉的从衣襟里摸出一块高粱饴糖，变魔术似的让我看着顿时又流口水。刚开始我还像一头倔强的驴强忍着憋住嘴巴，咬着上下唇不敢开口。二奶奶把我一把生拉硬拽到身边，她悲伤地眼睑低垂着，她脸上的表情有时像猛禽，有时又像银蛇。我始终闭嘴生不承认地看着她脸的变化并没有带来威胁，反而二奶奶继续甜言蜜语相加继续哄着我满嘴夸我是好孩子，使我成了洋河上絮我独无的好人，像我曾祖父般声名远扬。

"你要是不说，我也从你那双滴溜儿转的大眼睛里看到了我的芦花鸡。谁吃了芦花鸡它就在谁的眼睛里拍打着翅膀来回地转"。二奶奶继续言语相加围攻我内心脆弱的堡垒。

二奶奶紧盯着我不放，让我变成了胆小鬼。

我左眼看着宝红右眼对二奶奶使了一个眼神。二奶奶抡起胳膊就是一巴掌抽在了宝红脸上，把宝红抽得翻了个摔在地上。二奶奶表现得非常镇定，反应敏捷 把抓住宝红的后脖颈，将他提领起来悬挂在半空中。宝红叫着冒了一身汗，像一只被宰割的小羊羔求二奶奶放下来。二奶奶手一滑，脱落的宝红啪嗒掉在地上，像一个甜瓜摔碎了。宝红人小俏索，他顾不上疼痛捂着腮帮子爬起来撒腿就跑恨不得两腿生风只想着捡回来一条小命。

二奶奶在洋河大街上穷追不舍。一老一少前后奔跑的样子比兔子还快笑翻了拴在木橛子上的毛驴子龟噶龟噶地叫着。

二奶奶不像洋河上的小脚女人蹀躞着步子走路，她脚宽大有力，跑起来风快。眼看着宝红就要被二奶奶的飞毛腿追上了，宝红像那只被追赶的芦花鸡，曲里歪拐跑成了 Z 型，把二奶奶都绕晕了眼。二奶奶站住不动，手掐着双腰上气不接下气。宝红站在远处说：二奶奶，我的亲二奶奶。你饶了我吧，你还有九只芦花鸡呢，也不差我这一只。你饶了我，我给你当牛当马使唤。我不像宝龙，他就是一个叛徒满口谎言，睁着眼睛说瞎话的家伙。叛徒是靠不住的啦二奶奶。宝红疼哭流涕的说，我们老坟茔里怎么可能会出一个叛徒呢！你说是不是二奶奶。

二奶奶掐着细条的长腰，头发都跑爹煞了感觉内心有一团烈火在燃烧着她。她吐了一口唾沫说："恁祖宗那个死屍，老坟茔里怎么爬出来你这么个好孩。小杂种，死孩子，你以为长得像只黄鼠狼一样就敢惦记着我的芦花鸡。它那么效力的给我下蛋吃你也不睁大了耗子眼看清楚了竟然敢偷到二奶奶头上了，你今天不连带着鸡毛给我吐出来，我就让你秋后的蚂蚱蹦跶不了几天，让你看看我姓孙而不孙。"二奶奶的声音很粗野，很吓人。

各条小巷中涌出来的人群如旗山一样黑压压的一片嘈杂声挤满了洋河大街想看个明白。日落后的阳光显得有些无力，好像在跳动一般。骚动的人群里没有一个人站出来说话，都在静静地听着看着。他们目睹了洋河大街中心对峙着的两张脸，一张老一张嫩。一张脸是笑眯眯的时候，而一张脸是凶神恶煞。一张脸是痛苦和恐惧的时候，而另一张脸是咄咄逼人的愤怒。这两张脸互相轮换转变，挣扎着互不相让。

　　二奶奶骂完了还想继续追，可是她实在是追不动了，眼睛冒着火花。她向前迈了一步只好停住，弯着腰让头脑清醒一会儿。那个傍晚，我在心中暗暗祈祷。二奶奶始终没有追上宝红，宝红也逃过了一劫，保住了他的鸡子没有被狗吃。宝红说他的心怦怦地跳着吓破了胆。二奶奶剩下的九只芦花鸡，一只不给她剩下，都挨着炖了吃。他还数落我是一只口渴的乌鸦贪吃贪喝给点口水当蜂蜜一样甜到心里去了，二奶奶就是一只狡猾的老狐狸你居然还信她。早晚有一天，你会被敌人套出话茬子连家底都出卖了。

　　二奶奶满洋河追逐宝红的笑谈传到了我三奶奶耳朵里，她还说一只芦花鸡吃了就吃了，多亏孩子还口口声声一嘴一个叫着二奶奶二奶奶的。又不是两旁外人。她可真是个下作的老地主婆。妯娌心里留下了深深仇恨的阴影，走路碰了头两个老太太横鼻子竖眼的嘟噜着脸，都把脖子扭到了马路牙子上呸呸吐唾沫。心里互相膈应着不说话数月之久。

4

宝红是我们一拨孩子中第一个在洋河里会扎猛子的少年，一度有洋河上的老人说洋河里有水鬼，小孩子千万不要下水去游泳。洋河上的青年水库被承包变成私人财产后，洋河唯一成了我们沐浴的天堂。大晌天中午头的太阳高照，宝红带着我蹑手蹑脚偷偷溜出家门来到洋河。洋河水很蓝，比蓝天还要蓝。洋河水很绿，水底的水草探着脑袋露出水面。洋河水滑滑的，赤身裸体跳进去，水从身上滑落变成一个珠一个珠，滋润了我们的肌肤像阳光下的海豹欢快的扑腾着。洋河水很博爱，孕育着各种水生物健康活泼的成长。洋河水很干净，没有丝毫的杂质，连沙石都是透明澄亮。我们从洋河水里摸出来的黑砭石站成一排打比赛，宝红手中的黑曜石能在水面上打出十次的水漂，溅起波光粼粼的水花刺晕了眼。水花跳跃着欢快的流入东海。洋河水很甜很甜，种植的甜瓜比蜂蜜还要甘甜．洋河上的男女老少舌苔红润找不到一个黄牙齿，外面的女子做梦想着盼着嫁给洋河的小伙子做媳妇，外面的男子也如饥似渴的极力想娶一个洋河上的大姑娘当老婆。洋河人喝了洋河水能生能养，生命力旺盛能活二百多。连牲畜马牛羊喝了洋河水流淌的奶都营养丰富。更别说虾鱼鳖喝了洋河水有多么价值连城的蛋白质。洋河水不是洋河水，是仙女下凡从天堂洒落在人间的甘露！难怪我娘不远嫁，留在了洋河不嫌我爹丑。

那天在洋河水里游泳，一只可恶的蚂蟥钻进了我的大腿肉里，手一撕蚂蟥断了两半。宝红眼疾手快，他用嘴贴在我大腿根上吸出了体内另一截血淋淋的蚂蟥。我看着他吐在地上的蚂蟥来回蠕动着吓得脊梁骨冒冷汗，而宝红张着血盆大嘴嘻嘻哈哈的又把我笑乐了。可是宝红死了……洋河人信奉命，该死在湾里绝对死不在井里，该上吊的绝对不会喝农药。

大年除夕宝红给我爷爷来磕头，一头翻进了桌子底下。我爷爷跟宝红说，该混的都混了，该玩的都玩了。把心思踏实下来成个家，生个孩子，你再死活，爹娘也不会管你了。"一个男人应该需要点勇气，不能像鸟那样总吃毂食"。爷爷最后说：长恶不悛。从自及也。虽欲救之，其将能乎！《尚书·盘庚上》又曰：恶之易也，如火之燎于原，不可乡迩，其犹可扑灭？周任有言曰：为国家者，见恶如农夫之务去草焉，芟夷蕴崇之，绝其本根，勿使能殖，则善者信矣。

宝红沉思着，盯着窗外。他也不知道四爷爷之乎者也说了些什么语无伦次的话。但是不知道那是不是适合他的东西。院子里刺槐树上的猫头鹰嘎嘎地放浪的笑，它似乎看到了洋河山洞里的野犸虎半夜又偷偷溜出来在旷野上跳舞，那只野兽因为是吃了一只兔子或者是吃了一头猪崽又或者叼走了一只嫩羊羔。宝红越想越觉得牙齿都上下打起架来，连在梦里他内心都争斗了一番。心中的魔和佛比拼起来吓得半夜里惊出一身冷汗。他摸了一把额头，掐了一把自己的大腿根证明他是清醒的，活着的。

还是那只雄鸡划破了黑暗的夜空翘着红色的尾巴在高高的墙头上踱

着方步子。

此时年底腊月天，却已经立春了，对于春天来说很快了，天都没冷的掉耳朵。他把四爷爷说的古话听进去，点头真的依了。

说干就干，大年初二，宝红去了洋河有名的杀猪刀家里求亲。杀猪刀是宝红他叔的老朋友，在生产队时候为国家宰杀各种牲畜，但对方都互相看不上，谁也不服气谁。宝红他叔杀牛杀马，样样不通，杀得牛马到处在洋河乱窜，血淋淋的像白天撞见了鬼。而杀猪刀是杀猪的好把式，一刀下去，猪血直喷，不会叫唤第二声。宝红他叔还刺挠过杀猪刀，说再大的猪也只是二三百斤，一头牛，一匹马呢，有本事交换一下。杀猪刀的双片刀轻巧薄片，在空中互相打一架，飞出去就能把牛马撂倒。宝红他叔退出宰杀行列，玩起了猎枪打只兔子，打只麻雀寻欢作乐。江湖上已经忘记了他们俩的故事，只是在洋河还有人提起当年，尤其是国家新规定私人不准拥有屠宰权，办证后的杀猪刀更是办起了屠宰场，他是洋河上至今幸存的唯一杀手。

杀猪刀有两个闺女，都不远嫁。当宝红来提亲的时候，宝红说杀猪刀的手艺不会外传，倒插门过来伺候他老人家。杀猪刀满心欢喜。杀猪刀曾有过一个好帮手，是他家的远房亲戚，老头子随着年龄的增长隐退回乡，宝红最终取代了他的位置。杀猪刀一杯高粱酒下肚算是答应了，可他的老姑娘没那么容易答复，她根本不相信宝红。她要求宝红摘来一朵花。当宝红从洋河岸枯萎的草丛里摘来一株迎春蔓的时候，老姑娘看着含苞待放的花枝惊讶不已。这种花蔓弯垂三尺六寸的藤在咄咄逼人的严寒里确实珍奇，甚至令老姑娘怀疑是不是真的。她把花蔓插在祖上传下来的搽扣里，搽扣原本装着老姑娘的胭脂雪花膏，耳环和针线顶针。她盛了一扎深的清水，雪白雪白的瓷瓶如蛋壳轻薄，能晶莹剔透的映出瓶壁上杨贵妃肥美的容颜。老姑娘用手指头蘸几滴水珠润湿藤蔓上的花苞。冰天寒地里，这株温室的藤蔓在一夜之间开满了花儿，摇曳怒放的姿态，是那么纤细较弱地垂下头来，脉脉多情。这株三尺六寸的迎春花就那么盛开在杀猪刀家里，恐怕也是异样的华丽。宝红他叔得知了儿子倒插门，铁青着脸拿着猎枪要崩了宝红，连儿子都成了叛徒，众叛亲离。这事闹大了，父子俩追到我爷爷面前，还是我爷爷面老尊严，把大侄子数落了一顿，就把这门亲定下来了。

　　杀猪刀要在洋河给宝红建一座别墅式的楼房，大年初五就开始动工。照这样的气派，宝红完全不用开着敬国的手扶拖拉机去购货。我爷爷说宝红是个好孩子，他是想在洋河重新做人，穿着平时不穿的破衣裳，把一贯骄傲的头低了再低。像洋河上所有的少年一样朴实无华。当宝红的手扶拖拉机和拉货的大黄河相撞的一瞬间，我想到了宝红的心里一定是笑着的，带着纯净，怀着梦想，令人难以预测的喜悦目光，他的血像腾空升起的烟花所散发着喷射的力量；他仿佛随着冥想，一朵朵迎春花在他面前绽放，带入了人们的记忆。宝红又回到了洋河人间，像以前从没有发生什么事一样。

5

1987年夏季的洋河出奇的热辣。庄稼地干旱颗粒不收。青年水库
都干的底朝天露着龟裂的黄泥巴。大青蛙眼看着小蝌蚪晒死了一片强忍
着强烈的欲望也不敢体外受精。小蛤蟆蹦跶蹦跶的跳跃着，两个腮帮子
都热得忽闪着急喘气。癞头鼋在干裂的地面上爬行，都说它成精后像八
印烧饭锅的锅盖那么大有会飞的本领，因干旱而彻底露了马脚。我父亲
骑着自行车从热浪滚滚中奔回洋河，他教龄年满二十年，农转非把全家
户口转正。我母亲脖子梗上耷拉着一根湿透的白毛巾滴答滴答着汗水从
玉米叶里钻出半个脑袋望着我父亲手中的红本本，似乎高兴了一秒钟。
我父亲说：孩子他亲娘啊，你有出头之日啦！我们可以拿着红本本去粮
食局领粮食吃，再也不用种地了。你看看你的奶子都热透了渗出汗珠
子贴在的确良衬衣上，苦日子到头好日子来了。我父亲说着摸了母亲一
把。母亲甩开父亲的手说她一个庄稼人大字不识一个不种地干啥去。最
高兴的是宝红听到这个喜讯找我父亲非常想看看红色本本到底是个什么
样的稀罕物，可以作为通行证，吃上国家粮。

宝红看完我父亲的红色粮食本后不堪一击就离家出走了。他为了
不种地，离开乡村，离开洋河，他偷了他叔一张大团结悄悄地跑到了
青岛。

我上学回来我母亲说宝红跑了。

尔后。宝红他叔端着猎枪一直追他跑到洋河头，朝天崩了三枪也没

把宝红追回来。我三奶奶整天想得人哭号着，我母亲劝一下说再继续哭准会哭瞎了眼睛。宝红他叔说，王八蛋，再敢回来我就崩断他的腿。宝红跑到青岛后，寄回来一封信。全家人纳闷，不识字的宝红找人代笔写了一封家书。宝红说他在青岛给老板做保镖，天天跟前跟后，不用腿走路，上下都是坐轿车。我们兄弟三人羡慕得要命，跟母亲说不上学了，也想去青岛做保镖。我母亲说，你们一个个细胳膊瘦腿的像小鸡崽，哪里有那个本事。人各有命，宝红是天注定。母亲的话让我们兄弟三人觉得还不如这个侏儒堂兄弟宝红。

宝红在青岛赚足了钱，他跟前跟后的那个老板开了很大的"俏美人"夜总会。夜总会养着三十名漂亮的女孩，随意拿出来都是天仙美女，个个赛过貂蝉杨玉环。我听说了宝红身边有仙女下凡陪着，想想都嘴里流口水。我母亲说，保镖有什么眼馋的，说白了就是做别人的狗腿子。凭他的细胳膊细腿保护谁，花拳绣腿都是花架子。宝红腰里是别着枪呢。母亲叮嘱我们千万别出去胡咧咧，万一被三奶奶听到了非吓得她晕倒不可。

小雪过后，宝红回了一趟洋河，他头戴红色格子鸭舌帽，腿蹬黄色条条喇叭裤。他的全部穿着使人惊诧之处，就在于他是一个脖子短，大腿粗，还有一双转动得飞快，什么都想试一试的黑眼圈的十六岁少年。他叔见着宝红一身妖里妖气的打扮，把头都扭到了西墙外，眼珠子转起来能杀死人。三奶奶逼着儿子从院子里抓只小公鸡杀了给孙子宝红炖了补补，宝红他叔一枪把那只臭美的大公鸡撂倒在地上蹬歪着腿，鸡血淌了一地。宝红看着心里不是滋味，欲要制止来不及，眼看着他叔把鸡头鸡爪一刹扔在了那条等待了很久又饥饿的大黄狗嘴边。宝红说鸡头和鸡爪子不能扔，青岛人专门吃，那叫凤爪。三奶奶说，吃什么吃，小孩吃鸡头结婚下大雨，很不吉利。宝红给我三奶奶送回来大把大把的大虾酥，还有她老人家最爱吃的桃罐头，平时不感冒不发烧是吃不上的。给他叔还提领着一捆青岛啤酒，一看到啤酒这玩意儿洋河上炸了锅。宝红说这都是德国鬼子当年占领青岛时候的洋玩意，快一百多年了。他在夜总会天天喝，当凉水一样。跟凉水不一样的是，啤酒喝饱了马上就尿，凉水喝多了胀肚子能撑死人。我二奶奶咧着大门牙咕咚咕咚喝了一瓶子，醉得东倒西歪。一个劲还骂宝红是小杂种，拿着这洋人的迷魂汤灌人，满嘴都是驴的尿臊气。宝红他叔杀鸡喷了一脸鸡血戆头戆脑铆着劲，抽着宝红拿回来的蓝金鹿香烟，抽的手指都熏黄了半截子。三奶奶说儿子浑身上下打了鸡血怎么地，赶紧炖鸡去。宝红他叔始终也不敢拿着猎枪崩断他儿的腿。

宝红说了，下次再回来，他要开着桑塔纳回到洋河镇。桑塔纳是老板奖励给宝红的，几乎有七成新。老板生意做大了，赚了很多纸票，换一辆德国奔驰绰绰有余。宝红就是能干，腿短跑的快，手短勤快，再加上有眼力见儿。宝红拥有了这辆桑塔纳才短短的一年有余，他说车在他身上几乎就是摆设浪费，走到哪里坐老板的奔驰，连车门都有人帮着开关。宝红死前还开过桑塔纳，尔后就丢在一边，他觉得桑塔纳没档次，开着丢人现眼不如不开。其实年前宝红还跟我说过，夜总会里一个叫丹丹的小姐悄莫声息地傍着他，经常把攒下来的钞票偷偷地塞进他的钱包里。东北来的女孩就是大气，脸蛋有模有样非常漂亮，就是不想干这行了，长期下去子宫糜烂，生育能力都丧失了。丹丹想跟着宝红回洋河踏踏实实的过日子有人痛有人爱，种地做牛马都行。宝红说，娶老婆生孩子，洋河上一片一片的女人都争着抢着轮流给他生，闭着眼睛划拉一大把，宝红不想委屈了人家女孩的一片真心。这样回洋河上过日子，他还是抬不起头来。那还是人吗，那是畜生。

我三奶奶也说过，宝红下次再回来，不给她带着孙媳妇就别到她的跟前晃。只要领着孙媳妇回来，管她高矮丑俊，只要伸腿能走路劈腿能生养比给她一火车的大虾酥和罐头都高兴。我三奶奶把这些大虾酥留着也不吃了，等着当喜糖散出去。

宝红想了一路上想不通他奶奶老祖宗说的话，人老了连自己都照顾不了，还等着抱重孙子。一辈又一辈的，男人都成了配种工具，女人就是母狗。那些夜总会的小姐呢，天天弓背弯腰被人骑，要是真当成母狗，那得一窝一窝生多少啊。

宝红说他从青岛不干了，他打了两张车票把夜总会的丹丹亲自送回了东北佳木斯。宝红说以前就知道有个青岛，到了佳木斯才知道中国的大，远在他的想象力之外。他真想留在佳木斯和那个女孩过一辈子。但是他还是走了，他说不能害了一个真心爱他的好姑娘。他一直申明丹丹的眼神里是清澈的露水，看得他心里发麻一辈子都忘不掉。宝红说这话的时候，有点傲气，好像我都没有女人爱一样。话茬里带着挑衅。我说她到底有多美不重要，毕竟还是小姐出身，真让你带回洋河让你叔抬不起头来他不崩了你才怪呢。宝红被我怪腔怪调搞得有些急眼，嘴唇上一撮浓厚的黑胡子爹煞着。你敢说你爷爷是农民，你爹当了教师就不是农民了，你们全家吃了国家粮就不是农民了。小姐怎么了，农民干部又怎么了，他们有良心，他们有情感，他们都是对我最真心的人。我重申一下，这就是洋河好孩，宝红。他去了一趟东北佳木斯句句话里都跟你急眼。他对佳木斯的印象除了不是三爷爷当年闯关东的林海雪原，再就是到处一片污染。转了一圈，宝红觉得自己还是一个在外留不下的洋河人。

我看看宝红，宝红看看我，他喝了杯里酒又拿过燕京啤酒满上，突然说起他的四爷爷。四爷爷是我的亲爷爷。他说我们爷爷哥四个，前三个都死了。只剩下我的爷爷。你看看四爷爷读过四书五经足有一箩筐，你们也混得国家铁饭碗。我说三爷爷再没文化也是闯江湖的，家里的底子都是他走南闯北打下的江山。在整个家族里三爷爷是大事小事都主了算，我爷爷经常跟我们这一代宝子辈的十个少年提起他三哥的往事都当作家族传奇来谈。

6

有一天，宝红从济南专程来北京看我，他说他在济南是帮着一伙兄弟办事去的。结果事成之后那伙兄弟卷着钱跑了，宝红没说什么，只是认清楚了什么是朋友什么不是朋友。言谈之意带着轻视与不屑一顾。我说要是所有的兄弟都像他这样的兄弟为人，这个社会就不会有朋友为了骗朋友的钱财而怒气重伤了。我跟他提起某摇滚歌星在北京苦苦奋斗了十年的三百万就是被朋友骗去说是投资做生意打水漂了，然后歌星患了抑郁症两年萎靡不振。宝红好奇地看着我说：老弟，我也是走南闯北，算是见过世面的人，从洋河到胶州，从胶州到青岛，从青岛到济南，又从济南到北京，再到东北三省。他一口气数了半个中国，赶紧拿起酒杯灌了一口啤酒咽下去顺了顺气。我问宝红都是怎么瞄准一个人下手的，宝红说很简单，农民和工人朋友他们是不下手的。一般是针对那些穿着高档的高官贵族。而且一定是看着这个人不顺眼的时候，如果是女人，他们也是不会动的。这是宝红做事的原则，我不知道他从哪里学来的规矩。我一直觉得他在外这样混下去，早晚会吃亏的，没有好果了吃。宝红说，轻车熟路，要是当年进了部队他也不会有今天的生活。我跟宝红说，应该为个人情况考虑考虑了，总不能这样孤家寡人一辈子，况且三奶奶冠心病发作的那天晚上临死还放心不下宝红的家口问题。我大爷哭着说，娘，你放心地走吧，饿死谁也饿不死他个兔崽子。宝红对这事还一直纠结，没能回洋河给三奶奶哭丧送终。

三奶奶的死亡反而更加放纵了宝红的野性。宝红说上有天管，下有地管，中间还有空气，他要做最舒服的空气。宝红喝了很多很多，他从包里掏出一沓子钱，我也不知道多少，他推到我的面前，让我生活上用。我没说啥，看着不动。宝红说我真是变了，只有他依然是洋河的少年，干着苟且偷生的营生。宝红说不要以为哥的钱不干净，哥对你的心是纯净的。

宝红给我的钱，我不要，气得他差点把酒馆的桌子掀翻了。他个矮嗓门大，我又是不怎么爱说话的人，争执不过他我只好闭嘴。酒馆里的音乐播放着，影响了宝红和我谈话的听觉，宝红说他要周围静静地跟我说话，老板娘把音响关掉，惹得客人一顿不满。宝红把酒瓶子往头上一砸，二话不说。那些客人一看，扭头也跟着闭上了嘴。

我让宝红不要拿着自己的命开玩笑，又不是练过少林寺，还会舞枪耍棍。宝红看着我的眼睛有些醉意，他说他看到了两个我，一个以前洋河的我，一个是现在的我。我到底变没变我也不知道，在宝红面前他就是我的一面镜子。

差不多就在那时，我感到了宝红的失意和伤感。当初因为我的告密揭发了宝红偷吃二奶奶的芦花鸡狠狠地挨了一耳刮子，让我如今羞愧难当。他闷头又喝了一杯扎啤。

7

三奶奶活着的时候最放心不下的就是宝红，临死都是睁着眼睛念念不忘宝红的将来。三奶奶的葬礼上，四世同堂，重孙子头戴红色的小帽，这是洋河很大的喜丧。三个子孙后代只有宝红没有家室，也只有宝红哭的最凶猛，别人都不哭。宝红哭得天都要塌下来，觉得自己是不孝的子孙。

从北京回到洋河，宝红突然改变了很多。他想洗手不干，摘掉"好孩"的头衔。如果不是"蝗虫帮"的敬国一再要求他去济南再干一场漂亮的仗，因为兄弟脸面磨不开面子，他也不会去。

宝红就是这样，为了兄弟义气他会铤而走险。秋冬之交的洋河来了山东吕剧团，宝红跑遍了洋河大街上，嘴里吆喝着：剧团来啦！剧团来啦！他的嘴比洋河上的大喇叭广播的还要快速。果然，在大队场院一块开阔的空地上真的搭建起了一座戏台。戏台是用麻绳将长长的松树条捆绑在一起，然后铺上木板搭成的。洋河上家家户户提前过起了大年，听戏的人络绎不绝涌向戏台。宝红和我和敬国早早地来到大队开会的广场上占地头。宝红不仅要占我们三人的座位，还有二奶奶，三奶奶和我奶奶的地盘。也经常因为一个座位一块砖头，和洋河地盘上的少年厮打起来。戏台上锣鼓家什咚不隆咚呛，呛呛呛的试音声伴随着宝红扭打成一起在地上滚来滚去的浮土弥漫。宝红个子矮小赢了不算赢，输了倒是抓到了把柄，三个奶奶会一起找到少年的亲人理论一番往人家父母身上吐一顿口水。

日头还没有西落，幕布就早早地挂上了。宝红和三个奶奶打架的场面先成了剧团演出的前奏。众人围观，比听戏还热闹，她们妯娌三个不吃一点亏，不输一点理，成了洋河上的黄三霸。

中国传统戏剧的舞台是空荡荡的，吕剧团巡回到洋河演出却不同。他们唱《李二嫂改嫁》的时候采用的是现实主义的表现手法。他们有幕布，有彩色布景和多样的音响效果，连洋河里的虫鸣鸡叫刮风下雨声都搬上了舞台。从几十里外赶来洋河听戏的人也不少，都是靠朋友捎口信，最重要的亲戚朋友都是赶着马车策马奔腾。等大汗淋漓赶回洋河的时候，舞台上咿咿呀呀的才开始。人人都会传唱的《李二嫂改嫁》通过李二嫂孤苦伶仃的守寡生活和新社会激发起的对美好生活的向往，深刻揭示出传统礼教给妇女带来的深重苦难。剧本以朴素的语言刻画了李二嫂的精神世界。"打场"一场李二嫂感叹身世，"定情"一场李二嫂对张小六表达爱情，都写出了这个年轻寡妇深沉而热烈的感情。语言朴实，感情真挚，在洋河人心灵深处引起激荡。三个奶奶都被李二嫂冲破旧的习惯势力阻挠，终于改嫁，与小六结为终身伴侣的故事情节感动的掉眼泪。洋河上也确实有像李二嫂这样的婶子，但她们死了丈夫后不能再嫁外人，不管情愿不情愿一定要嫁自己的小叔子。洋河上流行肥水不流外人田。生活在农村的男女老少都钟情于《王汉喜借年》这样的故事。他们不喜欢李二嫂现代戏的现代人装扮，而《王汉喜借年》都是化了戏妆演出，唱爱姐的女孩腮上涂了粉红，柳叶眉梢，两根大黑辫子几乎能拖在地上挪动着小碎步。她一笑一颦迷倒了洋河上胡子拉碴的爷们。王汉喜这样的书生装扮也是眉清目秀，翘起兰花指，不像洋河上的青年汉子虎背熊腰。他们个个看起来奇俊无比。省剧团来了五十几号人，轮流登台献艺。秋冬闲日的洋河凤鸣呈祥。三个奶奶跟着舞台上的唱腔摇头晃脑的哼唱起来，早已冲淡了刚才心头的火气。

8

数月前，宝红来了一趟北京找我，他说首都北京这个兔子不拉屎的屌地方漫天雾霾遍地黄土呛得他肺都炸了，要不是去天安门广场看一眼毛主席纪念堂里躺着的毛主席就算白来京城一回。

真是谁也没想到可怜的宝红回到洋河就死了。

胶州电视台立即播报了这一死亡事件：洋河青年宝红今晨在胶州204国道上与迎面连云港开来的一辆黄河大货车发生相撞，开着手扶拖拉机的宝红连车带人翻进了国道旁的大沟里，震得地洞里两只交配的土老鼠蹿起来跳跃着吱吱叫着逃跑了，而宝红躺在沟渠里看着天上挂着一轮血红的太阳，整个世界突然陷入了黑暗。他的嘴里含着一团黄色的泥土，说不出话来。他慢慢地闭上眼睛静静地睡着了……黄河大货车属于超载，肇事者司机已逃离现场，跑向了胶州湾的海滩里，面前迎接他的将是一望无际的茫茫大海，警察正在奋力追逐中。

我不敢相信宝红为什么开着手扶拖拉机还能出事，可是敬国打来电话告诉我肯定是真的。我很震惊，完全一根接一根的猛吸起烟来。连一口早餐都不想吃，心像火车在轨道上的摩擦声发砂。我看着手中的电话，想拨过去再仔细追问，可是久久注视着号码没动，也越来越难受的像植物神经紊乱患者发作，应该足足有半个钟头左右神情是僵硬的恍惚的。"海之情"动车在胶济铁路上高速的飞驶，路过高密东北乡天空大雪像棉花套子一样簌簌地落下，我爷爷和我奶奶在红高粱地里野合的场景一去不复返。我都想逃出车厢钻进这白棉花样的世界，这个愿望很强烈。在这静穆的世界里会有很多家伙看到宝红死了幸灾乐祸，会对他在大年正月里还没走出十五送了命甚至拍手叫好。宝红的死，整个洋河在一段时期都不会安静下来，有些人会在走亲戚串门的时候，像电线杆上的大喇叭一样到处广播。断亲几年的朋友也会因此事而重新走动起来，奔走相告的不是好事，坏人坏事一向是他们嘀咕的家常便饭。

父母也经常电话里嘱咐我不要跟宝红来往的太近，这孩子走上了歪门邪道啦，已经变成好孩啦！宝红没去北京找你吗？宝红没跟你借钱吗？宝红没有带坏你吧？宝红在洋河上可是数一数二有名的好孩，你千万要远离他，俗话说得好近朱者赤朱墨者黑……母亲电话里说宝红成立了什么"蝗虫帮"，叫个什么不好非要叫个蚂蚱还嫌洋河上的蚂蚱不够多咋地。我看就是想吃皇粮！我还数落母亲一顿嫌弃母亲不该多管我们男孩子的事。

人人都说宝红罪孽深重，我何尝又没有罪呢！

如我所知道，宝红死后，很多事情都变了。很多戤音四起都觉得这是一场悲剧，是宝红造孽多端的因果报应。宝红婶娘梦到宝红投胎到洋河水里做了一条泥狗，黑不溜秋的泥狗只能喘气，不能说话。我九十岁的爷爷可怜宝红这孩子，经常沿着洋河走上一天，他老人家倒是希望宝红真的没有死，一直心里想着能亲眼看见宝红把杀猪刀的闺女娶回来做老婆。我爷爷每天在洋河边上走累了，就站在洋河桥上抽袋旱烟卷儿对着洋河水说说话，他的愿望一直沿着河水流淌延伸向前。期待新一轮太阳的升和落，这是他的唯一想法。但是洋河上的少年都以宝红为榜样，不再干偷鸡摸狗的营生。他们孝敬父母，脚踏实地的务农勤学苦干。

我经常会梦到洋河这个老地方，梦到宝红，几乎很少有不梦见。他的愤怒、怨恨、希望、幻化成青春的激情火焰冉冉升腾。那些诱惑他并认为他坏的人就是你们。洋河好孩，宝红这个可怜鬼就这样死了。他躺在血泊里的那张脸根本不像交配中的两只老鼠那样恐惧的逃跑了。他的脸那样安静的没有欲望、希望、或者恐惧留下来的痕迹。他瘦瘦的黝黑黝黑的身体，被重力碰撞甩出去的模样没有一丝忧伤。谁看了谁的心都会破碎，却有很多人前来看热闹。那么多的人抛弃了他，我现在怕的不是我自己，而是你们。

春天真的来了，太阳像一把金梭普照大地偶尔清风吹拂着他的坟墓里的肉休散发出泥土的芳香。他就是一个太阳般的孩子。太阳一出来，他几乎就是从那座枯萎的坟丘里跳跃出来。他奔跑在洋河大街上调皮捣蛋，招惹的洋河鸡飞狗跳。那些相遇到不相识的后生对于他都惊呆了，避开一条小道吃惊地看着他。俨然是孩子群里的王。

我触摸着洋河大街上孩子们黑乎乎脏兮兮的脸蛋，太阳照着发红。我才是孩子眼中洋河里的过客，我背着行囊捏紧拳头逃离了洋河口袋里不忘揣一把宝红自制的小手枪在变幻风快的陌生世界里郁郁独行，人生的旅程让我彻夜难眠。

马戏团

流浪的马戏团一年里总要光顾洋河一次。洋河小镇来了马戏团。就像洋河上的节气歌一样下着雨刮着风般说来就来了。

早就听闻马戏团要来我们洋河,不是在大队的宣传栏里有张贴的海报,那里全是中国社会人道主义思潮的起源问题。马戏团到来的小道消息完全是靠一群娘们像灰麻雀一样灰头土 脸地到处喳喳咕咕走漏风声,紧跟着是我哥哥回家趴在我耳朵上低声私语,然后洋河古槐树上的两只大喇叭就像两只庞然大物的耳朵爹煞开,一遍又一遍广播这令人沸腾的消息。一两天内大家除了马戏什么都不谈了。

马戏团走街串巷的表演遵循着一个规律,等着庄稼人一忙活完秋收,洋河大街上流淌着金黄色玉米粒或者火红高粱的时候,准会有一群穿着花花绿绿看似奇形怪状不务正业的男男女女流浪到这个小镇——像是特意为辛苦劳作的庄户人家庆丰收一样,或者另有向农民献媚之意,以夺取劳动人民口袋里仅有的一点钞票。

马戏团来的时候我还是一个无所事事的少年,闲着都会手爪子痒痒、闲着都会蛋痛，顶多帮着母亲把晒在地上的玉米粒装进麻袋里跟哥哥一前一后抬回家。

　　一大早我哥哥把我从睡梦中摇晃起来，睡眼朦胧中穿上衣服来不及吃口饭就呼哧呼哧地翻山越岭奔跑到葡萄山子前，爬上最高的旗山远眺，等待着马戏团的到来。东方太阳从海平面上升起，缭绕烟雾慢慢散去，山谷里传来清脆悦耳的驼铃声，远处的队伍在颤动，甚至可以看到一股热浪从路面上石头上蒸腾而起。马戏团在田野上投下明显的长影子，一排驼队弯曲着走在旗山群峰中。马戏团先从胶州湾下了船直奔西海岸，途径红石崖一路向旗山走来，进了旗山就是洋河地界。我和哥哥从旗山上连跑带滚地跑回洋河报告这一令人振奋的壮丽景观。

　　哥哥恨不得母亲赶紧把手里的农活忙完，别耽误了看马戏团的演出。可是庄户人的农活是永远忙不完的，母亲说你们尽管去看，别去捣鼓马尾巴摸老虎屁股就行。

　　秋天的洋河白桦树金黄金黄的耀眼，小镇上升起的红太阳把秋意泼浓，黄叶子泛着闪闪金光，瞬时间洋河土地变得辉煌灿烂，农人们手中的谷穗熟了，高粱红了，玉米黄了，喜悦的人们远眺着眼前的美景，深切感受到洋河上的生活也不是那么单调乏味，辛苦一年到头还是硕果累累，颗粒满仓。

　　洋河人加快了手中的镰刀，一片片的谷穗刹那间躺倒在土地上，谷秸被扭成一个个草垛，如稻草人矗立在田间地头。拖拉机突突突地冒浓烟，云雀从高粱上扑扑飞走了，高粱叶子刷拉刷拉响。老汉卷上他自制的烟卷吧嗒着猛吸一口，令人亢奋的马戏团把农忙提前带入佳境。

那天，我和哥哥从旗山上跑下来，同小伙伴们在洋河桥头一直等待着马戏团进村。夕阳西下时分，远远地看见一帮人跨过洋河桥成群结队地从远处跳跃着走来。他们赶着大象，牵着骆驼，三匹矫健的大黑马依次排开，拉着五彩缤纷的演出箱车、牲口的后鞧，棍子拍打着马腿，踢踏踢踏。箱车上面还装着锣鼓家什和一些关在笼子里的野兽。一匹自由自在的棕色小马驹跟在队伍后面打响鼻，像个孩子走到哪里都是昂首挺胸地好奇看。我和哥哥也跟着混进这个队伍之中，我哥哥好像是特意去给他们带路的领头羊。

洋河来了马戏团。不出多少时辰，洋河人全知道马戏团到了。我把这个消息告诉了母亲，母亲正在灯光下做毛线活。那个时候的洋河，农人一旦秋收忙完，就开始进入农闲阶段，等待着漫长而寂寞的严冬。母亲为了贴补家用，总要去毛线厂接一点零活，一件没有钉纽扣的毛衣可赚得五分钱，母亲每天背回来一袋子。到了晚上和深夜，母亲一件一件地钉纽扣，我则帮着母亲用一把奇小的箭头剪刀挨件挨件地剪掉毛线头。微弱的灯光下，母亲让我站起来试穿她缝制好的毛线衣，看看纽扣是否对整齐。

我让母亲第二天带着我们兄弟去看马戏团表演，母亲说由哥哥带我一起去。

小小年纪患了失眠症，亢奋得整夜未合眼。母亲做毛线活，我躺着，满脑子想象着异乡人的马戏团。

天还不亮我跑向了洋河大队，马戏团的演员都在酣睡中，场院里空无一人。只有那些马和骆驼咀嚼着青草，和黎明一起醒来。我跑遍了整个洋河，洋河人早已在田间地头踩着露水吆喝着老掉牙的老黄牛犁地，预备播种冬小麦。

黑夜落幕前的晚霞映照在洋河上。我又去看了一眼驻扎在洋河上的马戏团。他们把货车上的锣鼓家什卸了下来，大帆布在车厢上搭起了帐篷，炫耀的灯光把夜照得通明。这块场院曾经是开批斗大会的场地，像电视里的天安门广场能容纳上万余人，后来被洋河人当了秋收晒粮食的好场所。周围还有三个如蒙古包般的粮食囤子。放露天电影的时候，经常有讨人嫌的孩子爬上粮食囤子登高看大银幕上的《小兵张嘎》。马戏团的到来，把三个大囤子当作了栓帐篷的大柱子，任凭暴风刮来都吹不走掀不翻，棕红色的小马驹也双腿跪在粮食囤子下面休息。一个染着黄毛像小丑一样的家伙把木楔子钉在了旁边，他黑黢黢的臂膀抡起铁锤像抡起一块木头棒子。有些演员亮着嗓子咿呀嘿嚯地喊叫着，有些演员手里舞着刀枪翻飞，透过帐篷缝隙里张望，还有一个女演员在灯光下拿着一面镜子反复照，对着镜子里的自己挤眉瞪眼充满了自我欣赏。尽管都在忙碌着，可是他们阴腔怪调的言语中充满了放浪和淫荡的笑，传遍洋河旮旯。马戏团帐篷周围的暗影里是非洲大象的怪叫声，还有两只母猴子调情不成撕打尖叫着……莫非是初来乍到，连动物们都对洋河水土不服。马戏团带来了洋河上没有的味道——扑鼻的胭脂味、腥臊恶臭的野生动物味，还有人吸食进口香烟的烟草味。在马戏团帐篷内外转悠了好几个时辰，听着乐队的演奏。让我日后流连忘返。

看了一天的马戏团装台子。深夜里，我一直反复翻身难以入眠，心里想象着马戏团的魔术表演，马儿们会疯狂地蹦起来吗，猴子们会上天摘星星下井捞月亮吗，狮子和狗会跳舞吗，真的敢揪着老虎的尾巴当驴骑吗，更想象着那条大蟒蛇会不会腾云驾雾口喷大雨，一群人像八仙过海各怀神通，不知道他们的节目到底能是怎样的精彩纷呈。

晚上灯光下，母亲还在做着她的毛线活。电灯光微弱着一闪一闪，马戏团来了，洋河的发电机突然有了压迫感，心脏超负荷下带不动的电灯失去了光芒，像秋天萤火虫的屁股发着那么一点点亮。母亲把针眼举在灯光下，眯着眼睛费很大一番工夫才把线引进针眼里去。等到光线足够强的时候，天色已微微透明了。母亲做活总是到后半夜，她会披着一件她做好的毛衣在身上，一直到眼睛发涩，实在引不进针线的时候才罢休。

我跟母亲再次央求带我们兄弟一块去看马戏团表演，可是母亲还是让我跟着哥哥去看好了。她不仅要做毛线活，还有秋收后垛在院子里的农活，还要照看比我们都小的弟弟光光。我说那么大的大象，它们吃小孩怎么办。母亲说大象都是驯兽师教训出来的，是给我们观看的不会吃人。我说还有老虎呢，你看它威风凛凛的大眼睛，胡须向上翘着，尽管关在大铁笼子里，一旦跑出来还不把洋河上的所有孩子连肉带骨头都吃光。母亲说这些野兽都像人一样，是表演艺术家，不会伤害人类性命。它们不是洋河野地里的野犸虎、狐狸精，它们已经是没有了动物本性的野兽。母亲说如果老虎走到我们面前的时候不要怕，也不要去招惹它。你用眼睛看着它，它也会用眼睛看着你，你眼睛里纯真，它的眼睛里也就纯真，你的眼睛充满恐惧，它的眼睛也会布满恐慌。人都有翻脸的时候，何况是野兽呢。母亲尤其嘱咐爱调皮捣蛋的哥哥，老虎的屁股不要去摸，兽性发作的时候连六亲也不会认。

听母亲这么说我心里始终还是没有底。我拉着母亲的手央求她和我们一起去看马戏团表演。母亲还是不肯答应。家庭生活的重担使母亲喘不过气来，世界上的热闹场景永远见不到她的身影。我让母亲等着父亲回来再做农活，可是母亲说父亲有自己的教书工作，自己的事情要自己做。我心里多少带着失落和失望流着口水睡着了。

很快我做了一个梦。我骑在大象的身上，使唤着大象向观众表演吸龙珠。大象的鼻子真大啊，象牙也很长，它们的腿脚像柱子一样粗大有力，它漂亮得简直就是一座神。我站在大象背上，大象的鼻子一下子甩到了我的头上，大象用鼻子把我紧紧地吸住高举在半空给洋河人表演。众目睽睽下，我感觉我从象鼻子上掉了下来趴在地上，嘲讽般的热烈鼓掌声响起。铁笼子里的一切都安静了，动物们用嫉妒的眼光瞅着我：小子，你再逞强！我们可是在千锤百炼中忍受煎熬过活的。我是阿多拉，赐予我力量吧，拉兹夫人和考尔。这时，母亲从黑影中走来突然掐住我的人中疼醒了我。我哥哥也被我的嚎叫惊醒了，母亲让哥哥下炕开灯。我哥哥从炕上爬起来，眼睛微蒙地睁开。母亲让他把暖壶递给她，我的弟弟半夜起来口渴了。母亲把水倒上后自己试了一下水的温度然后给弟弟喝，可是弟弟说他看不见杯子在哪里。

母亲又摸了一把垂吊在墙壁上的灯绳，把预防宅子进贼的大灯泡拉开，弟弟还是说看不见。母亲看了弟弟一眼，顿时惊呆了，说，光光你这是怎么了，眼睛都肿得眯成一条缝了。弟弟说，我也不知道，妈，我就是看不见杯子在哪里，我要喝水。

母亲急忙穿上衣服，让我赶快去把爷爷叫起来。让我哥哥去把我大舅找来。

洋河说大不大，说小不小。我穿过黑夜的街道，一声狗吠带动着全洋河的狗声四起。我气喘吁吁地跑到爷爷的院墙外面大声叫喊，院子里的小黑狗汪唧汪唧地也跟着凑热闹叫唤。爷爷和奶奶听到叫喊声，透过窗棂子看见我趴在墙上探着个脑袋，他们迅速穿好衣服下炕出来。我哥哥和大舅也从洋河后街上跑来。

我爷爷遇事一着急双腿瘫软没劲，一看我弟弟光光是得了急性病，赶紧让我大舅先去镇上卫生院急诊。在这时候母亲已经急得浑身哆嗦，怀里抱着光光在屋里到处走。光光很平静，也不哭也不闹，除了看不见几乎没有什么疼痛。

大舅骑车来到前街，我母亲已经收拾好了衣物怀里抱着我弟弟站在门口，爷爷又吩咐说，小明，你赶快去河西郭把你爹叫回来，让他立即去镇卫生院。我大舅要我爷爷别急，急中出乱，他还是个六岁的孩子。

我大舅用脚踏车驮着我母亲向洋河镇卫生院奔去。

我又穿过夜色的街道跑向穷乡僻壤河西郭，去河西郭的路上没有一个鸟人影，只有几条残狗瘸着狗爪子不断地跳过来朝着我这个陌生孩子狂吠。路过一片野地的时候，还有虫鸣和野狐狸的嗥叫声。我提着胆子，加快的步子似乎飞了起来。从洋河去河西郭足有十五里路程，上山下沟没有一块平地。骑自行车都需要三十分钟，微弱的夜空含着冷光，吐着冷气，一路的沟沟坎坎，我一直没停下奔跑的速度。

我爷爷骑着自行车慢慢地从后面跟上了我，他越逼近我，我越甩开他，这样一路上交替朝前。爷爷年纪有些大，我一直担心他的车子会摔倒，把我撞倒在路边的水沟里。

我在夜空里奔跑到星空下，东方升起了一团星光，分不清天地时，我见到了父亲。父亲蹬上他的自行车朝洋河镇卫生院跑去。

我和爷爷到洋河卫生院的时候，卫生院走廊里面黑咕隆咚得看不见人影。我听见深处一位老人在哭着自己的女儿喝了农药敌敌畏自杀。来到医生值班室，弟弟已经躺在病床上打吊瓶。母亲说弟弟得了急性肾炎，打几天针会好的。

母亲守护在弟弟的床边握着他的手，针管扎在弟弟的头顶上，液体一滴一滴地滴下来。父亲和大舅在一边拼命地抽旱烟。我和爷爷在旁边看着光光的眼睛是不是能马上睁开。

母亲让父亲回河西郭去，学校里不能放下学生不管，这里有她就够了。父亲执意要留下来，母亲有些不同意。母亲说父亲还是中学毕业班的班主任，不要影响了工作。

大舅也让父亲走吧，父亲有些矛盾，不知道该留下来还是离开。他踯躅了半天，我看着父亲蹬车的背影，他的一手扶着车把，一手擦着眼角远去。

天将放亮的时候光光好些了，开始说着梦话：妈，我要去里屋困觉，妈，我要喝水。里屋，就是我们兄弟睡觉的大土炕，以前是我和哥哥睡觉的地盘——因为弟弟小害怕被我们欺负，一直就在母亲的炕上睡。

我母亲和光光说，你就是在里屋困觉，小明也在。我母亲把我的手拉过来让弟弟摸了一下。光光说，妈，我真的是在里屋困觉吗？母亲说，纲纲哥哥也在。哥哥拿起光光的小手，吧嗒亲了一口。光光努力着笑了。

指针指向下午五点钟时，我和哥哥被爷爷带回了洋河，大舅陪着母亲在卫生院里看护弟弟。

洋河上已经开始了马戏团表演。

爷爷回家了。我和哥哥跳下车子在人群里跑来跑去。全洋河的人都跑出来围了个水泄不通。很多人都爬到了屋顶上观看，还有一些人连站屋顶也没有落脚地，只好在人群里窜来窜去地翘首企盼。我和爷爷路过的时候，听到了大帆布搭起的帐篷里传出来焦躁不安的音乐，驯虎师正在让老虎钻火圈，观众都在一口一个好，好，好地热烈鼓掌。我什么也看不到，只是在一片吵闹声中着急地左顾右盼。一片大火球似的亮光笼罩在马戏团上空，他们一晚的演出耗费洋河人一年的电量。

我哥哥手里没有钱去看马戏团表演，我也没能找爷爷要上钱。我和哥哥到了马戏团大门，有人戴着圣诞老人的帽子收门票。我们兄弟进不去。其实票价只有一毛钱，要是能从地上捡到一毛钱就可以观看马戏团表演了，一毛钱却把我们挡在了门外。

我哥哥急中生智，爬树上房，从房顶跳进了马戏团表演区，把我落在了墙外面。我仿佛听见了哥哥在里面观看马戏团表演哇哇大叫熟悉又突兀的声音，他总能像一个神童一样，解决孩子们解决不了的问题。

我在外围看不见任何光景，只能听见人声鼎沸的吵闹。

马戏团就在洋河上表演两天，他们又要辗转搬迁移动舞台流浪到另一个村镇去。我一直等着弟弟的病快些好，让母亲带我们一起去看。

马戏团开始散场，人潮涌动着出来。我哥哥从人群里钻出来，拉着我的胳膊去看已经结束表演的马戏团。舞台上空空的，见不到一只野兽，它们精疲力竭在笼子里喘息着，耷拉着鲜红的大舌头，身上的毛爹煞起来，沾满了土和草。哥哥指着舞台说，他刚才挤到了最前面，就在老虎眼皮底下看着它跳火圈，什么三只腿金刚，两个犄角的象。还有猴子模仿着人吃香蕉吃撑着了突然放了一个响屁，猴屁股通红瓦亮像电灯泡。简直太神奇了，大火竟然没有烧着老虎的毛尾巴。还有，你看那个戴着拨浪鼓一样帽子的小丑，脸上画着一道红，一道白，一张嘴一团火球喷出来，一闭嘴火球就咽到肚子里，他竟然烧不死。你再看看那个大壮丁一样的胖子，一根宽腰带勒着肚皮，举起一根大铁锤砸躺在玻璃上的那个卷毛女人。砸了十大锤，也没砸死。卷毛女人比那个胖子还厉害，身上有特异功能。哥哥说她是马戏团表演的大轴子。忽然有鸽哨在头顶上方鸣响，我抬头看着天空中一群乳白色的飞鸽有节奏地忽闪着翅膀飞翔。哥哥说那是魔术师从袖口里变戏法一样扑棱扑棱地钻出来飞上了洋河天空。

洋河天空第一次响起悦耳的鸽哨，淹没了山鹑、布谷鸟、金丝雀的野叫声。

马戏团的男女演员都是长相出奇的好，男人强壮是虎背熊腰，女人苗条是水蛇腰。但是洋河上的老奶奶都说女人水蛇腰，杀人不用刀，找媳妇千万不要找水蛇腰。水蛇腰的女人不能生养，屁股大的姑娘一胎准是儿子。我心想着，水蛇腰的女人莫非都去了马戏团，反正在洋河上找不到一位水蛇腰的女人。除了丰乳肥臀就是腰粗腚大。洋河人的嘴巴赛镰刀啊！

哥哥把看到的马戏团表演给我解说了一遍。在他嘴里，马戏团的演员都会变戏法，个个都是魔术师，人人身上有气功。他还看见一位三十多岁的小侏儒，除了头大大的，浑身上下都小小的——看起来几乎是个小孩子，却长着一副三十岁男孩的面孔，说话的眼神里透着沧桑和世故。洋河上的庄稼人看马戏团就是冲着他的表演去的，人人都管他叫小丑。

马戏团散了，马戏团的帐篷也揪了下来，灯光顿时暗淡了许多，周围没了遮掩光秃秃地让我兴奋的心情顿时凉下来。笼罩在哥哥心头的欢快、神秘、甜蜜，一直没有散去。和他相比之下，我饥肠辘辘，极不情愿地离开洋河大队场院里的马戏团向家走去，哥哥安慰我说等着到下一个镇子上去看马戏团吧。

回到家里，奶奶蒸了一锅地瓜干饽饽，我狼吞虎咽一口气吃下五个。连地瓜干饽饽里都漂浮着马戏团的脂粉味，水蛇腰的倩影在眼前晃动。

半夜里我下炕撒尿，在院子里被一个爬行的黑影吓破了胆，我尿了一裤裆哭着跑回屋里。奶奶说这是咋地啦，黑灯瞎火的见鬼了不是。奶奶点起煤油灯，是哥哥赤身裸体，一丝不挂地在院子里爬行，奶奶问他这是什么时候偷着下了炕跑到院子里的，哥哥说他也不知道。奶奶问他在拉屎还是撒尿，哥哥说他在吃香蕉。奶奶说哪里来的香蕉，长这么大见过香蕉还没吃过香蕉呢。哥哥说是马戏团的猴子给的香蕉。奶奶提着煤油灯走上前一照，哥哥不是在吃香蕉，手里拿着一块干巴的驴屎头在啃。奶奶一脚踢飞了哥哥手中的驴屎头，说这孩子是中了邪啊。奶奶拖着我哥哥往屋子里拖，哥哥像只猴子一样蹦跶着跳。他放声大笑起来，笑声飘满银星闪耀的天空，落在白桦树枝头，吓飞了夜宿的花喜鹊。我这欠揍的哥哥拍打着屁股，他滑稽的猴样乐翻了天。奶奶气得解开裤腰带，用捆裤腰的麻绳把他拴在门上。

天将放亮的时候，哥哥猴性依旧未改，奶奶让我看着他不要到处乱蹦跶，她飞快地去找王大仙。

王大仙屋子里聚满了人，小喇叭他十六岁的闺女一枝花也是跟我哥哥一样犯了猴病，一枝花红红的眼球连话都不会说了，满嘴里是猴子的呲呲叫，还抓耳挠腮活灵活现地吓死人。王大仙就是洋河上的仙人。她说这是猴仙附体。老人们有个什么闹心的事或者疑难杂症都烦劳王大仙算一把，从她嘴里找到答案。只要求到王大仙门上从来不需要一分钱，磕头烧一炷香就算谢恩。王大仙说：洋河来了马戏团，猴仙愤怒了。那群猪盖个棚子当座庙，立起旗杆骗神仙，你们就去看那只野猴表演吃香蕉，洋河上的猴从来没人管，受不到尊重不说反而还遭冷落。难道洋河上的猴比不上外来的猴会念经怎的。就像是隔墙惊鬼脸儿，可不把我唬杀。王大仙拿着一枝花变形的猴爪子一看，说她手掌有块矗记。矗，手相中的岛纹。就是个形状像小岛般的纹路，在手相上，它不是个吉祥的纹路，而是个具有凶相灵动力的纹路，在手上任何位置出现都是大凶，出现岛纹的人一生辛苦疲惫，为生活忙碌一生，最后郁郁而死，男子无法实现人生的理想，女子婚姻有不好的归宿。小喇叭放声号啕大哭不幸，青年丧妻，中年又摊上这么个一枝花，简直是要他的老命啊。我奶奶一听王大仙的仙语扑腾一声跪在王大仙跟前，说我哥哥这孩子是看了马戏团的表演，还笑话了那只母猴子就会扒皮吃香蕉，笨手笨脚的连个车子都不会拉，猴子样没有一点，节目都不会表演。我恳求大仙奶奶开恩，大人不记小人过，就放孩子一马。王大仙说这熊孩子怎么能笑话我们猴呢，全人类都是猴变的呢，我们猴就是人类的祖宗，他竟然敢拿着我们的猴屁股跟电灯泡闹笑话，又像爱奴儿掇着个兽头往城外走，好个丢丑的孩子。我千年猴真是被这八岁熊孩子惊着了，头发都炸煞起来了。我奶奶急忙端一碗高粱酒上前让大仙奶奶压压惊。王大仙咕咚咕咚喝净了高粱酒闭目养神三秒钟，总算开恩给了句：童言无忌，童言无忌……火到猪头烂，钱到公事办。大仙奶奶又说，孩子要好养，要靠人，也要靠神。你家小三也药到病除，可以出院了。我奶奶直磕响头烧了三炷香以示重谢，许诺八月十五月圆前再给老人家送金元宝烧好香。

我奶奶离开王大仙回来的路上，我哥哥一改猴态就恢复了人性。我说他昨天晚上在院子里学猴子爬行，还吃驴屎头把奶奶吓破了胆。我哥哥说没有，他只是做了一个梦，在马戏团做了一名驯兽师，带着老虎、猴子练本领。我哥哥是灵魂出窍患了梦游症而已，根本不像洋河上的那俊俏姑娘一枝花是猴仙附体。马戏团表演散场那天晚上，一枝花勾引着马戏团里的魔术师跑到了洋河上的猴庙里脱光了衣服搂抱了一整夜。连洋河上最彪悍的男人都不敢跨猴庙半步，马戏团的魔术师玩尽了手段，一会变出一群鸽子满天飞，一会儿变出一个鸡蛋孵小鸡吱吱叫，一会儿又变出一兜糖块撒给观众。一枝花不想嫁洋河上的男青年祖辈爬旗山，趟洋河水，面朝黄土背朝天。她向往的是魔术师般的手艺人，靠手腕一抖搂就能吃饭而不是真正出劳力的土腥气男人。

猴仙用魔法让天空雷雨大作，秋天的雨水足足下了一天一夜，把天都下黑了，阴森森地从旗山后一直黑到洋河前，阴云密布笼罩下看不着人影。雨过天白，汪洋中的洋河迈不动步子，倾盆大雨后的马戏团潦草收场。

猴仙把肮脏的马戏团驱逐出洋河净地。当尘埃散去，我爷爷从卫生院回来了。他说光光的眼睛已经睁开了，孩子想吃瓜干饽饽，特意回来让我奶奶给弟弟做。我奶奶一直不敢提我哥哥变成猴性的事。

奶奶去邻居家借了一篮子的地瓜干，雪白雪白的很大片。奶奶把地瓜干煮熟后又带着我去东厂的碾上压碎。我和奶奶推了一下午的石磙子，地瓜干全部被粉碎，跟面粉一样软乎。

奶奶蒸好了地瓜干饽饽，爷爷就送到镇上卫生院。我在大门口吃地瓜干饽饽，看完马戏团表演的洋河人回来一直说好，马戏团又去了另个镇子还剩下最后一天的时候，我决定去看看。

奶奶给了我五个地瓜干饽饽，咀嚼着甜甜的，我又想起哥哥叙述中的马戏团表演。马戏团的节目老虎钻火圈，狮子滚绣球，山羊走钢丝。还有更吓人的是，马戏团表演者吃玻璃，吃刀子，然后再用刺刀扎肚皮。如此的神奇马戏团一直引诱着我想去看个究竟。

上午奶奶给我一毛钱，给我穿了一件我母亲给我改做的小花袄，又给我围了一条绿色的围巾，一路上跨过弯曲的洋河水，穿山越岭朝向马戏团跑去。

青山绿水，鸟儿啼鸣。山路上我母亲抱着大病初愈的弟弟，父亲用自行车驮着她从远处走来。红彤彤夕阳在远方普照着洋河大地。一条狗，家里的那条斑点狗在落日余晖里毛发锃亮，它在母亲前头屁颠屁颠地向我跑来。母亲看着山坳里穿着红色的小花袄的我，像一只小鹿跳跃着她大老远就认出是自己的孩子跑来了。我和母亲说我要去看小丑的怪态表演，去晚了就看不到了。

母亲说：世间曾有一个小丑。他长时间都过着很快乐的生活，但渐渐地有些流言蜚语传到了他的耳朵里，说他被公认是一个极其愚蠢、鄙俗的家伙。

我顿时窘住了，开始忧心忡忡地想怎样才能制止那些讨厌的流言呢。一枝花把魔术师带到猴庙里寻欢作乐，无非是想避开洋河人的眼睛，没想到她玷污了猴庙，马戏团却远走他乡，抛下一枝花变成了一只猴子。谁也没能拯救一枝花，她整天溜出家门在洋河桥上像一只猴子被人围观着，耍马戏般调戏。一群鸭子来到洋河橡树下吃食物，提心吊胆地才啄了一口，就被一枝花蹦跶着吓跑了。一枝花猛扑向鸭群的食物，爪子向四面八方乱抓一通，并猴急猴急地龇牙咧嘴叫着，鸭群逃向各个角落，消失得无影无踪。

　　我和光光说洋河来了马戏团，我看见了红色的猴屁股像电灯泡一样的时候，母亲怀里的光光露出两个大门牙在冲着我咧嘴笑。两个小眼睛似乎稍微有些肿胀，毒素侵蚀了他的眼睛，他头戴着一顶绿色的线绒帽子像一个小八路。我和母亲说我抱着光光给他讲讲马戏团的狮子大象以及水蛇腰的女人舞着蟒蛇骑着单轮车在空中飞行的精彩表演，光光伸出小手向我身上扑来。母亲从来不让我抱光光，害怕摔着他，今天却给了我。

　　我抱着光光。一个身体结实的孩子。一路叫着他小大人小大人，欢声笑语的马戏团深入光光的脑海，我们兴奋地往家走去。斑点狗一路上跳跃着扑向我，舔着舌头甩着尾巴。母亲在身后推着自行车，父亲甩着手抽旱烟卷。

　　沐浴在深秋洋河蓝色天空下的小丑影子在我心里快速地奔跑无限倍地扩大开来。

天妒美女。猴仙还说一枝花是坐家的女儿偷皮匠，逢着就上。她是活该。

人人都有魔法。我也曾用我的魔法——祈求上帝：

让洋河上的猴仙滚进马戏团的铁笼里囚禁起来，猴仙的魔法只是对付洋河人的巫术，她无力用魔法降服马戏团的魔术师，把他打入猴庙里永不见天日。

祈求上帝。

让一枝花逃离魔法的魔掌恢复人性吧。成了替罪羊的一枝花被魔法折磨得面黄肌瘦，体无完肤。

让我像小丑一样给世人带去欢声笑语。

上帝答应了。

梦幻中的马戏团跟风而去。一路行人绝。洋河天空鸟语啁啾。

浪丸

洋河镇上住着一对背驼、腿瘸、眼瞎、耳聋和梳着大背头，螺圈腿的父子俩。父亲老歪常年给死人做棺材扎纸马获得生计，儿子浪丸给老头子打打下手，递递木材拉拉锯。洋河人都夸老歪的棺材不仅结实，儿子为浪丸刷糨糊的纸扎手艺也漂亮总能给亡灵一个安慰。

在洋河镇众多葬礼上他们父子俩组合成童男童女。从来没有人知道父亲纸扎老人的名字，也从来没有人知道儿子浪丸的名字。但是要区分父子俩也不算费劲，在葬礼上手抱童男的是父亲，手抱童女的是儿子。父亲比儿子又老又跛，儿子比父亲又嫩又浪。父子俩合称童男女。

在造物主眼里老者纸扎老人长得矮小单薄，而儿子却身高马大。洋河人说这么小的老头子怎么造出这么大物件的儿子，不仅体格健壮，连头脑都大一圈。连造物主都偏向这儿子，粗壮的罗圈腿遭到人们的仇恨，说得夸张点好像二百斤的一袋子小麦从他胯下扔过去，也不会刮着腿边。

儿子爱美。一个壮小伙不会骑车子，也不会搭便车。宁愿徒步行走二十里野路去另一个镇子上赶王台集，这一点，我亲眼看着他大清早出门，手里提领着一个黑皮兜，傍晚太阳落山之前，他又提领着黑布兜回到洋河。洋河上的美女都问他赶集买什么了，他拉开黑布兜的拉链给美女们一看，里面有一面漂亮的圆镜。最厌恶他的就是他的父亲，说得更确切一点，他父亲觉得丢尽了老脸，因为这个孩子生下来就涂胭脂抹粉，大腮帮子厚厚的一层白里透着红，红里透着粉，看着他高大的个子，他父亲就恨不得指着旗山顶骂，说他这是千年的黑瞎子精。造物主在捏造泥巴的时候，不小心把他的胳膊，腿，脸，捏得比正常人大了一倍。包括在洋河这一代，像他这么大的个儿算是稀罕物。很多人说老祖宗迁移到洋河，弄污了洋河水，惹怒了洋河龙王，龙王在水里吐了一口痰，痰汁慢慢地扩散变成毒汁把洋河人糟蹋的矮矬矬的如地雷，见怪不怪其怪自败。因此，他儿子有了资本，得名浪丸。

浪丸自从有了一面圆镜，吃饭睡觉走路都要照一照，他父亲骂他整天拿着一面照妖镜等着引鬼魂呢。浪丸不听言劝就那么装在身上，没事的时候他也会拿出来在洋河上到处照照。狐狸神婆一看他的照妖镜就害怕的往家跑，说照一次就掉魂一次，照多了脸上就会原形毕露。洋河上的美女不管不顾，见着浪丸就要他的圆镜照照，我经常看见浪丸被四五个大闺女围着一圈，争先恐后地抢镜子照。浪丸说大嫂照完了二嫂照，三嫂已经急得够呛了，跺着脚跳，四嫂说三嫂急什么急，又不是找婆家。五嫂说，三嫂再怎么照也去不掉脸上的那块大红胎记。大嫂也说，浪丸你快把三嫂娶了吧，你们俩人天天一起照。浪丸说中，中，中。三嫚不干了，说姐妹们真坏，愣是把她往火坑里推。

这算什么火坑。浪丸他父亲不就是个纸扎的工匠吗，说白了那也是个民间艺人，艺术家呢。

纸扎老人养了一群孩子，一个挨着一个，跟生耗子似的。他整天骂老婆，不要那么没命的生，生得起养不起，你能看着个个饿死不成。浪丸他父亲一骂，浪丸他娘就受不了，还好意思说，你哪天不想着捣鼓那点事，能闲住的话，会这样吗。你说也怪了，不要不要，又怀了一胎，连着七八胎，都是一个比一个矬，眼看第八胎浪丸娘哭了几个月，都有想死的心。毕竟洋河上的人都是心地善良，又是一个女人，总不能不孩子掐死。在坐月子里，浪丸就比其他人大几倍，差点难产把浪丸娘憋死。多亏下放知识青年"好他娘"，她在青岛做闺女时候懂点女人生孩子的医术，到了洋河一露手就没停住。谁生孩子都跑不了她去接生。我出生的时候，我奶奶就是半夜跑去叫好他娘，说我要提前出生了。好他娘一看腕上的手表，拿起乳白皮手套就甩开门跑了出去。

洋河上的老人都骂这些孩子，你们忘了谁可以也不要忘了好他娘。你们这些人都是好他娘一个一个把你们从娘尿里拖出来的。你们见着叫一声好他娘算是有良心，见着装作看不见，装聋作哑那就等着天轰打雷劈。天上有观音送子娘娘，好他娘就是洋河上的接生娘娘。

浪丸拿着圆镜走过洋河的时候，遇见了好他娘。好他娘说，你这是患了什么疯病，过来我给你把把脉络。浪丸倒是听话，往好他娘面前一站高出半条身子来。好他娘说的毛病，浪丸一句也听不懂，都是医学上的专业名词。简单点说，就是浪丸个子高了，抽水泵抽不上去水分，浪丸有点虚晃。

浪丸回到家里，他父亲正坐在马扎子上扎纸马，一捆高粱秸横七竖八放在院子里，脚边上放着一个火盆，高粱秸被火一烤弯曲，用铁丝串联在一起，显出一个马头的形状。浪丸问他父亲洋河上谁死了，他父亲说你娘个屁。浪丸觉得他父亲不说人话，也不敢多问，就站在一边看。他父亲骂浪丸像电线杆子站在这里碍事绊脚的，看着赶点眼力见儿，帮着打打下手。浪丸把圆镜往屋子里一照，一道亮光射进门框里，他走进屋里把娘要了两个鸡蛋，鸡蛋往头顶上一磕裂了，浪丸张嘴把鸡蛋黄和鸡蛋清滑溜地吸进嘴里。剩下的鸡蛋壳给了他父亲。

纸扎老人头不抬眼不睁，把鸡蛋壳接过来用剪刀修理的标准滑溜，往火盆灰里一按，变成了两个黑蛋，然后插在高粱秸上，两个马眼出来了。浪丸拿着花纸举在半空，这是纸马的衣服，不到半天工夫，他父亲把一匹五彩缤纷的纸马做成了。浪丸嘴里念叨着什么人活着连黑马屁股都捞不着摸一把，死了却要骑着鲜红的彩马去西天。

洋河上的八婶子晚上报庙，浪丸他父亲要参加报庙仪式去把他亲手纸扎的纸马烧掉，一群子女围着烧掉的纸马该哭的哭，该晕的晕，甚至都能哭的没气了。

烧纸马只是死人的前奏，第二天送殡的时候还要抱着童男童女去坟茔，人是死了，孝顺不孝顺的子女怎么也能做一对童男童女伺候死去的爹娘。浪丸对他父亲所做的事不懂，不懂这些装神弄鬼的仪式有什么作用。浪丸一直觉得人死了如灯灭，一切都是黑暗一片。活着就应该吃好喝好，别落下光着屁股饿着肚子走的下场比什么都好。八婶子活着的时候，夏天热得不行，冬天冻得不行，差点去要饭，也差点去跳井去上吊，这下倒好给一群不养老的子女留够了尊严，挽回了脸面。八婶子死了都这么孝顺争着抢着做纸马做童男童女做纸轿。

　　浪丸他父亲是洋河上有名的纸扎老人，这是谁也替代不了的位置。但是抱童男童女的活计却有一拨又一拨的人来抢着干。这个活不需要手艺，只是一点力气，以前是洋河上的两个光棍子一人抱童男一人抱童女，后来两个光棍子为了争童女，把童女撕夺的稀巴烂，光剩了里面一层高粱秸。浪丸父亲一看童女的花裙子被扯破了，碎了一地，气得举起高粱秸抽打两个光棍子，说这活以后不用他们两人干了，想女人想疯了想到童女身上来了，你们也不拿面镜子照照自己什么模样，活着不配就是死了也不配。他自己纸扎的童男童女，他自己来抱。

　　浪丸他父亲自上次葬礼上丢了丑之后，就把童男童女在制作上更牢靠一些，身子上饶了一圈一圈的铁丝，省得半道上再杀出来个光棍子抢夺。在彩绘上也更追求精雕细琢，把童男童女打扮的更惟妙惟肖。洋河上的老人都说这连皇帝看了也会嫉妒洋河人的陪葬。

　　然而，浪丸他父亲，就是这样在洋河上做了一辈子的纸扎霸主。

　　有一次，我从外地回来，在洋河山脚下碰到了迎面送殡的队伍。一群人披麻戴孝，哭得死去活来。浪丸他父亲一人怀抱着童男童女在风中是那么单薄无力。天空刮着呼呼的西北方，把童男童女刮得直摇晃，浪丸他父亲也跟着童男童女左右刮。我想这个风烛残年的纸扎老人是出于贪心，一个人揽下来可以赚双份的钱。他几乎达到了目的，像个可怜虫一样的小老头不管别人的死活。一手遮天。

洋河上不是天天死人，浪丸他父亲也有饭碗断顿的时候。他总能找到死人的葬礼去做，方圆百里都被他踩在脚底下。因此他又成了靠死人养着的活人。浪丸也老大不小了，整天涂抹一头的发油，在太阳底下油光发亮，要是遇上大风一吹，一层黄色的尘土伏在上面，他照着圆镜一脸的无奈，用手扑棱扑棱头发，再摁摁头顶，洋河上的人也有逗浪丸的时候，说，浪丸你是不是想找个媳妇了。看你天天照来照去的，照个仙女来啊。也有人说，浪丸你今天没照镜子吧，怎么连上有块锅灰呢，钻锅底了是吧。浪丸赶紧拿起圆镜对着太阳光照来照去，洋河上的五个嫂都哈哈大笑浪丸傻，是被人取笑了。浪丸这才这知道是逗他寻开心的。浪丸是不会不信他手里的圆镜，只有不信那些玩耍他的人。

好他娘看在眼里，浪丸是她有史以来接生的最高海拔，堪称吉尼斯纪录。她也说浪丸，你一个大小伙子总不能天天拿着一面镜子照到老吧。赶紧找个姑娘娶上媳妇，我给你孩子接生，也省了你爹娘的心事。浪丸只管照自己的镜子，心想，爹娘有什么心事，是你自己一天不接生手痒痒了吧。

好他娘在洋河上倒是张罗了好几门婚事，然后她再给这些男男女女接生孩子。就是浪丸的婚事，走了几个门子都没有愿意把闺女嫁过来的。不是嫌浪丸太怪，就是嫌浪丸的父亲是个扎手，说不定什么时候把香火扎断了种，也有想嫁过来的，那就是傻子，瘸子活着哑巴，洋河上的下三烂都涌到了浪丸家。尤其那个傻子姑娘一进门就抢夺浪丸的圆镜，如获至宝，傻呵呵地对着镜子照。浪丸心里有气，一把再夺回来。两个人在一起都变得不正常起来。浪丸父亲一看，我让你惹是生非，招引祸端。还嫌这个家不够鸡犬狗跳，我就剁了你的命根子喂狗。浪丸他父亲对浪丸感觉不是亲生的，像后爹一样毒辣。以前浪丸还会心里憋屈，后来他都感觉自己就不是他父亲的种。

洋河上的几个嫚轮流着出嫁，她们对婆家的要求，首先要配送一面大镜子，要比浪丸的那面圆镜大几倍。最美丽的五嫚甚至对婆家开出了强烈要求，非要一面铜镜，不给铜镜，就散婚。劳作的农民都觉得洋河上的嫚不好娶，不是要求高，而是天价，娶不起。

可是，就在人们意想不到的一天里，好他娘患了风寒，一场感冒袭击了她，刚开始挂了两天水，后三天基本上就厌食，那天纸扎老人举着高高的五彩大红马在洋河上走过的时候，一群人都围着他问问，这是给谁扎的马，快说，是谁死了，谁有这么大的派头，纸马有两米多高，宽宽的身子就像一匹马戏团进口的俄罗斯大洋马，马背上还搭着一顶马鞍子，这样的待遇不多见。纸扎老人说，哎，是好他娘，好他娘昨天下午太阳落山之前说走就走了。傍晚的时候洋河后街上敲锣打鼓，传来了美妙的鼓书喇叭的吹笙。整个洋河人涌到了后街为好他娘哭丧。一个老人摸着洋河上孩子们的头顶，你们一个个都是好他娘拖出来的，为你们洗了又洗，为你们剪了又剪，你们不哭真是伤天害理，说着擦眼摸泪。好他娘报庙一直闹到深更半夜，哭声还是没停。好手里攥着一根翻地瓜蔓杆子，在纸扎老人的教导下念一声娘，你西南去，往凳子上撞一下，再继续念，宽宽的道路，满满地盘缠，娘，娘啊，你西南去……熊熊燃烧的纸马浓烟滚滚，稀里啪啦，火苗映红了整个洋河.

好他娘一死，给洋河上的小媳妇带来了一片恐惧，人人害怕怀孕的痛苦。生完孩子的小媳妇，怀抱着孩子，手里还拖拉着两个，都庆幸有好他娘接生否则两个三个的连环生，不憋死也会被吓死才怪呢。

为好他娘送葬的队伍里，除了洋河上的老人，不乏年轻美貌的闺女和从邻村赶来的小媳妇挺着一个大肚子，哭着，喊着好他娘。吹鼓书喇叭的队伍里也多了一个年轻的少女双手托着一根大喇叭，用足了吃奶的劲，把腮帮子都鼓肿了，两腮一片红润，吹出来的声音牵肠挂肚，心里酸溜溜的掉泪。浪丸也在队伍里，他倒持得浑身上下干干净净，头发油光发亮，白色万里球鞋如棉花桃般耀眼。他一手怀抱着丝带飘摇的童女，一手拿着圆镜照着送葬的队伍的前方，哭的哀伤忘我。事后，洋河上的老人都说浪丸是发自肺腑的哭，比他父亲纸扎老人要有戏很多。

正因为这样，从好他娘葬礼走红的浪丸，深受洋河人的喜爱。年轻人都对着浪丸说，等我死了，你也来给我抱童女。浪丸说，还不一定谁死谁头前。对浪丸的夸奖仿佛在一夜间竖立了他的信心，这股暖流一直刮在他心里。他父亲纸扎老人越来越跛了，腰背越来越弓，走路像在地上找针，连自己纸扎的马都举不动，都是浪丸帮他举着去报庙，连纸扎老人自己也说该退出历史的舞台了。

入冬后，洋河上迎来了一米深厚的大雪，家家户户被白色包裹的庄严肃穆。五嫂怀着身孕，死死不见打工归来的男人。眼看就要生了，痛苦的她抓墙挠炕。有人叫来浪丸，说看看怎么送了镇医院上。浪丸说这么大的雪天，出门太危险，得找五个六个青年壮汉用担架抬着去，况且洋河上的青少年都出去干工了，不行老人上阵，就算凑齐了人数，一旦生在路上怎么办，会把孩子冻死不说，五嫂的命也难保。浪丸说，五嫂生孩子这事，就由他来。赶紧嘱咐家人烧了一锅热水，准备了两个大脸盆，还有两袋咸盐。

窗外大雪簌簌漫天飞，五嫂声声喊叫如雪天里的雷声，迎接着婴儿的啼哭，浪丸完成了他人生中的第一手活。

五嫂倒是很能，一胎生了一对双，两个男孩蹬歪着腿，像两个羊羔子。洋河人挂起了鞭炮，像提前过年般热闹。有人问浪丸，你这是身怀绝技啊，什么时候把好他娘的本领偷来的。

那个时候的浪丸心里美滋滋的，别人是不知道。他说，好他娘临终前，特意把他叫到炕前，偷偷对着他的耳朵说，以后洋河上的接生事业就交给你了。我看好你的前程。最后还是浪丸把好他娘的眼睛给闭上的，连自己的亲生儿女都没有这样的待遇。

要不，纸扎老人还一直心里犯嘀咕着，到底好他娘趴在你耳朵上传授什么秘籍了，浪丸一直缄口不说。正因为这样，当年吹熄好他娘生命的那阵风，现在还在浪丸身上刮着，听浪丸这么一说，大家伙都觉得像神话。但又是眼前真真实实发生的事。洋河人在心里还不大接受一个男人给小媳妇接生的营生，但是好他娘身兼妇女主任的头衔，她的死是洋河上唯一用过鼓书喇叭的亡人，也是第一个施行火化的人。人们还是信服她的话肯定话里有理，有前瞻性。

他父亲纸扎老人骂浪丸说的话都是放屁，活活把自己气死了。他死之前给自己扎好了纸马，这匹纸马怎么看都像老歪的模样。洋河上主持亡事的神婆婆站在老歪的面前，问他还有什么特殊的罪孽没有忏悔。老歪躺在炕上一幕幕的放电影似的清理自己的一生一世，他说没做过亏心的事，然后剧烈的咳嗽起来，心里苦闷的唯一亏心事就是：

"麻烦你给孩子找个家口过日子，没有女人的日子浪丸怎么过呢。"

"好。"神婆婆答应他了。

老歪把手艺全部传授给了浪丸，然后睁着眼睛就断了气。然后就像大多数人一样埋了。

现在洋河上浪丸送走亡灵又迎接新生。你问他身边的那个拖着长发及腰狐狸神一样的女人，他准会说三十多岁了还是一个老处女呢。毫无疑问，他一定是一个月亮的孩子，他的心如明镜般敞亮。他几乎就是这样，怀抱着手中的童女，拿着圆镜度过他华丽的一生。

霞

　　我想，霞浪到哪里去了。我想霞，想她傻傻的笑。

　　一九八〇年的夏天，洋河出奇的潮热，坐在树荫地纹丝不动，浑身上下也还是臭汗流淌。窗户外洋槐树上的知了热的无处躲藏，发着聒噪的细嗓了眼喊着快热死了，快热死了。

　　我母亲听着这多啦多啦的噪音不耐烦，抬起头看着天空西边有阴云笼罩的迹象，她想在雷雨来临前，去水流湾的白菜园子里捉虫子。我母亲嘱咐我哥哥带着我去姥姥家等她，捉完虫子就去娘家接我们。

　　我哥哥呢，他根本就是一个调皮捣蛋的熊孩子，把我娘的话当作耳旁风，哪里不好走偏带着我往哪里迈。去姥姥家的路，他能把整个洋河都穿遍了，还没走到我姥姥家的门楼底。我哥哥说，我带你出去玩的事，你不准告诉娘，你要是告诉娘，你就烂嘴角。我说好，我不告诉娘，我什么也不烂。

　　我哥哥前面走，我跟在后面穷追不舍，就害怕他把我扔下被狼吃了。我眼看着远处的大白石山头顶上黑云压下来，像狼群一样龇牙咧嘴。越跟着他走我心里越害怕，前几天夜里，三大娘家的猪崽子刚被狼拖走了五只，连猪蹄子，猪骨头都没剩，只留下了一堆黑猪毛血迹斑斑在门口孳煞着，看着头发根都滋滋冒汗。我跟我哥哥叫着喊，我要去姥姥家，这是去哪里？！

我哥哥手里拿着一根柳条一路上抽打野花野草，手闲得痒痒，非得一路上抽抽搭搭。路过洋河西学校的拐弯处，他把草堆里的一条神虫惊吓出来，神虫头梗着脖子弯悠弯悠朝我脚底下钻来，我被神虫撞到了坐在地上哭。

我哥哥用柳条把神虫抽打成了七段，疼得每一段都在地上来回跳跃着翻腾，神虫血染满了小路，溅得他满身都是。神虫头逃跑了，我哥哥拖着我就跑，说神虫头会来找我们算账的。我的红凉鞋都拖掉了一只，也不敢停下去捡。

我们奔跑着，天空也开始滚动起来。帘幕翻卷，云丛越来越软，顿时大片大片地黑了下来，暴雨哗哗地下，像天空洒下来一片白茫茫的丝绸。大杨树，洋槐树，垂杨柳都被暴风骤雨吹得东倒西歪。我哥哥带着我被大风刮到了一片西瓜地的草屋子里，雨点啪啪地敲打着草屋顶上的油纸薄膜。我不停地哭着，我说我要告诉娘。

他说别哭，你告诉了娘也没用，我给你偷个西瓜吃。我眼前顿时呈现出一个个的大西瓜，绿色的花条纹在雨中格外的耀眼，好像西瓜爷爷西瓜奶奶都在看着我一样。我哥哥说坐着别动，他用衣服蒙着头跑进了西瓜地，大雨像娘手里的缝衣针扎在脸上，他用衣服罩着头，用脚在西瓜地里踩来踩去，很多西瓜都被他踩得稀巴烂，在雨中泡着白淋淋的，像被狼偷吃了洋河坟茔里埋着的死孩子肉。我从草屋子里探出头来，四周什么人影都看不见，天地间一片水汽笼罩。只看见我哥哥黑乎乎的晃动着，从西瓜地里用脚踢着一只大西瓜向我跑来，他像踢皮球一样，惊喜得我拍手跳。

　　我们吃完了一个熟透的大西瓜，连西瓜子都没吐一粒。两个人的肚子都胀得鼓鼓的圆圆的，拍打拍打还带着西瓜的声响。我问哥哥，西瓜子会不会在肚子里结个大西瓜。我哥哥指着我的嘴说，你就知道胡咧咧，西瓜都堵不住你的嘴。

　　雨不下了，我们继续往姥姥家走。我一路上想那些没熟透的西瓜，都被他踩烂在地里泡在雨水中。

　　他一边走一边说，下大雨真好，吃了一个大西瓜。然后又对我说，不准告诉娘，谁告诉娘谁就烂嘴角。我说我保证不说。他说你这个嘴要是敢胡咧咧，人家知道了就会让娘赔，家里也没钱，只能把你卖了。我哭哭歪歪地又说一遍，我保证不说，我保证不说。他说你这是两遍。来，拉钩上吊，一百年不许变。他把我的小手指都快勒断了，看着发青。

　　我哥哥带着我转遍了洋河，他一路上没闲下来，手抽打着野草和树叶子，脚踢着路上的石头坷垃，甚至连一只走路的公鸡他也不放过，都要追着上去踢一脚，把鸡屁股踢得高抬着五彩斑斓的鸡尾巴蹦着跳着飞跑。路过洋河桥的时候，前方的麦场垛里大火冒着浓烟滚滚，噼里啪啦的麦秸草被大雨淋湿后像加了汽油一样更加旺盛。我哥哥拖着我跑，把脚上的另一只红凉鞋也摔进了洋河水里。我说鞋，掉河里了。我哥哥看看鞋顺着水漂，说不要了，一只破鞋也没法穿。

等我们俩跑到麦场的火烟里时，已经围满了洋河上跑来救火的大人。我姥爷也在救火，我哥哥说别让姥爷看着我们，我们钻在人缝里，被烟呛得喘不动气。

一个邻居家的舅舅小六对我姥爷说，大叔，你说这大雨天的能起火，真是邪门了。跟出门身上撞着鬼一样邪性。我姥爷说，闭上你的臭嘴，这白天的什么鬼不鬼，我活这么大还没见着个鬼影呢。起火必定是得罪小人了。那个舅舅小六说，我觉得肯定有鬼。不是鬼放火才怪呢！你看看前几天那太阳毒的都把人烤焦了，都没起火。这大雨天，不是鬼能是什么！我姥爷说放屁，鬼子六少在这里装神弄鬼，制造迷信。我是听一些老腔们说过洋河上有鬼，可我活了六十年，我也没见过鬼。你是亲眼见了，还是鬼给你托梦了。我姥爷说鬼子六病的真够呛，只见那个舅舅小六吓得跳起神舞来像吓破了胆，那样子是发疯了。

我哥哥指着燃烧的大火喊叫着，蜢蜢都烧上了天，黑压压的一片在火中丧命。我姥爷看见了我和哥哥，他眼睛瞪着很圆，你们两个熊孩子怎么跑这里来了，你娘呢。我哥哥说我娘去水流湾白菜地里捉虫子去了。我姥爷把我们俩轰走了，赶紧回去找我姥姥。

我姥爷说后街上的老戏院也总是在大雨天起一把火，哗哗大雨中越烧越旺，后来鬼子六他爹被指认是放火行凶者打成了狗头。如今又出来个儿子鬼子六。

我姥姥家在洋河的后街，后街穷前街富。

我姥姥家门口的平滑地被后街的人挖了个大坑，天一下大雨，就储满了水。洋河人叫这样的大坑为水湾，大小不比水流湾差。

我哥哥前面走，我在后面穷追不舍。我一路上赤着脚。路过水湾的时候，我滑进了湾里边，往沿上抓一把身子往下坠一截子，再抓一把还是往下滑溜。我大声哭嚎着，我哥哥回头才看见我掉进了水湾里。他跑过来，把手中的柳枝条递给我往上拉，柳枝条被他一路上抽打的少皮无毛，轻轻一拉就断了，我又掉进了湾里。这下子水淹得更深了，直接没了我脖颈，我哥哥一看着急了，他趴在地上，伸手去拉我，地上也滑溜，被我轻轻一带，他也一头扎进了水湾里。他比我直扑棱，嘴里喝着水，扎着猛子往上推我。我还是什么都没抓住。我们俩像两条蚂蟥似的锔在水湾边，嘴巴里牙齿龃龉着打架，手都冻得拘挛了。

这时候，霞在前面踽踽独行，大远处霞她娘在后面骂。你这个小浪嫚，下着雨你也不知道回家，你在外边浪够了也想不起这个家。有一天再让我不省心，我早晚把你推进水湾里淹死拉倒。

霞看见了我和哥哥，她调头跑回去冲着她娘大喊，娘快看纳，宝虎宝龙掉湾了……娘，娘，你快点跑别磨蹭着骂天了。

我张开嘴哇哇干号着，霞她娘一看两个孩子泡在水里，撇开骂声撇开霞于不顾，她跑上来弓下腰用惊恐的手一把一个把我和哥哥拖上了岸。

我和哥哥浑身泡得肉体泛白，嘀嗒嘀嗒的黄泥汤往下流。逃生后的囧态使我更加恐惧，使我哭得更加肆无忌惮，几乎是哭憋了气。霞她娘用手把我身上的泥巴一绺一绺的刮掉，说，这两个孩子不要命了，俺大姐也真放心下雨天把你们放出来。你看看，跟个鸡崽子似的，还哭呢。俺大姐呢，她又问我娘。她越问我娘我越哭得厉害，我娘去水流湾捉虫了。霞在一边嘴里吃着指头傻傻地发笑。笑我哭泣的尿罐眼哭不完的泪水。

雨彻底停了，我和哥哥滚泥鸡一样站在水湾边。天边挂着一道彩霞。

霞她娘把我和哥哥送到了姥姥家，我娘光着膀子露着后背在擦身上的落雨，她歪着脖子用手捏着湿透的长发往外挤水。我哭着告诉娘，我哥哥领我掉湾里了。我娘转过身来露着两个白奶子，一脚把我哥哥踢到了院子里。我娘又冲着我火冒三丈，你还赤着脚，你的凉鞋都给狗穿上了。我继续哭着告诉娘，我哥哥拖我跑，凉鞋掉在洋河里被水冲走了。我哥哥趴在姥姥家的院子里，面前的一群鸡争抢着吃我娘从白菜地里捉回来的大青虫，大青虫在鸡嘴里来回弹着身子弯曲，连地上的鸡屎都是青绿色的。我哥哥身上蹭了一衣服鸡屎故意摸一把手里闻闻臭烘烘的。我娘说，你还敢领着宝龙去洋河，你是打算被水怪吃了是不。我姥姥小脚，走不快，跑着上来，一把把我娘推开说，巴适的，巴适地，你看看我养这个母老虎，紧随她那马虎爹，把孩子踢得青一块紫一块。我姥姥把我哥哥拉起来，我哥哥咧着大门牙扑哧笑。我也跟着破涕而笑。我哥哥说我，你就长了一双尿罐眼，跟你说了你没记性。谁说了谁烂嘴角。

我娘光着身子，拉着霞她娘的手说，多亏兄弟媳妇看见救了一命，你不这两个穷孩子就淹死了。霞在一边笑，咯咯咯地笑。我娘说霞出生得越来越像大嫚了，以后得瞄准找个好婆家。霞她娘又开始骂霞傻笑什么，你更不是个好玩意，天天在外面浪，不着家，我早晚把她推进水湾里淹死去。我姥姥说霞她娘快别胡说八道了，就是个孩子，你还指望着她呢。霞她娘又劝我娘快披上衣服省得着凉打喷嚏落个病尖可不好。

我和哥哥再去姥姥家的时候，我们总能看见霞就站在自家门的门框子上贴着墙看别人跳房子，跳皮筋。我哥哥跟霞招呼一下，示意霞过来一起跳。霞有些扭捏地走过来，我哥哥上去亲了霞一口，霞捂着脸半天不敢睁眼看，我哥哥把皮筋套在霞的腿上当柱子撑着。我哥哥和我的表兄弟们跳。霞她娘在屋里发出不是人一般的动静，叫着霞说敢跑远了，就打断她的腿。第二天，我哥哥把我爹奖励他的那只白色的羽毛笔给了霞，霞高兴地傻笑着。那是一只非常洁白的羽毛笔，看上去像洋河水里游动的大白鹅身上的翅膀。我心里都眼馋得流口水，霞把羽毛放在脸上拂了拂，她的眼里想入非非。霞伸开手心，在手里画一个个圈圈。我哥哥还给霞的手腕上画了一个扁扁圆的手表，上面指针分不清大小。霞戴着手表乐开了花，低着头跑回家。

半夜里霞她娘听见窗外有个人叫她去做伴，霞她娘披上衣服推门出来什么动静也没有。但是上了炕，窗户外又开始叫霞她娘的名字。我娘也没说霞她娘叫什么名字。半夜鬼敲门把霞她娘吓得够呛，头发锵锵得像一只刺猬一病不起窝在炕上就死了。

我娘还哭着说，你们两个熊孩子，给霞她娘磕三个响头，不是霞她娘，你们早掉在水湾里淹死了。

我哥哥趴在地上把额头都磕破了，嘎巴嘎巴响。我垫着磕在手上没动静。

我姥姥也心痛地说，巴适的，巴适的，这真是活人撞见鬼，霞她娘被吊死鬼拖走了，剩下霞这个没娘的孩子，真可怜。

霞她娘死后，霞的爹带着霞远走他方。霞住过的老屋用杠子死死地戗着，老屋长满了野草，经常有野狐狸和黄大仙在院子里窜来窜去。厮打声令人头皮发麻，走在院墙外也不敢靠近，都说霞她娘当了吊死鬼灵魂一直没散去。几年之后，大雨把老屋淋塌了，成了一堆烂草泥圈圈成一片废墟。后来有个喝酒的醉汉时常看见几个仙女似的女人穿着一袭白色的纱裙在院子里跳舞，还有一股明亮的火焰围在仙女周围。然后仙女们跟着醉汉回家，一种沉重的脚步声在他房间里走来走去。他一闭上眼睛，妖气的仙女就在他的眼皮上跳动，他从此患了严重的失眠症。醉汉走到哪里逢人就说到哪里。很多说他想女人都想疯了，娶老婆的钱都灌酒了。能有女人配给他，那简直是鬼迷心窍，就算神仙下凡相助也办不到。

大约三十年前，我也离开了洋河。老镇里的古井老树昏鸦，我尤其记得其中一个霞。

我时常梦回那个雨天哥哥领着我掉进水湾里。那时我三岁，哥哥六岁，他在我家的木头窗子上用铅笔刀刻了一个歪歪扭扭的霞字，把窗棂都刻得木屑掉落，还因此挨了我娘一个响巴掌。

野马虎在嗥叫

"此处野马虎出没一带，大人看管好自己的孩子。"村头一块枯树板上写道。

自从城市的瘟疫穿遍乡村来到洋河小镇的时候，空气里像蒙上了一片鬼魂。庄户人的好年成和坏年成又像瘟疫一样轮流出现，天色一擦黑，村民们便喊着口令似的关门上炕。待整个洋河都睡下后，那只野马虎又呜呜地叫起来。我瑟缩不安地蜷缩着在被窝里睁着眼睛久久没有睡去。黑夜里听到母亲披上衣服的声音，我梗着脖子伸出被窝露着两只猫眼从背后看着母她从结着冰花的玻璃窗透过眼睛去，她伸手摸到火柴，火柴声在寒冷的深夜里响得特别明晰，刺耳，顿时一股硝磺的味道扑鼻。

暮色下的新房子坐落在村庄一片高粱地里，四周没有人影。寒风一吹，刷刷的高粱叶子奏出魔幻的声音。声音开始从屋顶的砖瓦缝隙和墙壁中吁喘出来，野马虎它竟神使鬼差般地偷走了洋河上的猪崽子，咬死了洋河上的流浪儿。日落前的洋河变得黑暗恐怖起来。

我问过母亲什么是野马虎，母亲说是挺厉害的天狗逃到凡间流浪变成了野马虎。天狗和豺狗有什么不同，我问母亲。母亲说天狗不是狗是狼。我说为什么不叫狼狗呢？母亲说狼狗就像马和驴生的骡子，谁也不是。

母亲是个很强硬的女人，不信鬼神一说，自然就不怕鬼魂。唯独害怕庄稼地经常出没的野马虎。她把正面的大铁门死死锁住戗上一根杠子，把那片死寂融进了身后的庄稼地里，留一道后门出行。

父亲从河西郭教书回来，用黑皮包兜着它挂在车把上带回来一条小黑狗，黑黑的毛尖尖的嘴巴，尤其两只眼睛上还长着两圈黄眉毛，看上去很洋相，按照村里老人的说法这是一条四眼狗。还有更奇怪的是，狗的尾巴断了一截，肉乎乎的始终朝上翘翘的一小撮。父亲说断尾的狗厉害，看家的本领超强，和野马虎都有一拼。

父亲在外地教书。我和母亲娘俩在家，有了断尾狗心里开始有了主心骨。至少断尾狗可以看家护院，只要有什么风吹草动，小断尾狗就不停地汪汪叫唤，只要听见狗汪唧声我母亲就开亮电灯从玻璃窗上往外看。院子里没有人影晃动，也基本上没什么动静，仔细一听是胡同口西路上走黑路的熊孩子宝红吹着口哨声半夜里龟呱龟呱的学蛤蟆叫。

以后断尾狗每次再叫唤的时候，我母亲总是大喊，小狗趴下别多管闲事了。断尾狗翘着四眼乜斜着，看看室内的母亲就摇晃着断了的小尾巴，舔舔嘴巴子小声吭一声不再呻吟了。

大雪天，院子里的积雪厚厚的一层，灰家雀偶尔从树梢一头扎下来偷吃断尾狗的饭食。断尾狗竖起耳朵挣着铁链子哗啦哗啦地朝着黄鸟雀蹦跳几下，温顺的从来不咬像是呼朋引伴。

母亲害怕断尾狗冻着，就抱来一抱干草铺在它的窝里。还给它留出了长长的绳子，还时不时地来看看它待得是否舒服。断尾狗不怕冷，对母亲的好心好意有一点抗议。狗窝里的麦秸草总是被它撕得到处都是，而且断尾狗也很少趴在窝里面，总是蹲在窝旁，竖着两只尖利的耳朵聆听着四面八方守岗位。

新房子的第一个春节有了断尾狗，尽管鞭炮声把它吓得东藏西躲。我和母亲都睡得很香甜，不会再为新房子盖在庄稼地蹿出来野马虎而心生害怕了。

阳光充足的正月天，家家户户闹帆船耍龙灯。我总是带着断尾狗出去玩耍，邻居的孩子们向我投来羡慕的眼光。别人是没有权利碰到断尾狗的，断尾狗对他们也很有敌意，狗头不让摸狗屁股也不让碰。

正月十五。镇子里来了打狗令，有疯狗咬人得了狂犬病。能打死的狗全部打死，不能打的狗要求洋河上养狗的户主给狗们上牌号，统一注射狂犬疫苗。

那时候大过年的洋河上好像人人得了狂犬病，都想吃一顿狗肉。人与人之间互不招呼都躲着走。我抱着断尾狗去大队医疗所的时候，它一路上忐忑不安，在我怀里跳来跳去，两只眼睛紧紧地盯着我看似乎有了预感，好像我要把它送走去受刑一样痛苦。

大队医疗所里一个马脸的兽医已经把针都配好了药，他们穿着白大褂，戴着小四角帽，长长的头发在外爆炸着。断尾狗一看见这样的打扮像济公活佛就开始不干了，大声地狂叫起来，一直在我怀里往后退。

马脸的兽医说，这是什么狗，还是个四眼。我说你也是四眼呢，还是马脸。马脸的兽医眼珠子从厚厚的酒瓶眼镜底下翻滚着看我，有些生气。

马脸的兽医问户主叫什么名字，我说我爹是曹家庄小学的校长。马脸的兽医把手里的大头针用药棉擦了擦，举在腰间说，这是他的狗，你是他的儿子。

我说别人的狗怎么可能跑到我的怀里，马脸的兽医说我的性格一点都不像我爹。他说我牛气冲天的像我妈。

马脸的兽医又啰唆说一遍我确实很像我妈，断尾狗很烦兽医，已经想要上去咬他一口，一直等待我的命令。我丝毫不想让断尾狗咬兽医，我只想从马脸的兽医手里夺回药针往兽医的屁股上把他当疯狗屁股扎。

马脸的兽医问我断尾狗咬不咬人，我说不咬好人，它觉得不顺眼的肯定咬。

马脸的兽医说，那你最好把它的头摁住，免得摇摆把针头蹩弯了。我说没事，你又不是坏人，你是兽医。马脸的兽医本来要自己给断尾狗擦擦屁股上的毛消消毒，听我这么一说，直接把药棉给我。我给断尾狗擦背的时候，断尾狗呲着牙齿凶狠的蹩眉不安盯着兽医。马脸的兽医把眼镜用手推了推，弯下腰来，可是他又站起来。兽医要我自己把断尾狗的头用胳膊夹住，否则狗屁股绷得紧针头都扎不进去。我把断尾狗的头放在我的胳膊弯处，断尾狗还是不安静的反抗着，后腿有力的蹬歪着。

马脸的兽医急得冒了一头汗，脸耷拉着比马脸子还长，他擦了擦额头的汗有些失去了信心。

马脸的兽医问我断尾打过几次狂犬疫苗了，我说打过一次还是在的胎里。马脸的兽医说我年纪轻轻就满嘴胡咧咧的，长大了还得了。

我问马脸的兽医给狗打过针吗，马脸的兽医说这是第一次。我说你这不是拿着我的断尾狗屁股做实验吗。

马脸的兽医说刚才打了一只大黄狗，但是也没这么不老实。你是说我家的狗不听话了，你马脸的兽医有本事去给野马虎屁股上打一针试试。你不打，我还觉得你是无能。

马脸的兽医说自己很无奈，不是很愿意给狗来打针，自己的老婆被狗咬一口像患了狂犬病一样的嗷嗷叫，队长把他派来拿着洋河的狗屁股撒撒气。

我说你的这些疫苗都是真的吗？马脸的兽医说一半是真的一半是自己花费一夜的时间用蛇胆汁配出来的。

我说你真有两下子，你小心狗没咬着倒被蛇咬一口。马脸的兽医说只要赚钱都没事，我问这些蛇的胆汁管用吗？马脸的兽医说这比进口的疫苗还要贵重，胆汁注射在狗的身上以毒攻毒，厉害着呢！我二话没说，把大头针从马脸的兽医手里夺过来，亲自往断尾狗的背上扎了一针，断尾狗只是吱吱了两下，等我把针头拔出来的时候，它用劲的弯回头来像猫一样舔舐身上的针眼处。马脸的兽医说我怎么敢给狗打针，我说我还敢给野马虎打针。顿时，马脸的兽医竖起大拇指夸我将来一定是个了不起的好兽医。

我做兽医，你马脸干什么去，还是留着给你老婆治疗狂犬病吧。我扭头离去，我的断尾狗又朝着白色大褂马脸的兽医吭哧了几声。

断尾狗似乎忘记了针扎的疼痛，丢失在记忆里长大。它的毛色更加油光锃亮，四只大脚像大象蹼。在院中一站就是一只凶猛的将军。母亲说给断尾狗的食量增加一些，像个人似的也是个小伙子了。

其实断尾狗就是从每天的两个地瓜增加到四个地瓜，又多了一碗菜汤。断尾狗很满足它的美餐佳肴，吃起来不停地摇动尾巴，还抬起头来看看我又吃下去。每次它有吃不完的劲头，把碗从狗窝顶到很远，我用脚把狗碗挡住不让滑动。断尾狗的水量也是很大的，每天要喝两大碗水。母亲说狗可以半个月十五天不吃饭食，但一定要满足它喝水。

为了让断尾狗变成一条烈性狗，我偷偷把父亲红高粱酒倒进了狗水里。断尾狗喝了的不停地打喷嚏，然后还是要喝下去。后来没有了红高粱酒的纯净水，断尾狗是不喝的。父亲看着他的酒壶，越来越少，还以为醉梦中多喝了半斤，渐渐地发现了雾团原来是我所为。

母亲说家里不要再多一个酒鬼了，于是制止我不再给断尾狗灌酒了。

没有酒喝的断尾狗脾气变得越来越暴躁，每天不停地狂咬东西。把家里能撕得衣服和家具都肯上了狗牙印。

断尾狗被拴起来了，在院子里的一个马棚里，它的活动范围只有巴掌那么点的空间。刚开始它还不断地咬铁链子，后来又想从头顶撸出来，始终逃脱不了被拴起来的命运。没了脾气的断尾狗趴在马棚里面注视着人间的一切动静。

　　家里的小母猪开始第二次做起了猪妈妈，母亲把断尾狗拴在了猪窝门口，担心夜里有野马虎来偷吃小猪崽子。断尾狗慢慢地也开始和一群猪们做起了朋友，断尾狗总能拖着长长的铁链子躬身钻进猪窝里去睡觉。

　　母亲告诉断尾狗不准欺负猪们，敢咬它们就打断他的狗腿。断尾狗想试试母亲的话真假，真把猪腿咬了一口，母亲追着它打，见势不妙我唤着断尾狗跑到洋河边一棵三百年的大橡树底下跑圈儿。我跑累了躺在橡树底下，看着三十米高的树干深入云霄，扑棱着枝叶像一把保护伞支撑在洋河上。我躺着一动不动，断尾狗蹲在橡树底下，吐着舌头，仰头看着硕果累累，一头是毛茸茸，一头是光溜溜，馋的口水流了一地。突然传来一声狗叫，一条黄色的大狗在远处前爪子刨着地像一只野马虎咆哮着。上次在大队医疗所打狂犬疫苗的时候，宝红的这条大黄狗和断尾狗相遇过，大黄狗看不惯断尾狗盛气凌人的傲气。

　　我继续躺在橡树底下没见着大黄狗的主人宝红，我对着断尾狗说，好狗不跟贱狗一般见识。这时候，那条大黄狗已经蹿上来了，奔跑着冲上来把我摁在身底下，它狗嘴里流出来的恶臭唾液凋落在我脸上。我几乎傻了，要窒息过去。就在这时候断尾狗一个鱼跃扑向大黄狗，大黄狗的前爪子跐溜一声把我的衣服扒开了，一道红红的爪印留在我的胸部直到肚皮。大黄狗虽然大，体重，但在断尾狗面前显得笨拙愚蠢。断尾狗嬉皮笑脸的引逗已经让大黄狗没了力气，瞪着气嘟嘟的黑眼睛，上气不接下气。大黄狗调动着肥大的后臀想撞断尾狗，断尾狗在大黄狗面前神气昂然的跳跃着寻找时机。趁它不注意就用尖牙撕咬一口它的屁股。一个回合两个回合，大黄狗反弹似的又猛烈反击，惯性被断尾狗闪了空，一趔趄甩出去六米远，趴在地上，一会儿工夫脖子下鲜血直流咽了气。它还能算是一只狗吗，一秒钟就死了。

断尾狗看着我被大黄狗侵犯后留下的创伤，它疯狂着撞击着橡树，心有惭愧。但是我的断尾狗，确确实实是救了我一命。大黄狗的不堪一击，对断尾狗来说像是受到莫大的侮辱一样，不打自败。尽管母亲赔了宝红的大黄狗一把钱，断尾狗却名震洋河地界。

父亲很少回家，只有我和母亲在家里养猪，种地，我还要上学堂。

一到冬天的洋河就开始不安静起来，劳作了一天的农民们一觉睡到天明，起炕一看经常是少鸡又少鸭，还少牛和羊。这引起了母亲的注意，每天总是把街门用大铁哗啦锁上两把锁。

冬天的寒风不停地乱叫着，像哨子一样刺耳。每天关灯上炕前母亲总要嘱咐断尾狗要好好地看家，不要让贼爬进来。

尽管有断尾狗在，没有男人的家还是担惊受怕的。母亲夜里始终睡睡起起，还要叫我两声看看睡得沉不沉。

母亲趴在玻璃窗上，披着小花袄跟我说，你听听断尾狗又叫起来了。看看外面又没有人，这个时候，我的心会缩成一团。大铁门还会偶尔响几声，母亲对着窗户外就大喊起来，谁，谁，等待没有动静了，断尾狗还是不停地狂吠。我还没有睡醒的眼睛睁得也很朦胧，我说，妈，

我和父亲的过去与现在

外面没有人吧。

母亲说可能是洋河上那个大傻子在外面敲门。大傻子是洋河上有名的神经病，没爹没娘的，连个睡觉的地方都没有，到了夜里像无家可归的鬼魂一样四处游荡。走到哪里算哪里，村子上的门户他几乎都敲过。不说大黑夜，就是大白天看见他都害怕三分。不过，我还是不怕他的，曾经给过他糖吃。

第二天在村子里碰见大傻子神经病的时候，我问他是否昨夜敲过我家的大铁门，他只是傻傻地笑，做了什么，不做什么，自己都不记得了。

我也觉得不是他，因为他是洋河北大街上的人，很少到我们南街来。再说了，白天他也看见我们家的断尾狗，还要冲着他猛扑上去咬，量着他也没有那个贼胆。

排除了神经病的怀疑对象，母亲把目标对准了小偷身上。因为家里的小猪仔眼看着都能卖钱了，也要到年关了，谁不缺钱呢。

父亲得到母亲的口信后，从外地拿回来一杆猎枪。我对这把木托杆的钢管猎枪充满了好感，我说，爸，这把猎枪我来保管吧。父亲说，男人就要像这钢管猎枪一样。我不明白父亲的话，反正觉得这是村子上难得见到的好武器。

我问父亲这是打什么的，父亲说是砂子豆，打兔子没得跑。那，打人呢？我问。父亲说打人要看打什么样的人，坏人来了自然崩他一猎枪。

这天夜里，父亲没有走，他把猎枪放在了炕头。夜里，大铁门又像以前咕咚咕咚响起来。母亲刚要大喊一声，被父亲喊住了。我在一旁精神抖擞地看着父亲准备放枪。

住了一会儿，大铁门又响了。父亲打开窗户对外放了一枪，枪打在了外面的门楼顶上。一块红色的瓦片飞起，断尾狗从猪窝里勇猛窜出来，对着门楼大叫起来。

铁门片刻不响了，庭院里恢复了寂静。我和父亲说，要是铁门再响的话我来放枪。我把砂子都装进了枪膛里，扶助把手瞄准了外面的大铁门。结果，手里有些哆嗦起来。我也学着父亲瞄准的样子，睁一只眼闭一只眼，手哆嗦的时候按动了快门，放了一个空枪。

打枪过后，我整夜兴奋得都不能入睡甚至狂喜起来。父亲告诫我，不能玩枪，容易走火入魔；打枪，要有用武之地。

早晨醒来，一夜的大雪铺在地面上。院子里干干净净地没有任何人的足迹。母亲走出门口拿干草的时候，发现了大铁门门口的几个脚印围成一圈，据父亲分析那是野马虎的足迹。

我背起父亲的猎枪带着小伙伴狗蛋特意去了一趟大白石山寻找野马虎藏身的洞穴。山里云雾缭绕附着仙气，草丛里却幽暗莫测，山鹑和布谷鸟不知道躲在哪个阴暗处鸣叫。我们在山崖边，草丛里找野马虎窝的时候，一只受惊的大黑猫撕心裂肺的哀叫着窜出来。肥肥的脑袋瓜子一直黑到尾巴端，黄褐色的眼睛胡子都老了。大黑猫像山神一样，地盘受到了踩踏。大黑猫冲着狗蛋哀叫着步步进攻，狗蛋步步后腿。狗蛋也哀叫起来，鬼哭狼嚎着吓得魂飞魄散连鞋子都跑丢了。

当天晚上，狗蛋就发烧说胡话，浑身抽搐。洋河上的赤脚医生摸一把狗蛋的额头说是流行性感冒，或者是热病。眼下整个洋河瘟疫霍乱成灾，喝两碗三七粉消消炎症吧。狗蛋爹强求赤脚医生在狗蛋的屁股上扎两针，不过药钱先赊账。赤脚医生撸起袖子，从侧面扒开狗蛋的屁股蛋拍打了拍打，然后针在上方抖了两抖，就往狗蛋屁股里扎进去，一会儿推完药便垂头丧气地走了。

狗蛋娘又找到村子里最能神机妙算的巫师花婆婆，六十多岁的花婆婆穿着一件长得垂直到地上的黑衣看不见脚后跟，头戴着黑色的花狸帽子，从头到脚都像那只成了精的大黑猫。我们背地里都叫她老妖婆，守着她的面还是尊称为花婆婆。花婆婆端着一碗水，用手一滴一滴地滴在狗蛋的脸上，身上，又弯下身去搓了搓狗蛋冰冷的手脚。瞬时间，花婆婆发出一种阴森森呜哩哇啦的怪声。她的脸上露着一种忧色和愁容。这种神情我只有在佛教里的菩萨脸上看见过。那一刻，我脑海里幻想到的是穿着一身白衣的观音菩萨手持净宝瓶，又拿杨柳枝，站在了狗蛋面前。花婆婆说除非能找到蝙蝠山上的黑蝙蝠，她和大黑猫是亲家婆，她只要肯出面一切难题都解决了。但是想见她老人家几乎是难于登上天。看着上帝的份上，一切由神做主。

巫师花婆婆说："我教你们一句咒语，你们要给它送去金银财宝，水果花朵供它三天三夜。上帝就会伸出援助之手。"狗蛋娘说，去蝙蝠山那么远，黑灯瞎火的野路太瘆人。怕是有去无回。

巫师花婆婆又指着前方说出门过了大白石山，一路往南就是旗山，再往西南就是孤山，过了孤山走十里地就是黑山，黑山和蝙蝠山遥遥相望就像一对乳房，狗蛋娘留下来看守，狗蛋爹前往蝙蝠山完成职责。

我又斜挎着猎枪带领狗蛋的爹奔往大白石山，唤起我和狗蛋薄雾中撞见大黑猫的记忆。狗蛋爹腰里掐着一个葫芦酒瓶，他喝了一口高粱酒壮壮胆子。刚开始我们走的脚步如飞，越来越感觉有些费力，疲倦向我们袭击，眼目中却晶晶发光。渐渐地薄雾散去，我们迈进了旗山界，旗山虽高不如东海牢。狗蛋爹甚至有些喘不过气来，山涧有流水叮咚的声音竟不敢驻足饮上一口。前面还有孤山在向我们召唤。孤山脚下有个村子叫孤山泊，孤山泊里全是孤男寡女，一到半夜就闹奸。男女们在僻静角落里的小村享受着孤逸的生活。为了避开邪气，我们加快脚步一路飞奔到黑山。黑山黑水恶煞人，夜到凌晨伸手不见五指，让人心里发麻，头皮硬硬的像没了知觉。

呜！呜！野马虎在嗥叫。

一阵旋风和雷电践踏在旷野上，偶尔能听到野马虎走动的响声。我划动一根火柴，扭头一看是狗蛋爹蜷缩着身子浑身得瑟着。黑山的道路弯曲狭窄，深一脚浅一脚，不小心总怕掉到阴沟了被野马虎囫囵吞掉。眼看蝙蝠山就在眼前，隐约听到了虫鸣鸟叫。我们真的走累了。天蒙蒙亮，有点发灰，像黑蝙蝠的翅膀忽闪开来遮住了月亮。蝙蝠在山顶啼鸣，不时引我惊悸。天边的黑山脉下是墨水河的发源地。从黑树林里刮来的阴凉风，吹得我顿时清醒了许多。一不留神，山上风云突变，大雨夹杂着冰雹，电闪雷鸣。狗蛋爹立即跪倒在地念着咒语，磕了三个响头把天底下最好的供品献给了黑蝙蝠。雨幕中的水帘洞若隐若现，风声鹤唳，透过水帘深处的黑蝙蝠在洞里翩翩飞舞。大自然的景象令人疑心重重，黑蝙蝠的巨大翅膀忽闪着，拍打着我的头顶，像抚摸抚摸一个快快长大的孩子。我整整斜挎着的猎枪，为我的小伙伴向黑蝙蝠敬了一个礼。这时候朝阳的光已经渐渐地照到了东方的天空里，我获得了一种神气在晨曦中走向洋河的日光里。

心中的狗蛋在高烧迷糊了三天三夜后，恢复了正常。大黑猫从此消失了，再没人看见它在大白石山一代出没摄人魂魄的身影。

断尾狗长得风快，完全可以和野马虎搏斗了。母亲说，把断尾狗撒着养吧，碰到坏蛋也能对付对付。没有了铁链拴绑的断尾狗，从此后就变得自由洒脱起来。作为一只狗，它需要的恰恰就是自由，比啃一根猪骨头都洋洋得意。

镇子上突然来了一次打狗行动，每家每户的狗都要统统杀死，断尾狗也不能逃脱这样的噩运。

头天夜里，两个黑影在洋河一上一下的晃动着，他们手里拿着大网包拿着叼狗的铁钩子爬过乱石滩，匍匐在草丛里静静地偷窥着洋河的动静，想把所有的狗一网打尽。

母亲把断尾狗从院子里抱进睡屋里藏起来不出一点叫声，第二天托人捎信给父亲，父亲从河西郭回来连夜把断尾狗带走去逃难。

没了断尾狗的日子，母亲和我心里又没了着落。宁静的心又开始不安起来，睡眠起起伏伏，短短数月母亲落下了神经衰弱的毛病久治不除根。

一直到春节轰隆隆的鞭炮声响过，父亲才把断尾狗接回来，它像出去串了一下亲戚门。断尾狗见到我母亲令它高兴的活蹦乱跳，和我们每个人亲昵起来。断尾狗的脖子上挂着一个狗牌，父亲的老朋友在异乡给它上了户口并打了疫苗，像个人一样不再是居无定所的过黑户。

春天的洋河野兔子特别多，我和断尾狗到野山坡上捉兔子。断尾狗有着猎鹰一样的眼睛，没等我回过神来，就追赶的野兔满山坡上跑。我手中的猎枪基本上不起作用，断尾狗嘴里叼着一只大野兔潇洒地回来了。

我用猎枪挑着野兔，和断尾狗一路高兴地回家。打了一辈子野兔的斗眼子大爷看见我的野兔，只点头说后生可畏啊，至今还没有尝过野兔的味道是鲜的还是腥的。

我说可以送给斗眼子大爷一只野兔的耳朵吃吃，结果斗眼子大爷把我要野兔的后大腿。我说，那是犒劳断尾狗的，你别做梦了，谁都捞不着。

斗眼子大爷生气地说我不是好孩子，我说是好孩子断尾狗就没有后腿吃了。斗眼子大爷说我小子，心眼子真多，我说没有心眼子野兔肉就到他嘴里了。还是你斗眼子大爷心眼多，比我没白吃几十年的饺子。

吃过野兔肉的当天夜里，我和母亲听到了一声惨叫，打开灯不知道是什么庞然大物，体形硕大无比，是我曾为见过的神物。只见它的头夹在了猪门子里拔不出来，屁股猛烈的往后挣扎，发着绝望的惨叫声狂躁如一条大疯狗。把宁静的冬夜搅和的魂不守舍，它的哀号声带着怒火，整个洋河都陷入了恐断之中淹没在哀悼里。断尾狗一直把它咬断了气，吓得我母亲一直不敢合眼到天明。

夜，过去了。早晨的太阳像一团火焰，从大地上升起抹去了所有的痕迹。

母亲说一只野马虎死在了猪窝旁。那是我唯一近距离看到野马虎的伟岸，尖尖的嘴巴张垂着，外表雪白的牙齿内层发黄得像吸烟的老男人的嘴。它挣扎着尖耳朵，白白的眉毛直竖着，两个大爪子像棉花球，一身灰白色的毛像一个大王包裹着全身瘫软下来。粗粗的大尾巴像把毛刷子，拿起来能抽死洋河最强悍的男人。眼睛里带着原始的凶光，能把你看的心里着了火，它是如此的狂妄不羁。

断尾狗扼杀了野马虎霸主天下的尊严，洋河人逃离了魔鬼的梦魇。

断尾狗打败了野马虎就消失得无影无踪，我跑遍了整个山崖都没觅到它的足迹。有人看见断尾狗疯狂地跑到旗山后又跑回了洋河，我问了很多人，也不知道断尾狗的最终下落。

斗眼子大爷敲锣打鼓在洋河到处宣说，我们都上了当，医疗所打的狂犬针是假的，那是慢性自杀。洋河的狗都死光了。

断尾狗也没逃脱马脸的兽医带来的噩运。等待马脸的兽医将是虐杀动物般地深重罪孽和严刑拷打。

后来在洋河边的橡树底下发现了断尾狗，脖子上的狗牌依然好好的挂在那里，它的身体已经没有了热量，它把疼痛悄然的消散在洋河橡树下。我把断尾狗抱回家的时候，它的身体僵硬起来没有丁点温存。我从断尾狗的脖子上取下了狗牌，攥在手里注视着，眼泪一滴一滴流着，我狠狠地咬破了嘴唇，鲜血滴在狗牌上。狗牌上一个狗头的标志那是断尾狗的英雄形象。

母亲说擦干泪，男人要像手中的猎枪一样刚强。

寒星光为洋河田野罩上了一片微红的亮光退去之后，整片土地被冷空气弥漫着。只有那棵橡树矗立在雾霭中更加迷幻犹如仙境般长生不老，我在橡树底下挖个坑把断尾狗埋了。我端着猎枪捍卫狗的尊严，谁要是胆敢在洋河猎杀狗吃狗肉，我就一枪把他给崩了。

野马虎躺在洋河的贡台上被洋河人七撕八咧回家炖了回锅肉吃，吃得满嘴油花花的逞亮，只剩下一张皮没人要。母亲把野马虎皮子刮干净挂在了墙壁上用图钉钉着头脚和尾巴，像一幅钉在十字架上的耶稣供人瞻仰。几经岁月风化愈显得像一幅神画般油光发亮。洋河上来了瘟疫，只要把野马虎皮上的毛薅掉几根用火柴点燃一燎，一股刺鼻的味道就能除掉瘟疫。所有的乡村老人和孩子都逃脱了灾难，洋河人把野马虎尊为神圣之物。

也有人说黑蝙蝠和大黑猫是胶莱城墨水河地界的两只神物，她们因为厌烦了洋河流淌进墨水河的脏水而愤愤不平到了洋河兴风作浪。而只有野马虎可以抵挡她们的威风，野马虎不幸遇难，被一只土豺狗灭杀。这就叫螳螂扑蝉麻雀在后。

洋河人至今把野马虎当成为洋河上的图腾。

而能留下来的都是关于断尾狗神乎其神的传说。

呜！呜！野马虎又嗥叫了。

汪！汪！断尾狗紧跟着狂吠起来。

我和父亲的过去与现在

我一直觉得，自己同时在世界的两个地方，在这里的是我，在那里的是父亲。

父亲突然病了，他跟医生说能不能住几天医院。

父亲上有九十岁的老父老母下有一群子女，父亲是彻底地被家庭拖累了一辈子。

我的眼角模糊，肿胀，泪水滴落。胃酸瞬时翻腾，从嘴角溢出。去年父亲还一直显耀自己体检时医生说的他六十岁的人却有三十岁的心脏。

一个老实巴交的人民教师退休后，又回洋河承包二十亩土地、养起了一百多头里岔黑野山猪，都是父亲自己竭心全力动手喂养。父亲体重从先前匀称的七十五公斤瞬间瘦到了六十公斤，皮肤被太阳和大地蒸烤得黑乎乎，彻底变成了地道的农民。

我经常在电话里安慰父亲，不要干那么多的农活，毕竟都是六十多岁的人啦。父亲从来不服老，始终觉得自己的身体像小伙子一样棒。干起农活来不是忘了吃饭就是忘了喝水。累了，就蹲在田间地头抽上几支香烟。要不是有一天父亲抡起镐头的时候浑身哆嗦吃力，胸闷气短，他还不会去医院检查的。

三弟告诉我父亲的病情，我脑海里的父亲以及父亲和我的情感像电影里过去时空和现在时空交融。

那是在胶州火车站，当时还是绿皮火车，父亲送我去武汉读书。本来我和父亲说好我自己去武汉，到了火车站父亲临时决定买一张硬座陪我去。那个年代的火车速度慢之又慢，车厢里的条件设施简单而粗陋。没有空调不说，走上几站就断水了。父亲看见我渴，二十元钱买了一瓶橙汁。不喝还好，喝了更是渴上加渴。最后父亲断定买了一瓶假货，都是站台上的小商小贩用色素和水兑的浑水。从青岛去武汉的火车一路要走三十个小时，车厢里人山人海被挤在座位上动弹不得。我和父亲晃晃悠悠地到了武昌，走下火车的时候，父亲的腿脚肿胀、酥麻，身体感觉如在火车上晃动，这种感觉一直延续了十多年，以至于父亲再也不愿乘坐火车。

毕业那年，我去山西榆次铁道部第三工程局报道，十八个小时的路程——因此，父亲来送我。他先是骑着自己的蓝金鹿自行车驮着我从九龙去洋河和爷爷奶奶告别，再回到九龙，来来回回十几里的山路洒下父亲一身的汗水。他跳下自行车推着我，把车子寄放到乡镇公路边的汽修铺，然后踏上从国道开来的长途车，一路送我到胶州火车站。

我急切地想走，觉得家和父母对我而言已经太拥挤，父亲是胶东九龙小镇高中的物理老师，学校里分配了两间小平房，三个儿子都是壮实小伙子，挤在一张床上赤条条的都嫌热。空间狭小，由此而引发了我对外面世界的憧憬。山西榆次，那个西北边陲的小城市愈发显得有吸引力和神秘。父亲和我一起坐在胶州火车站门口的马路牙子上，我闲着没事抠手指头——我惊呆了——几乎不知所措——父亲递给我一支烟。香烟牌子是宏图。

　　我的眼里闪烁着泪花。

　　父亲递的那支烟，分量极重。事后我才明白，一个默默无语的动作，是男人间的深沉交流。

　　这种男人间的接触，近几年他和我才摸索着开始。他个头没我高，虽说我也不是一米八的大个子。他努力朝我笑笑，示意我接着他手中递过来的香烟。烟在我手中暖暖的，我发现我们的心情复杂得与从前不太一样。我要远行，他来送我；我觉得自己正在飞速成长，他觉得我越来越像个孩子。他一直说我不成熟，从来不考虑人生，今后的事情会越来越多。这些年的家庭生活和工作让他身心劳累不已，三个孩子上学读书，生活是数着花钱的困境，而我和他，一度同处于这种困境。

　　胶州火车站是我喜欢的老车站（胶济铁路上曾经有辉煌，土匪出没，日本鬼子被胶东农民打得鬼哭狼嚎，我爷爷和我奶奶的爱情传奇流传至今），破烂的老城街道雨过天晴，人来人往的生活气息散发着城市生活中隐秘的愉悦。

我启程远行的日子，父亲生平第一次递给我一支烟（其实父亲是知道我反对他抽烟，满嘴味道，牙齿都熏得像发黄的老照片，我也曾嫌弃过和父亲一起合影）。我当时十六岁，稚气未脱。整个车站像蒙在烟雾里，不像现在公共场合都有禁止未成年人吸烟的标语。父亲给我的香烟他用火柴给我点上，当时火车站的门口不大的广场水泥地上躺满了去往各地的乘客。火车始终在晚点中，只好留宿街头。他们拖家带口背着行囊，提着大包小包，孩子到处乱跑，像一场洪水过后的灾民。烟雾缭绕的空气中，并未显得我多么与众不同。胶州是个中等的小县城，火车站两边的水泥厂、炭黑厂，工人有秩序上班，工厂蓬勃发展。尘埃从空气中飘洒下来，街道上打扫卫生的环卫工人戴着口罩。

我记得，父亲给我点燃香烟的那一瞬，我咳嗽了两声。这样的咳嗽声，一般是父亲抽烟多的时候才会顿一下胸窝发出的，母亲总要唠叨几句，我会随着母亲用歧视的眼神看父亲。父亲给我点上香烟，虽然我根本不知道如何吸，一口下去还是有一种凉爽的感觉。父亲说抽烟就像母亲做饭触摸了漏电的鼓风机，遭了电流一击，飘飘欲仙。这是父亲在家庭劳累之余寻求的一种快感。

站台上，人影绰绰。铁路上油光锃亮的铁轨伸向远方，远处大地像有水蒸气在浮动，仿佛人的眼睛出了问题。远远地就能听见铁轨哐当哐当地声音夹杂着火车的汽笛声，我乘坐的火车就要进站了。那时候我还没有料到，十年后，这个车站会变成动车高铁，去往北京、上海、武汉，而因此进站不停。

但父亲早料到了，这个县城再有多么大的发展空间，他的孩子也不会留在他身边——他的眼里闪烁着泪花，时间正在吞噬着我们——曾经的我，那个男孩和父亲之间的感情距离渐行渐远。父亲给了我生命，给了我教育，不管刮风还是下雨下雪，他都用自行车驮着我行走二十里山路去求学。时间，像风一样，现在我却要带着它溜走。火车来了，它的车头明晃晃着两个大眼睛，灯光照得我眼睛睁不开。粗大的钢轮，长长的连接杆牵引着一个庞大的身躯，像父亲的身躯，拖家带口。

　　我上了火车。我的父亲看起来越来越小，越来越矮，透过脏乎乎的车窗，依稀看得见父亲招手和我惜别。我羞涩地跟父亲挥手，眼睛被他带动着开始滚烫起来，离别的痛惜顿时涌上心头，像喝了二两红高粱酒催促着血压升高。火车一直在胶济铁路上呼哧呼哧地跑，车窗外的齐鲁大地黑暗下来，伴随着雨滴声沉静下来。我从背包里拿出我的书——《世界抒情诗》，读起来。

　　车厢里人满为患没有一丝喘气的缝隙。乘务员探着脑袋挤过来吆喝着卖山西地图，一只白嫩的手把地图塞到我胸前，几乎是盖住了我的《世界抒情诗》，我打开地图看我将要去的城市在中国的位置，泪洒落在我的心上，像雨在大地上落着。

　　我在榆次出了火车站，没有人来接我。读了一天的《世界抒情诗》，突然感觉榆次这样的小城是带有悲凉的诗意的。初秋早晨的凉意早已袭击了我狂躁的内心，禁不住浑身上下打了一个哆嗦。一个中年男子走过来让我上了他的蹦蹦车，一路上他告诉我铁路三局是一个多么好的铁饭碗单位，工人的工资待遇相当厚待。小城榆次的人脸灰灰的，衣着也都是灰色的外套，帆布鞋，很多扎着马尾辫的女人，看上去西部生活是滞后不前的。在东部沿海胶州的秋天里，大街上是五颜六色的着装。跟榆次人相比，我有点惭愧起来，我突然觉得是接受贫下中农再教育来了，我得爱上这片土地。想起父亲在胶州火车站送我的情景，我的脑海里依然保留着碎片在闪光——父亲生平第一次给我递烟。在济南黄河大桥穿越时，在太行山脉经过时，在漫长山洞里一路爬行的火车，我的眼睛是生涩的，当火车呜呜着一路冲进道道山坡，整个山西路段上都是发黑的如黑曜石一样晶莹剔透的煤车，如盘山的巨龙。

刚到榆次猫儿岭路的铁路三局机关报道后，认识了一个同样来报道的女孩哲千。哲千说她认识我，是中专部的师妹。她父亲也在铁道部三局工程队上班，是木匠师傅。在中专部学桥梁工程的时候，我对哲千没有丁点印象，倒是她一眼认出了我。我还觉得一个女孩的名字那么怪异，倒是我们互相拥抱的感觉那么亲切，像是他乡遇故知。她清纯的眼睛，双眼皮，唇红齿白，一张旺夫相的脸。其实我一直期待着有这样的一个女朋友会在榆次火车站的月台上等我，然后拥抱着接吻，然后在初秋的陌生小城手牵着手开始一段新的生活。哲千说她并不喜欢像父亲那样从事铁路桥梁行业，一想到一个女孩要在工程队待上一辈子，未免有点后怕和残酷。尤其，又有一个怪老头的木匠父亲整天眼睁睁地盯着女儿，令她逃不了身。

我们先乘坐榆次开往省城太原的小公共车，然后停在太原火车站的喷泉广场上等半个小时的客人，再转头去更偏远的黄寨。一路上有意外的风景进入眼帘，甚至忘记了空气中飘浮的煤灰和肮脏的道路。一孔孔的窑洞，在远处的山坡上悬挂着，像冻疮。哲千好像对这里更熟悉，她经常会听父亲唠叨起黄土高原上的自然环境。每年到了六七月份，哲千的母亲总要和父亲在工程队团聚一次。夏天强烈的日头毒晒，一层层的黄土像铺着积雪。我倒喜欢"胡天八月即飞雪"的景象。哲千埋怨我的穿着太过于单薄。我过冬的衣服都在皮箱里。她对这里充满了忧郁和伤感。一眼看不到尽头的黄土高坡，光秃秃地环绕在一起。灰尘扑面的道路一直伸展开去，穿过遮天蔽日的林荫道进入古城墙黄寨。

　　进了黄寨，一个旧式的牌楼竖立在街头。在风吹日晒年月后更显得像一位神，走到这里的人都要敬仰门顶上的匾。黄寨村古时称狼孟村，是战国时期狼孟城遗址。村内有华国锋同志任阳曲县委书记的办公室旧址。哲千说要是来任个县长倒也罢了，来做牛做马做桥梁工程她是十分的不情愿，她说女孩干得好不如嫁得好。我信这话里的话。

　　每年六月，哲千的母亲都要带着弟弟钢钎来到黄寨，她父亲在山西一待就是五年，从最早的山西太旧高速路开始，从来没有回过家。她父亲工作缠身，他的妻子在家里伺候老母，养儿女。她父亲在外赚到的钱，每次都是一手交给母亲带回老家。哲千说桥梁工程队尽管有的是钱，但到了冬天却寒冷寂寞，屋子里的火炉都温暖不了工人的心。男人们的心思全部在千里之外的老婆身上，心里的冰冷是火炉融化不了的。

一路上，我和哲千亲近了，像恋爱中的男女，她把肚子里一切苦水都倒了出来。我们彼此把在武汉读书时的时光一一回顾一遍，然后就进入了青葱而又起伏不平的黄土乡野，黄土高原的路总是在高处。一路上经过很多赶着牛群和牲口、推着大板车拉煤的山西人。还有眼睛上方错落有致的漂亮窑洞，房顶很平，挂着全是一色的金黄玉米棒。我们跨越了一道道沟和一道道梁，沟壑纵横。我们爬呀爬呀，眼前出现的一条小溪竟然显得如此奢侈和幸福。我兴奋起来。这里四季缺水，更看不到江海。我觉得她是可以做我的女朋友甚至是我的女人。

　　我们穿越一片熟透的谷子地，谷穗随风摇曳，道路笔直向前延伸。临近碧山村的时候，远远听到了机械建设中的嘈杂声。一个不高的瘦老头站在工地栅栏边上，一撮小山羊胡，头发有些花白，他用褶皱挤出那么一丝笑容。是哲千她父亲在等我们，主要是等他的女儿。

　　她父亲住在工地上的木头房子里，周围是横七竖八的钢筋混凝土，干活的工人手里拿着电焊枪点点这里再用小锤敲敲那里。远处的钢铁梁上横挂着红色的大字：猫头鹰桥，铁道部第三工程局五处桥梁队承建。推土机和挖掘机不停地作业，桥墩已经雏形可见。这一切让我感觉自己踏入了一个全新的社会环境、更为高尚的工作领域。

　　走进她父亲的木房里，有一股腥臊的味道扑鼻而来。这是间长方形的房子，都是用一块块工地上废弃的木板子结合起来的，木板上的刺还扎在外面，偶尔有一阵细微的风吹来。一根木柱子顶着房梁，木柱子上吊着一只宰杀完毕的野兔。鲜红的血肉裸露着，血水滴答滴答下来，我看得触目惊心。她父亲说知道我们要来，就特意去碧山村的沙沟里套了一只野兔款待。中午太阳光照射进来，打在野兔被开了胸的血肉上，我顿时厌恶起这个老头来。他说这是一只母兔子，还有四只小崽子扔在了墙角旮旯里。我的胃瞬时间又翻腾起来，恶心，呕吐。

　　她的父亲——这种父亲看上去是多么和善的老头，我却不了解他。在他的木房里闻不到丁点的刨花芳香，墙壁上挂着一排刨子、锯齿和锉刀，全是割木头、杀动物的凶器。我父亲，虽然没有一技之长，也不是九级木工。但是我父亲在教育的讲台上拿着课本给孩子传授文化知识，至少扮演着人类灵魂的工程师这一角色。我父亲，不管在学校里，还是在社会上都没有碰到过麻烦，更不会虐杀小动物来换取五脏六腑的贪欲。每天，他只是捧着一本书，甚至嘴里咀嚼着地瓜、玉米饼的时候都不放下。他需要知识，需要的是一颗纯净的心灵。河西郭。那年春天，杨树叶子刚刚有嫩芽儿展开圆形变厚变大的时候，一只黄鹂鸟飞来在茂密的树干上布置了一个新窝。不久后，杨树花似一条条肥肥的毛毛虫从树上掉下来，黄鹂鸟也做了母亲，孵化出的两只小黄鹂每天唧唧地叫着。放学后我站在树底下听上半天，优美悦耳。我产生了爬树掏下来的野心。后来因为我的破坏，黄鹂鸟母亲撕心裂肺地惨叫了一夜。我父亲得知小黄鹂被我藏在了床底下，他闷着吸了一夜的烟。我睡醒来发现眼角有虫子尿般的液体流出。那时候我跟着父亲在外乡河西郭求学，母亲在洋河种地不在我们身边。父亲说如果我被人抢走了，我母亲也惨叫一夜呢，结果会如何。父亲没有打骂我，他扔掉手中的烟头用脚踩了踩，然后抱起我，把我双手一举架在他的脖子上，我踩着他的肩膀把小黄鹂送回了鸟窝。黄鹂鸟母亲看见失而复得的孩子，高兴地拍动着翅膀再不叫了。

我问哲千父亲，我们修建的跨出大桥为何叫猫头鹰桥。她父亲说两边的山像两只猫头鹰，大桥横跨两个山头，桥自然是猫头鹰桥（这使我想起横跨龟山和蛇山的武汉长江大桥，还有毛泽东的那首"龟蛇锁大江"的诗句）。

远处山谷宕然！

回到工人宿舍，要穿过整个大牛站村庄，一条长长的巷子住着二十几户人家。黄色泥土墙被雨水洗刷过后痕迹斑斑。宿舍位于一条肮脏的村中小路高处，从远处可见一群穿着蓝色工作装的男人戴着黄色的安全帽出入。远在一百米外，我是另一种学生装的气派，这一切让我觉得自己开始了一个男人的独立，自立，成为社会中的一员。

门口一棵粗壮而老态龙钟的大枣树，树干上结满了青红相间的果实跨越在院墙之上。房东是一位挂着拐杖的老年妇女。她的拐杖就斜靠在枣树上，坐在门槛上抽着一根烟卷注视我。她的脸很黑，看上去抽烟的年岁不短，熏得牙齿都发黄了。而她惊愕的神情像迎接从战场上打仗归来的儿子——身上还背着行囊和铺盖卷。她把那条伤残的腿双手抱住往一边挪动一下，我生怕踩着她的脚给她造成雪上加霜的疼痛。一阵微风吹来，发黄的枣树叶子飘落下来，还有被虫子咬过的枣啪嗒嗒嗒掉在地上，发红。

这个四周被黄色泥土墙包裹着的小院，左右两边各有厢房，从屋子里传来嗷嗷叫的打牌声。坐在门槛上的房东妇女看我有些陌生，她抓起拐杖走过来，把我带进了一间还没有人住的空房间，她说这间屋子是她孙子每年放暑假时候从省城太原来度假住的。屋子里墙壁上还有她孙子涂鸦的手笔，各种各样的超现实主义的想象都在墙上一览无余，你会觉得有一天孙子成为画家的时候是从乡下奶奶家的土墙上启蒙的。太阳西落的余晖打在墙壁上，画也跟着光跳跃。屋子里还有一台木头架子，张胳膊伸腿占据着很大的空间。房东女人说这是她唯一值得保留的织布机，家里男人几次都想用镬头把它砸碎烧火，都被她拦住。语气中几乎夹杂着要跟织布机同归于尽的劲头。她说现在从来没用过，留着只是对过去生活还有个念想。她的头发白了，看起来年龄也七十有余，她们是从苦难中走过来的一代人。

土炕这边是一张老式的木头桌子，看起来厚厚的笨笨的。桌子上摆放着一排书籍，长年累月地摆放着好像一直没有人翻过。房东女人说是儿子当年读大学时候的书籍，儿媳妇嫌放在城里的楼房里碍手碍脚想处理给收破烂的，结果是自己的老头子大包小包背回来的。这个糟老头子就是为了显示他一辈子供读一个大学生儿子，然后没怎么享受清福，早早地从地球上蒸发了。我翻着桌子上布满灰尘的书，眼睛有些湿润。康德，尼采，20世纪最伟大的哲学家。

哲千把屋子里的尘土打扫了一遍，正当我看她扫地的姿态时，一只肥大的蟑螂向我脚边爬来，至少有五公分长。我把它指给哲千看，然后我用地上的一块废纸片捏住蟑螂。我们一致同意，这只蟑螂是从墙角旮旯里被哲千挥扫的尘土呛出来的。土炕边的墙上糊上了旧报纸没有任何缝隙。我执意要把房东女人孙子画的画空出来，没事的时候能欣赏两眼。房东女人看见了自留地似的墙壁，夸奖我的女朋友真是懂事乖巧，郎才配女貌，千年之合。哲千和我只是笑了笑。哲千说既然你喜欢画……她就在墙壁的报纸上画起来，画得龙凤飞舞，很抽象，看不出是任何一派的画风。她都被自己画的作品惊叫狂笑，跌倒在炕上。

　　事后算起来，要是我们真的相爱了，这是我们的第一个爱巢。天气炎热，可是这里自有一种凉爽、清新的新鲜气息，就像在洋河，我们的孩子也会在每年的暑假跟着我母亲在乡下度过。在我的心里一直有懊悔，错过了哲千这样的新娘子。

　　我和哲千在土炕上看着这些画一番打闹的时候，她父亲来了。她的父亲常年在外独自生活，养成了一种独处的习惯。年纪不大，头发花白，风吹日晒使得他的脸像刀刻一般。一辈子熬到了九级木工，在队里带着几个徒弟，算是师傅级别。有人叫他老沈，我们年轻的则称呼他沈师傅。他经常在工地上捡一些木板和铁丝之类的玩意，回到工棚里制作出一些奇形怪状的东西来。一屋子都是乱七八糟的框框架架，这是他的喜好。真让他回城住进了楼房，他有一百个不适应，甚至会天天打盹想睡觉。在工地上的生活，他锻炼了一副好身板，腿脚也灵便，每天不停地跑，不是在桥墩上，就是在沙沟里套兔子。从他的那副神情来看，这种乡村田园的休闲，已经深深地迷惑了他的内心，他有足够旺盛的生命力。

沈师傅喜欢吃，也会吃。他每天总是把自己的生活调节得与众不同。很远处就能闻见他屋子里传递出来的味道，一个人的日子无牵无挂，保养得笑逐颜开。晚上我和哲千被他叫到工棚里吃晚饭，虽然我对他屠杀小动物充满了仇恨，但我还是很感激他对我的厚待。他的铁炉烧得噼里啪啦响，连铁炉都通红，一股香喷喷的味道充斥着整个屋子。他坐在铁炉不远处，手里还在来回折着一块铁丝，铁丝被火烧后十分脆弱，然后他再用钳子像穿针引线一样翻飞。他不忘从口袋里掏出一盒烟给我，我说不抽烟，他说是大光，是这地方最好的烟。让我尝尝。我接过烟还是没抽，看着烟盒果真是"大光"二字。他顾着做手里的活，没再劝我抽烟。我手里拿着的一根烟不知不觉地搓得粉碎，掉了一地烟末，满手的烟叶子味道。哲千似乎有些困意，折腾了一天，还没好好地停下来休息。

沈师傅看出了我们的无聊，让哲千从箱子里拿出迎泽啤酒。那是来自太原的纯生啤酒，现在回想起来，第一次喝啤酒口感正是众人所说马尿的味道。沈师傅说锅里炖的是从碧山村买来的纯鸡，有着像飞行的野鸡一样的味道。以后几十年再也没有这种味道出现。我从过分讨厌沈师傅的残忍到接受他，不足一个晚上的时间，他对妻子和两个儿女承担着一个男人的责任义务，而且对工程队里的晚辈们充满了关心和照顾。

后来沈师傅还是经常会去套一些野兔，买一只纯鸡，甚至还抓到一只野獾，想方设法地吃。他每次让哲千叫我吃饭，我还是去，但总是吃不下。他说年轻人参加工作，没社会经验，但要手勤眼快，多看师傅做，看完了自己动手做，不耻下问是好，不懂不要装懂。一瓶迎泽啤酒攥在我手里基本会喝一晚上，把时间打发掉，等着他最后说吃饱了没有，我再回到房东女人家的屋子睡觉。

我从房东女人儿子的书籍里读了尼采，读了萨特，读了克尔凯郭尔，读的世界一片混沌，欲罢不能。于是，我想寻求一本佛经，放出我内心的不安和躁动。

碧山村的华严寺就是传说中的观音寺，殿内几经风吹雨打，已经破败不堪，香火业已不旺。只是墙壁上的巨画还赫赫醒目，罗汉图和千手千眼观音，颇有气魄。

工地上的女人们昼夜莺歌燕舞。老杨头的老婆，从东北来，带着一屁股的妖风。她虽然肥胖，但善舞。披肩在她背上如蝴蝶般飞舞，让我想起窅娘在世。窅娘的眼睛带着混血，而老杨头的老婆就是哈尔滨和俄罗斯的混血，如果不是她自己解说一双眍䁖的眼窝有异域风情，谁也不知道她是难得一见的俏货。我看她身轻如燕的舞姿，有时犹如莲花凌波，俯仰摇曳之态优美动人，有时犹如在一朵莲花形状的舞台上婀娜多姿。跟她睡了三十年的汉子老杨头在一旁双目深凹顾盼有情。一弯新月上莲花，妙舞轻盈散绮霞。

也因此，我和隔壁屋里的工友们显得格格不入。他们呼三喝四，打牌声、赌钱声此起彼伏，一直闹到后半夜算完。房东女人说，要不是她的腿瘸要钱治病，她才不会把房子租给这些整天吵闹没有素质的家伙。她是为了替儿子着想，能不伸手要钱就不伸手。在城里生活的人，什么地方都需要钱，喝口水都是自来水管，做个饭都是煤气罐。不像在乡下，喝的是免费的地下水，烧的是自家地里的庄稼秆，菜是自家院子里的无农药蔬菜，施的都是农家肥。房东女人经常在菜园子里拖着她的病腿捉虫子，手里攥着一把大青虫，都被家里的老母鸡吃了，然后下蛋都是大个大个的双黄蛋。

从洋河小村走到九龙小镇，再到县城，我吃上国家工人的铁饭碗，又回到乡下修建铁路桥梁，反复的人生轨迹里处处是现实生活又充满了诗意。

可沈师傅是不需要这种诗意的。他需要的是一个实实在在的男人来保护他的女儿，然后和她结婚，生子，过着平常人的日子，抽烟喝酒，大口吃肉。在他心中，这是一个最起码的男人标准。

其实，我爱哲千。爱她的善良和纯真，爱她对我要求少。但是周围的人觉得我像风，捉摸不定，不知道哪一天就会刮走。现在看来，那时我对她父亲产生的恼怒是不必要的。他就是一个木匠。认为大把地赚钱然后寄回家去，就是对妻子和儿女的爱。我给沈师傅上了一课后，他对我彻底产生了失望。在他看来长辈再无理也是对的，晚辈再有理也是错的。他把哲千从我身边赶走，欲想其他的男人替代我。

哲千对他父亲产生了恨意。但毕竟还是她的父亲，每年给她母亲寄回很多的钱，母亲给她买很多漂亮的衣服，她在花季般的少女时代都穿着漂漂亮亮的花裙子，骑着父亲给她买的女式小飞鸽自行车，那也算是城市里的一朵奇葩。也曾有流氓无赖地痞无数次地跟踪她回家，然后看着她上楼的背影消失，消失了，一直看不见，直听到关门声为止。

瘦猴就是第一个跑到沈师傅面前献殷勤的男人。沈师傅爱玩麻将——工程队的男人工作之外的第二职业。为了输赢每晚吵得人声鼎沸，瘦猴就是那种甘愿每晚来输给老头子的人。他就组织过几个胖男人来陪老头子闹到下半夜，吵声里还有大吼大叫的歌声。

我有时路过沈师傅的木房子，看见里面人头攒动，欢声笑语，就心怀怒气。老头子戴着老花镜在灯光下聚精会神地摆弄着手中的方块，白灯罩里的光线把他的头发映得更加苍白。要是回到童年时代，我准搂起弹弓一个石子把他的白炽灯打爆。我怀着疾恶如仇的心态，走到电线杆下，电表盒开着，我伸手拉下了电闸。顿时一片漆黑，我弯腰一溜小跑从木房子的背后进了一片葵花地。我一动没动，从深处传来女人一股股的无病呻吟，尔后是一个男人的呼哧呼哧声。

我被葵花地里活像母狼和公狼交配的叫声吓跑了。

第二天，有人谈论起葵花地的叫声说是领导把小会计上了。瘦猴应声说：原来男女做那种事都要把电闸拉下，天地变得一片漆黑。

沈师傅骂瘦猴是多嘴骡子不值个驴钱。哲千也瞧不上这样跟屁虫一样的男人，几次给瘦猴脸色看，瘦猴红着脸不死心。小会计报复瘦猴说：也不搬块豆饼照照自己是啥德行，还整天惦记着老沈的闺女。

沈师傅对女儿的选择模棱两可。瘦猴这样的陪吃陪喝，递烟玩乐，老头子觉得没多大出息。应该是介于和我之间会来点事又有文化修养的一类人，可是在工程队寻找国家公务员式的男人比登天还难。八月十五中秋季的来临，全队职工有了一次亲密接触。众人攥着麦克风又唱又跳，狂欢着。我和哲千坐在一排椅子上聊着最近的心得，哲千一直认为这种乌烟瘴气、素质低下的队伍不是清高孤傲的我久留之地。她说我应该在一个能发挥我文采的地方，比如机关办公室，比如报纸杂志，比如学校，甚至可以进入《铁道报》这样的机关做一名记者，一切源于我手中的那本《世界抒情诗》。哲千顺手接过诗集，她读起来：假如生活欺骗了你，不要忧郁，也不要愤慨！不顺心的时候暂且容忍。相信吧，快乐的日子就会到来。我们的心永远向前憧憬，尽管活在阴沉的现在。一切都是暂时的，转瞬即逝，而那逝去的将变为可爱。

我和哲千在我寄宿房东女人的小屋里读诗，在大牛站小路上读诗，也在一行行的葵花林里读诗。瘦猴一如既往地在沈师傅面前表现，露一手小聪明。第一片桥梁运上桥墩的时候，需要稳固。沈师傅从木房里抱着一包木楔子上桥指挥，瘦猴在桥下迟迟不敢爬上桥，说胆子小看着晕血。沈师傅骂瘦猴是猴屁精，他站在桥上顺下来一根绳子让瘦猴往上爬。瘦猴轻飘飘地上桥了，被风一吹浑身飞舞。沈师傅问瘦猴晕血吗？瘦猴说不晕。沈师傅说看见什么了？瘦猴说看见大牛站整个村庄了。沈师傅说最高的是什么？瘦猴说最高的是村里的电线杆子，有点像姜博瀚手里吉他的和弦，上面还落着五只麻雀。沈师傅对瘦猴说最高的是你——站在桥上的你……

卷扬机在桥梁上嗡嗡作响，钢丝绳绞作一团。沈师傅在桥上巡视的时候及时发现跑过去拉电闸，是瘦猴一个箭步冲到了前面，卷扬机啪的一声爆出一个大火球，瘦猴当场击倒像一只烧煳的野鸽子。那段日子里，沈师傅是有点屈辱，所有的尊严都被瘦猴的死亡涂抹得消失殆尽。

哲千是爱她父亲的。爱他的束手无策，爱他大半辈子为家庭付出的操劳。哲千和我说起她父亲的时候，一脸的无辜：要恨就恨我，不要责怪老糊涂的父亲。哲千用糊涂来形容对父亲的爱。虽然他在工程队熬到了九级木匠的身份，带着众多的徒弟，可是又有哪个徒弟能真心地了解他这位白发苍苍的师傅。我和哲千始终因为她父亲而存在着一道隔膜和不可跨越的横沟。现在回想起来，正是我对她父亲的不屑一顾和鄙视，严重伤害了一位老师傅的自尊心。但他能看出我内心的城府和志向。我不只是一个只懂得读《世界抒情诗》的男人。那一阵子，沈师傅在瘦猴的死亡上受到了沉重的打击，一度大小便失禁。这是他作为一位师傅对徒弟严重的失职，队里把全部责任归到一位倔强的小老头身上，结果不仅没能算作工伤，还落了一身谴责。

哲千说，爸你尿裤子里了。她父亲像没听见一样，在女儿面前脱下裤子，掏出那玩意儿，然后傻傻地站立着，满脑子里转着糊涂。我在一边看着，虽然不忍心，但我也不至于帮他，我宁愿他尿湿了裤子让他在女儿面前丢丑。

在大牛站的苍穹之下，在葵花地旁的木房子里，冰冷和嘲笑一直侵袭着他。

大牛站村的神婆婆，为沈师傅跳了一段惊天地泣鬼神的舞蹈，烧了一堆黄纸钱，让沈师傅喝下一杯水。四周的山谷都停止了鸟叫，狐狸发情的声音也戛然而止。我心里是哆嗦的，充满了不安和疼痛，比沈师傅的惊吓还要强烈。在鬼神面前，我们都是渺小的。我把一根大光烟像父亲对我一样点燃，然后递到沈师傅嘴里。他用劲嘬着烟吧嗒吧嗒吸着，样子像刚刚出生的婴儿。他不断地咳嗽，记忆慢慢地回升。他笑了，虽然是傻笑，我看到他的心乐了。

　　对我和哲千来说，我要消除一种紧张的关系。在大牛站的星空下，在葵花开满的土地上，厄运慢慢地消失，我们需要迎接好的兆头。从大牛站去往黄寨，需要步行一个小时，然后我再坐上开往省城的汽车，给沈师傅购买帮助恢复记忆的药。路两边的葵花金灿灿地盛开，它是一种无可替代的结满颗粒的野花。它在太阳东升的时候迎接日出，在太阳西落的时候，垂下脸庞。但你能看到的永远是它朝气蓬勃的笑脸。植物学家测量过，其花盘的指向落后太阳大约十二度，即四十八分钟。太阳下山后，向日葵的花盘又慢慢往回摆，在大约凌晨三点时，又朝向东方等待太阳升起。在阳光的照射下，生长素在向日葵背光一面含量升高，刺激背光面细胞拉长，从而慢慢地向太阳转动。在太阳落山后，生长素重新分布，又使向日葵慢慢地转回起始位置，也就是东方。但是，花盘一旦盛开后，就不再随日转动，而是固定朝向东方了。

　　一路上葵花的芳香像铺满了闪闪的金光。

　　哲千把药给她父亲熬上，说睡一觉应该没事的。神婆婆灵光出现，加上中草药的威力，她父亲的病一定会在第二天早晨康复的。哲千把她父亲的衣服脱下来洗干净，晾在木房外的铁丝上，风刮着像帷幔摆动。她的内心是强大饱满的，她并没有为瘦猴而伤心。接下来的生活依然是活人的世界，她需要的是把父亲照顾好。依旧是以前的那个乖孩子，母亲不在身边，像个母亲在家里照顾父亲一样做饭，洗衣服。哲千让我看到了母爱，她身上有我母亲的影子。

那时候，我家在胶州南部的洋河小村，交通四方八达，我经常引以为豪，可以方便离开小村走向更广阔的外面世界。第一次离家出走，我行程三十里地到了九龙我父亲教书的学校。那是一个更为偏僻甚至荒凉的小镇，当地人把小镇不叫九龙而是称作龙山。在父亲教书的九龙中学里，我把学生们劳动课种的瓜摘了遍，一个中年大胖子男人走过来问是谁家的孩子。我父亲惊呆了，面对我的出走，一个十岁孩子的寻父之路。我跟父亲说，母亲在家里太暴躁了，动不动就摔碟子摔碗，指猪骂狗。我父亲说是母亲的更年期来了。我不解。

晚上，我睡在父亲的小木床上占据了大半个身位，而父亲在灯光下批改学生的数学试卷。父亲抓头挠腮，几乎是被学生气破了胆。嘴里说，这样的试题都讲了一百遍怎么还能做错呢。我睡梦中清晰能听见他读数学方程式的腔调，有节奏有乐感。我父亲就是这样，不厌其烦地教导学生。恨，只有在别人看不见的时候他才在脸上或者额头上显示出来。面对学生的时候，他更多的是慈父般的爱。那时候的学生，都是高大的青年，不爱学习，到了社会上就变为混混，也经常有学生上课期间从窗户跳走了。但是父亲的课堂是不会发生这类现象的。父亲说，不爱学习的到我家里帮着干活去，割麦子，种玉米。只要别变成社会混混，做什么事父亲都是鼓励的。也有放学路上，我被父亲的学生劫持的现象发生，那些高大的学生为了逃课，撒谎让我带着他们回我家干农活，我没有丝毫的反抗能力，看着他们大汗淋漓的样子，我也忘记了我是被劫持回家的。每次，我母亲都要把攒了一星期的鸡蛋煮给他们吃，噎得他们梗着脖子嗷嗷叫，像哑了嗓子的公鸡打鸣。

今天我又发现了沈师傅喝中草药汤的样子，滑稽可笑，他的脸苦得如喝了一杯黄连皱巴巴，又让人顿生可怜。

大牛站，这是我和哲千相识和相爱的地方，在这里我们却遭受着煎熬。虽然她的抵御能力要比我强大几倍，是在背后默默地支撑着我的那种女孩。脸上永远看不出丝毫的风吹草动。这种爱不是浪漫的，未必不是真诚的。

我们经常在空旷的街道上行走，不知道未来的命运是什么，也不知道未来有什么机遇等着我们。街两旁的树木都是葱郁的，它们在春天里开花在秋天里结果。夏天来临时，它们的叶子抵挡着炎热。它们是红枣树，它们在雨后沙沙地作响，在蜜蜂的包围中吐露着芬芳。

在感情的范畴里我们可以享受较大的自由，但在社会生活的范畴里，我们却大大受到机遇的主宰。有很多事情我们必须变成某种人，当然这和我们的基因有关……

村子有点空。房东女人开着收音机听着广播里的新闻，鸡在院子里突然想飞起来，菜地里辘轳井还冒着黄褐色的气泡，像是昨夜里天老爷降了一片土，而水浑浊不堪难以下咽。

沈师傅睡着了，他把疼痛忘记在梦里。

而我，如同毕业那年七月，迟迟收不到毕业分配信函时候的心情。那时，一个长途电话打到九龙中学找父亲，告诉他需要延缓分配日期。第二天，父亲和我踏上了南下武汉的列车。三十个小时的长途跋涉，父亲的腿都坐肿了。火车里是粪便的味道，两岸的村庄和树在黑影中退后、快速地消失，火车的速度把天幕拉黑，我和父亲像是被火车拉在黑色里。

下火车的时候，父亲一瘸一拐地走着。在我就读的铁路桥梁工程学校里，一个矮胖子四川男人接待了父亲，他是校长。七月的大武汉，天气如蒸笼闷得透不过气来。父亲第一次到城市，况且又是被长江链接三镇的大武汉。他习惯了乡下人的穿着方便，在校长面前于羞耻不顾脱去了外套，依然热得满头大汗，父亲把他的教师工作证给了矮胖子校长，校长刚开始是坐着，然后刷地站起来和父亲握手。父亲眼泪刷刷地流了出来，矮胖子校长一个眼神示意我出去等着。在走廊里透过玻璃窗看着我曾经读书的学校，我觉得有些陌生起来。

那一刻，为什么会这样，我没有丝毫的留恋。那个清纯懵懂的少年，那个志在四方的少年，想着父亲的泪水被这蒸笼的天气压着，我身上像被蒸干了一样，眼前空寂。

很快，矮胖子校长送着父亲出来了，握着手言笑着。他拍打着我的肩膀，让我回去好好工作。一句话，是人民教师的子弟兵。

我和父亲又坐上了返乡的列车，这一趟来回把父亲两个月的工资折腾光了。我一路上看着车窗外的风光都是静止不动的，只有我的身体在飘动。大脑像停止了运转，看什么都是死的，充满灰气。路过郑州火车站，父亲买了两根大葱放在嘴里嚼着，刺激扑鼻，烧心。我们父子俩一直没有提延缓分配的罚款问题。后来，还是很多年后，父亲很偶然说起了这件事情，我还可怜巴巴地不敢看父亲的脸。父亲说一分钱也没罚，因为他是教师的缘故，矮胖子校长送了他一份人情。

我和哲千说起我父亲的时候，她满脸的敬佩。

从省城抓药回到大牛站，我特意给沈师傅买了两盒大光烟。我重新领悟了烟的真谛，它燃烧着的时候有光，温度很高，一不小心可以烫伤，甚至燃起火灾。但是能令人提神醒脑，沈师傅的记忆在逐渐的康复中，唤起了他对我的热忱。

黄土地上的太阳每天顺着葵花朝阳的东方升起，在天地间游走一圈把道路打磨的光亮而顺滑，终于转到高高矗立的大桥背后隐身而落。

邮递员狠命地蹬着脚踏车。他在葵花间的小路上飞奔，孩子们赤着脚丫子追逐，把尘土扬起在身后。邮递员的嘴咧开了葵花盘大，他的牙合不拢，"你的通知书，北京来的。"

我离开大牛站那天，沈师傅站在接待我的路口目送我，他扶在篱笆上眼睛里流淌着泪花，像个梦游症患者一样看着我，嘴里不断地嘟囔着，"前程繁花似锦……你该去你向往的地方……"哲千让父亲快回木房里休息，她有话想单独跟我说。哲千看着我，我看着她。

"你把她带走吧，互相有个照应。"

我看着沈师傅，感觉心里满满的。哲千瞅了父亲一眼又背回头去。沈师傅转身走了。我看着他的背影对哲千说，"有你在，一切艰难困苦是击不倒老父亲的。"

哲千让我快走，走了永远别回来，这不是人待的地方。我的眼睛模糊不清看着她的轮廓，她对我充满了客气和留恋。她的眼睛瞪得溜圆溜圆，眼球向外挣扎着的信息里告诉我这是一个真实的谎言。她是那么诱人，我无法抗拒这种诱惑。伤感穿过我的肉体，伴随着一阵令人不安的战栗。她的手从我双握着的手中抽出，一阵风袭来，我顿时感到了手心的冰冷，她的脸再次模糊。

我怀着这份爱情上路了，我不知道是成功还是失败。我突然感到有向阳花生长的土地上，太阳光像金子般铺盖大地，我还看到了满地的星光，前程不再寒冷。

……

尔后，我做起了北漂。春夏秋冬，年复一年，日复一日，如桥梁队上的日子，飘忽不定，居无定所。生辰八字显示命里注定过着吉普赛人般的流浪生活。

我不认命。我也不低头。

雪花飘飞的村庄模糊又清晰……

父亲年满六十，从教师的位置上退下来。回洋河乡承包三十亩土地做起了地道的种植园丁。他每天在电话里和我报喜，小麦又长高了，蹿穗了，每亩产量上万斤；两头老母猪又生了三十只小猪崽，个顶个的猪头大耳。父亲憧憬着未来这些农作物和里岔黑野猪种能给我在北京换一套楼房。电话这头我有些哽咽……父亲到了尽享天伦之乐的年月，还依然在土地上辛苦播种。父亲也从当年的七十五公斤瘦到了六十公斤。我劝父亲再不能这样拼命了，父亲说身体上的劳累不算累，最累的是你们的脑力劳动和社会工作压力……当年在胶州火车站，父亲骑着单车送我上车的叮嘱，再一路西行到榆次，然后到黄寨，依然清晰而深刻。我从出生地中国的东部沿海 B 角到西部黄土高原 C 角再到天朝之都京城 A 角，像一个几何三角形一路爬行。青春不经意间滑走，这个几何的边边角角也被打磨得光滑而不再有锐气。倒是父亲的任劳任怨让我再度点燃了闯江湖的狠劲。

在京城打拼的几年里，我在国家大剧院谋到了一份做助理导演的工作。然后遇到一位同样叫哲千的女孩，她刚从西班牙留学归来，此前在中国传媒大学读的是西班牙语，因此有了出国深造的机会。我们相识正是在威尔第二百周年诞辰前夕，因制作歌剧《假面舞会》得以相交恨晚。很快我们又像大牛站的哲千一样投入了似曾相识燕归来的机缘。排练《假面舞会》的整个过程，我们是相当快乐和兴奋的。这个剧目为三幕悲剧，题材取自十八世纪末瑞典国王古斯塔夫三世遭暗杀的真实事件。

我和她提起昔日哲千，她笑了笑，似信非信世界上竟然有这样的巧合，似乎世界充满了谎言。歌剧首演庆祝酒会上，中国人意大利人法国人欢声笑语一片。一个白卷毛、绿眼睛似鹦鹉的阿根廷导演乌戈·德·安纳和来自世界各地的男女演员频频举杯，饰演女巫乌利卡的拜尔纳黛特·维德曼挺着两个下坠如大葫芦的奶子向我走来，她举杯放荡不羁地哈哈大笑，她的表演精彩俨然成了女巫的专场盛会。我说她是全世界最瑰丽的女巫。哲千用流利的英文一字不差地翻译过去。她又爽朗地哈哈大笑，把酒都笑喷了一地。

　　我的手机叮叮当当地响了，接到了大牛站哲千的电话，她告诉我她父亲死了。沈师傅得的是老年中风，没有及时治疗，病情恶化。我从大牛站离开一年后，他们父女也回到了东北佳木斯老家做工，哲千也早已为人妇为人母，她的弟弟钢钎子承父业，在县城家具厂里做起了木工，打造的柜子木床，很受年轻人喜欢。

　　十二年来猫头鹰桥历历在目。

　　在国家大剧院。我强忍欢颜和哲千碰杯。

　　《假面舞会》就在这样的气氛中落幕。雪花飘飞的村庄模糊又清晰，感谢那个岁月让我认识了你……我的眼泪掉在了葡萄美酒里，我一口气喝完，极力想抽一根烟。

　　……

　　父亲从青岛转到天津做手术，我从北京乘坐城际列车赶到天津，父亲在医院门口等我，见到我，父亲兴奋地跑上来和我握手。这是父亲第一次像对待朋友一样和我握手，我极力想控制自己的情绪，见到父亲的情形我还是激动地流下了眼泪。父亲说治个病还这么麻烦，跑这么远的天津来。他说这话的意思是耽误了孩子们的工作，深深地带着一份歉疚。

　　一群病人。男女老少串病房跑过来找父亲问东问西。你是什么关系？你是当官的吗？我们都等了一个月才轮到空床，手术都还不知道哪天进行呢？你怎么刚来就住上院了？告诉你手术时间了吗？父亲只是笑笑，说，我运气好。我不是什么做官的，我是老师。一位七十岁的老太太听父亲说是老师，铆足了精神头立马和父亲握手。哎呀，我也是老师啊，教了一辈子幼儿园，你看看我七十岁了性格还像个孩子。我就是家里的活宝。我们俩算是同行啦。你说，咱们能得肺病，是不是跟吃了一辈子粉笔面有关系。粉尘太害人啦！现在的教师上课哪里还用粉笔，都是用水笔，比我们那时候进步多了。这位老太太眉目干净，梳着一个马尾辫，除了身材肥胖，哪里像七十岁的人。这三个都是你的儿子吗？她又接着问父亲。你可真有福气。医生通知我，明天手术，让我找三个男人帮着推床。你三个儿子呐，你可真会生，计划生育没罚你吗？弟弟在旁边站着，说，阿姨我罚了八百，父亲因此还降职一级工资。弟弟让出凳子让这位阿姨坐下来。她叉着腰理直气壮地说，我怎么就生不出来。我也愿意他们罚我八百。你们说，现如今社会一个孩子能干什么，要伺候双方四位老人，还有自己的家庭。光工作压力够大的，我们老了谁来伺候。反正，我看的开，死活都那么回事。别给孩子添乱了。早死早托生。她一顿激烈演说把病房渲染得一片欢声笑语。倒不像是来治病的。

　　后来这位阿姨和父亲一天进的手术室。

　　父亲的手术历经五个小时，对医生来说是很小的手术，对于我们做子女的来说简直就是一种摧残般的煎熬。父亲的手术很成功，推进了重症监护室观察后，我们哥三个绷紧的神经像一摊烂柿子软了下来，我们几乎是倒在重症监护室的走廊上等待着父亲从麻醉中醒过来。医院的过道里躺满了病人的亲人家属，加上灯光暗淡，给人一种压抑和焦灼。晚上九点钟大哥进去探视父亲，胸和背部的伤口疼痛只能让父亲侧躺着，父亲坚强，没吆喝一声，直到出院。

大哥担心父亲手术后的身体，建议用救护车护送回青岛。我给父亲的建议，是乘坐高铁回胶州。父亲满口答应。我买了两张高铁的商务座。父亲上火车兴奋不已。

父亲说，第一次送你去武汉读书到现在整整有二十年吧。

我的眼泪刷刷地淌满了脸。二十年的光阴，父亲就老了。二十年的光阴，我们顾及不到父亲内心的孤寂。二十年的光阴，我们没有陪伴父亲去远游。我们做子女的都把时间给了谁？而作为父母的他们从来不埋怨不抱怨任劳任怨像一头老黄牛为子女效力。在那一刻，我与哲千合二为一，她的父亲和我的父亲合二为一，无数的远去和现在合二为一。面对童年成长而又遥远的故乡，我却无力回头。

父亲一路上感叹高铁的速度快之又快，漂亮的列车员时不时送来水及零食。父亲说躺在商务座上就像是一座活动的农村火炕。比比二十年前的绿皮火车，都不敢想象过去的日子。想起父亲送我去武汉读书，他腿脚肿胀，在武汉街头找一个公用电话长话短说打到镇里中学托副校长跟家里报一声平安。我泪水满面，伤感不已。

身体虚弱的父亲忘记病痛，像一个孩子般很兴奋地望着车窗外滑过的华北平原上绿油油的麦田，一群喜鹊跳跃在枝头叽叽喳喳地传递着春天的信息。父亲的眼神瞬间有些凝固，他想着家里的土地上他种植的麦子也这样绿油油地在春风里飞快地拔高结穗等待着他收割。

　　可是，我的父亲啊！你哪里知道，你患的是癌症。

蝗虫

蝗虫！蝗虫！

蝗虫如没长眼睛的冰雹密密麻麻地从天空砸下来，砸在头顶砰砰响，撞得人额头盖发青。

于是，捕杀开始了。洋河响起了蝗虫粉身碎骨的吱吱声。虫群乱窜乱蹦，身体发出一种腥臭的气味弥漫了天空。

虫灾，需要喷雾器需要火烧。

……

一个礼拜天下午，父亲带着一台喷雾器回来了。

上一个周末的时候，母亲就让父亲买一个喷雾器带回来。我和弟弟都觉得喷雾器是个什么玩意，想着它的威力一定很神奇。我母亲这几天被庄稼地里的蝗虫灾难折磨得头痛脑热，晚上做梦都是蝗虫在大脑里飞来扑去，得了神经衰弱。她白天更是吓得不敢进地里干农活。好几次，母亲哄着我说，走，目张陪着妈妈就可以了，不用你干活，你就在地头的大杨树底下坐着，妈妈给你买洋柿子吃。为了吃洋柿子，我陪着妈妈去了洋河岸边的那块庄稼地。一路上黑乎乎的蜣螂，搂着一堆堆的驴粪滚绣球。这还不是毒害庄稼最要命的虫子，更要命的是那些密密麻麻的大蝗虫，在玉米叶子上密密麻麻的黏着，把庄稼都啃得萎靡不振。

父亲跟平时一样，推着他的自行车走在洋河八角街的土路上，车座上用绳子捆住一个绿色的大家伙事，后面跟着我弟弟和他玩耍的小伙伴。父亲从河西郭回到洋河，不管是春天还是秋天，还是在某个夏日，他都是这样一路走来，身后围着一群看光景的孩子。孩子们都惊奇地想发现父亲又带回来什么先进的武器或者洋河上没有的稀罕物。我立即想起，父亲带回了独轮小铁车，扒花生机，擦玉米机和粉碎机，以及各种各样的农药。

我弟弟从八角街上喊着父亲带来了喷雾器的时候，我正在和春梅，秋梅，冬梅踢毽子。那个毽子是我亲手用母亲的布穗头缝制的，三个女孩的手艺都比不上我。春梅，秋梅和冬梅看着父亲推着的喷药机，她们女孩子并不兴奋多少，只是觉得我家里总是有不同的先进武器被父亲运回洋河。倒是洋河上在土地里卖力气出大汗的妇女会羡慕，庄户女人嫁一个国家干部，干什么活都不用费力气。

我扔掉手脚忙乱，毽子不踢了，我得帮父亲去卸喷雾器。我奔跑的速度之快，姿势千变万化，腿都要甩到天上去。巷子里吃蝗虫的鸡，鸭，鹅，害怕被我撞着来不及躲闪，还是被我一脚踢了一个趔趄。我那时候经常喜欢跑，从洋河南跑到洋河北，从洋河东跑到洋河西。洋河人说我像一头公牛，就差一点飞上天了，真是妙不可言。

父亲和奶奶以及洋河上的妇女站在门口等着父亲走来。我奔跑的速度之快，刹不住脚步，一头撞在家门口的一颗小槐树上，把树干都压弯了，多亏树小弹性大，嘣的一声又把我弹回来，母亲说你不改掉毛手毛脚的毛病，早晚会闯祸的。我是洋河上任何事都落不下的少年，我看着父亲推着的喷雾器是绿色的，用一张透明保护纸包裹着，父亲把自行车支下解开绳子，我立马伸手去摸。奶奶说你就是那前头驴，落了你心里直痒痒。我还是很兴奋地帮着父亲把喷雾器搬下来，它是那么轻，那么简单，喷头像我爷爷嘴里的烟袋锅，是黄铜色。但是比烟袋锅要大一圈。父亲说那些敌敌畏小孩子是不能碰的，沾了毒药浑身中毒，中毒的后果有轻重，轻的是头痛呕吐，厉害的会毒散全身口吐白沫身亡。有些庄稼妇女已经闻到了农药的味道，她们捂着鼻子，接受不了这种刺激。春梅的妈倒是觉得敌敌畏的味道很香，像洋槐树的花香。她们多多少少还是对喷药机的到来兴奋着欢笑着，让父亲立马试验一下给她们看看效果。

父亲把喷雾器的水箱盖打开对准了压水井的出水嘴，我负责压水往里灌，水清澈哗哗啦啦的往里流淌，父亲说好了，水不宜灌满。他又扭开敌敌畏，手上戴着一个塑料袋隔着药瓶子，父亲千嘱咐万嘱咐，孩子们一定是不能触碰这个药瓶的。母亲在一边让父亲把说明书读一遍，在边的妇女都是不识字的庄稼人。父亲又照着说明书把中毒的厉害性说了一遍。父亲还说河西郭的一个傻子把敌敌畏倒进了牛槽里，两头花奶牛都中毒倒地了。父亲戴着塑料袋当作手套，他把敌敌畏倒在了药瓶盖里，纯白色乳剂像花奶牛的乳汁。第一次见到敌敌畏的洋河人真分不清是毒药还是牛奶。父亲兑完药，把一瓶子敌敌畏包起来放在了高高的门楼顶上。孩子们都够不着。

父亲开始上下摆动喷雾器的摇把，喷雾器鼓鼓地充着气，父亲把喷嘴上的一个开关一扭，药水呲呲地喷出来，父亲在院子里轻轻地喷着，地上的蝗虫无头地乱撞，妇女的脸上都黑乎乱遭爬满了蝗虫。她们跑向八角街，蝗虫又跟着飞向八角街。嗡嗡地振翅声连接着洋河所有的蝗虫从各个角旮旯里蹿出来反抗。

第二天中午，我弟弟坐在院子里的葡萄藤下面看他的连环画《狼和七只小山羊》，我则喜欢看《鞋匠的儿子——安徒生》，我母亲不管我们兄弟俩读什么，只要别去八角街上惹祸生非就好。我们看书的时候，就是父母睡午觉的时候。夜幕降临了。安徒生在晚风中感到一阵寒冷。他本能地走进了贫民区，在一个小客栈里，租了一间小房住下来。当他推开窗子，看见一轮明月对他微笑时，他想起了家乡，母亲，又鼓起了勇气。安徒生已经有了碰钉子的经验，他从口袋里掏出九个银毫子，付清房费，提着小皮箱，走上了街头……我哭得稀里哗啦，葡萄藤上的一条大青虫掉在我弟弟的连环画上，一摊绿虫屎把他的书弄脏了。他把大青虫捏着扔在蚂蚁洞边，一群蚂蚁跑上来，竖着犄角围攻大青虫。大青虫像一根弹簧的蹦高，把蚂蚁都甩扁了。我弟弟蹲在蚂蚁洞边对着鸡鸡撒尿，蚂蚁被尿洪灌得头昏脑涨，一会跑出来，一会又钻进去，死死不忘饱餐一顿大青虫。也有泡在尿中的蚂蚁翻着滚漂浮着。我看着死去的大青虫想起安徒生的命运，我母亲从午睡中睁开眼睛，你中午的在院子里嚎什么，我说安徒生死了。我母亲纳闷，让我把嘴闭上，什么安徒生，狼都叫唤来了。

我戛然而止没了泪水，走到我弟弟旁边蹲下去，照着蚂蚁洞撒了一泡尿。我父亲被我的哭嚎声吵醒，他下炕走出来，拿起喷药机走向葡萄藤。葡萄花黄黄的一串串，葡萄籽缀着点点滴滴。父亲举着喷雾器，葡萄叶子落满了乳剂在阳光下白嫩白嫩的逞亮。药效有力，七八条大蝗虫又从葡萄藤上簌簌地落下，砸在地上啪嗒啪嗒响，都砸出了坑。大公鸡率领着老母鸡冲刺般的杀过来，父亲把它们遏制住轰走了，蝗虫上有药会毒死大公鸡老母鸡。父亲用铁锨端着把大蝗虫挖了一个坑埋了。我对着埋了的大蝗虫喊着：安徒生你死得好惨啊。安徒生你死得好惨啊。但是，就在这个时候，我听见春梅，秋梅，冬梅她们的尖叫，那声音像清脆玻璃一样犀利，震耳欲聋划破长空。洋河上的人就喜欢热闹，恐怕不出点事。春梅她娘蹲在门口大哭，一群老男人在院子里鸡飞狗跳，草房子冒着浓烟，还有火燃烧着。通红的火苗借着风势勇猛地往屋顶上窜。一开始，我还不愿意相信。但这是真的，救火的黑水从院子里像小河流淌出来，水里夹杂着油花。驴媳妇，春梅她妈哭着说，这可怎么好，房子还是借人家的。我站在火烧的院子中央，感觉周围被烟气包围着，被烟气熏燎着，爬上房顶的男人把鸡窝都踩踏了，鸡蛋清夹杂着鸡蛋黄流了一地，黏糊糊的把救火的春梅爹，驴摔了一跟头。

那天中午救火，一直忙到晚上。整个洋河都不安分。非常肯定的是大火烧毁了房屋，也烧死了空中的一片蝗虫，甚至连地上的臭虫，虱子也烧的找不到灰烬。高兴的是春梅的头顶再也没有那么多白擦擦的虱子爬来爬去，挠的头皮都破了。

大火过后，房子彻底不能住人了。我母亲心生怜悯之心，把院子里的厢房收拾收拾干净，我父亲扭开喷药机喷了一晚上消了毒。春梅一家三口人搬进了厢房。驴和驴媳妇一夜难眠，屋漏偏逢连夜雨，眼下有个住的地方不是长久之地。两口子合计来合计去，决定借钱盖一座新房子。从结婚到孩子春梅四岁，一直寄人篱下。这样的穷日子洋河上还不算多，在人眼里都看不起被笑话。

洋河上没有专业的建筑队，祖祖辈辈盖房子都是那么几个瓦匠，木匠再带着几个小工，三五个人就能盖一座房。驴和驴媳妇商量来商量去，还是让我的舅舅带头施工。三间房子三百块，可是驴手里只有八十块，只能向洋河人伸手取取借借。我母亲拿出来一百块，驴的爹娘拿了一百块，另加驴的两个亲兄弟。我舅舅也不差那二十，收了驴二百八十块，就把盖房子的事敲定下来。盖房子需要的材料，都是自家地里就有的，梁木，到树林里砍倒几棵树，蒲节都是高粱秆扎起来，石头都是从石头窝子里捡回来的费石，剩下的房瓦东借一块西借一块凑凑都齐全了。一天管瓦匠木匠两顿饭，一壶高粱酒。满打满算不超过三百块钱。

那几天春梅天天在洋河上吆喝着要住新房子了，要住新房子了。刁婆子狐狸娘见着春梅还说，你看看祖宗那个屄，把你高兴的，头上还扎着两个鸡尾巴。春梅说，刁婆狐狸来了，刁婆狐狸来了，孩子们撒腿就跑。盖房子期间，我母亲也偶尔抽空过去忙活两天，帮着扎高粱秆，我母亲是洋河上干活手脚麻利的快女人。和男人割麦子，一人一把镰刀，一人一样的粒数，等我母亲挥刀不眨眼的工夫到了头，男人们还弯腰挺背在地里忙活着。驴媳妇一看我母亲来做帮手，心里的石头立马踏实下来。房顶上的瓦匠要靶子，底下的女人得立马递上去。在我母亲的带动下，我舅舅都说驴媳妇盖这座房子真是流血流汗出了不少力，在被砍下来，一段段杨树干的羁绊下，差点把驴媳妇绊倒摔个狗吃屎。她是自己肩膀头子上扛起一块杨树干就走，弯着腰，骨头嘎巴响。几乎把她矮小的瘦腰给压趴在地上。看上去是不可能扛起来的分量，她还是挣扎着扛着走起猫步来。我母亲扛着杨树干的情景要比驴媳妇轻巧很多，母亲身高力强，帮工的木匠都看着眼里冒金光。等着新房子竣工的时候，我父亲从河西郭供销社带回来了一挂红鞭炮，在驴家的新房梁上啪啪的响，红纸屑打在空中纷飞。刁婆狐狸娘走来看，不停地啧啧称赞，像举行婚礼似的，驴媳妇真该让驴重新娶一次，不能愧对新房子。

　　新房子选在一块空旷的场院里，我和春梅，秋梅，冬梅，有了踢毽子的好场所。那天，我一用劲，把毽子踢到了新房顶上，我舅舅把毽子扔给我。你整天跟一些丫头片子踢毽子，小心把裤裆踢烂了。我舅舅瞪眼吹胡子，我看着他就怕。后来，我也不想跟春梅，秋梅，冬梅她们玩了。冬梅一看我不搭理她，结巴着话更不利索了。秋梅老实不说话，春梅小，但是懂得拿着萝卜根地瓜干犒劳我。我父亲也觉得我到了该出去读书的年龄，把我带走了。我只能一星期回到家在洋河住一天。

河西郭，新环境让我变得陌生，苦不堪言。父亲在外地工作和母亲过着分居的生活，这种单身男人的邋遢和生活的无序经常让我饥一顿饱一顿。窗台上晒着一捆大青葱，招引了一群蝗虫跑来跑去。蝗虫像参加一次分家产的盛会，用爪子刨开结晶的糖块，举着糖米粒就跑。我用暖壶里的热水烫焦它们，一批批的蝗虫闻风丧胆逃跑，有的烫翻了肚皮，在水里飘摇着，有的烫伤了手脚，一瘸一瘸的跳跃着。我恶心的神经末梢有些不畅头皮有些发麻，头发直竖起来。我经常也被床上的蝗虫咬得浑身痒痒，一个一个的红点。我甚至不能相信的是，墙壁上，桌子上，房梁上到处是蝗虫。我点起一根白蜡烛站在床上一个个的烧蝗虫，蝗虫遇火一烧，烫的浑身噼啪作响。蜡烛一滴一滴地流在床上被子上，我父亲说你干脆把被子一起点了，劈头盖脸大骂我一顿。

　　我寄居在一个盛满蝗虫的屋子里，像一只热锅上的蚂蚁忐忑不安。我尽量让骚的内心控制下来，一个人静静地待着，不跟任何人说话。我又想起《鞋匠的儿子——安士生》，有一天我也要逃离，我也要出去看看安徒生去过的大城市。隔壁声音机放的很大声，每周一歌有听众热线点播《蚂蚁蚂蚁》，一个怪声怪气的男人撕破了嗓子喊着蚂蚁蚂蚁蚂蚁蚂蚁蝗虫的大腿，蚂蚁蚂蚁蚂蚁蚂蚁蜻蜓的眼睛，蚂蚁蚂蚁蚂蚁蚂蚁蝴蝶的翅膀，蚂蚁蚂蚁蚂蚁蚂蚁蚂蚁没问题。……朋友做客请他吃块西瓜皮，仇人来了冲他打个喷嚏，一年三百六十五天分了四季，五谷是花生红枣眼泪和小米，想一想邻居女儿听一听收音机，看一看我的理想埋在土里，八九点钟的太阳照着这块地，我没有心事往事只是只蚂蚁，生下来胳膊大腿就是一样细。

一个做梦的年龄，脑子里充斥着各种各样的幻想。尤其是天黑前，布谷鸟鸣叫的时候，我的欲望更加强烈。我来到父亲教书的学校就读，感觉什么都是无味的，父亲单人宿舍的房后有一片番茄地，番茄发青，被太阳度晒一个下午，就变得橙黄。我走进番茄地，又是一群群的蝗虫蹦起来跳起来，黏在我的隔壁上黏在我的腿上，把番茄一个一个地砸烂。肚子里想吃，又不想吃，地里踩得一片奇红。在番茄地里，我发现了小媳妇般漂亮的七星瓢虫。它们落在番茄架上，两片小翅膀合成一个圆形，每个黑点像女人嘴上的黑痣，飞起来又出奇的透明。它们要比可恶的蝗虫漂亮多了。我捉了一把放进火柴盒里，放在我父亲的屋子里爬了一墙壁。顿时星星点点，熠熠生辉。

我父亲担心我不学无术，经常拿着各种物件作为奖赏给我。刚开始给我一本本子，又给我一块橡皮，再给我一只鹅毛笔。本子没写字，被我画得乱七八糟，涂满了各种怪兽，其中就有大蝗虫。橡皮拿来擦墙皮，把我父亲抽烟熏黑的墙皮擦得铮亮。只有鹅毛笔看着像刚从大白鹅身上拔下来一样美丽漂亮，不忍心搞破坏。走到哪里我都手握着白色的鹅毛笔，人人夸我是爱学习的好孩子。

就算我父亲推着自行车，先迈上腿，把脚蹬转到起蹬的高度，一边用另一只脚支撑着身体，我爬到后座，他在大风里大雨里驮着我回洋河，我的手里还是攥着鹅毛笔。也经常在他的雨衣后背上画圈圈，画一棵树，画一匹马。他总是习惯性的晃晃悠悠，再颠簸几下，在他后背上画下来的图案也都是横七竖八，顺着他骑行的路线一样歪歪扭扭。我听着父亲气喘吁吁的声音在大风里被风刮走的时刻，我在车座上想往下蹦，父亲来了急刹车。鹅毛笔在风中卷着卷，上下左右飞翔。一直落在草沟里，我再跑上去抓住。

跟着父亲的自行车，我一路上颠簸到洋河。一路上的情景，无论是绿意盎然的春天还是五彩缤纷的夏天，还是叶黄正浓的秋天，还是腊月飘雪的冬天，青春都化作泥土逝去，我的心在父亲的自行车座上渐渐地变大。

回到洋河，一进门，母亲就跟父亲说驴媳妇前天喝农药没救过来，娘家人一直把守着驴媳妇的尸体不让下葬。父亲的心咯噔一下说农药是处理蝗虫的，驴媳妇一家不是带着孩子搬进大房子里住了吗。母亲说都是因为驴兄弟小斗，小斗骑了疤眼子他闺女，闺女子怀上了，死活要那套新盖的大房子。你干娘说不管是驴还是小斗都是自己身上掉下来的肉，动哪一块都疼。先把眼前事解决了再说，就这样把驴的新房子占去了想成婚。你说春梅她妈这个小媳妇就想不开了，也不知道从哪里找了一瓶子敌敌畏喝下去啦。父亲说这事轮到他身上他也想不开，这不是不讲理这是太欺负人。你说小斗也是，好好的一个俊青年，找谁谁不在屁股后紧跟着。他还以为疤眼子是个好东西，养个闺女更熊。还没进门差点把你干娘气死，结果春梅妈当了替死鬼。

我看是当了蝗虫的替死鬼。

母亲把这事前前后后跟父亲说了一遍又一遍，分析了前因后果。就是说春梅妈不应该喝那敌敌畏，还扔下个四岁的孩子。这娘当得真是心狠。我和我父母的想法不同，我一直觉得春梅妈应该喝敌敌畏。别人都觉得毒药难闻刺鼻的时候，她说敌敌畏有槐花的香气。我想起她那张消瘦的刀子脸，她是顺着这种香气寻找她自己的理想生活去了。我在洋河又见到了春梅，春梅还不懂事，也不知道有娘和没娘的重要性。几乎没怎么变，但是我的心里一看见春梅，我开始流泪了。春梅应该和我们一样，应该有娘痛，而不是驴那样的蠢货，更不是驴以后给春梅找个后娘。我把父亲给我的白色鹅毛笔送给了春梅，春梅给我一块糖，算是交换的礼物。我把糖扒开了油纸，我没吃，我给春梅填嘴里，春梅像一只黄鹂鸟一样咀嚼着，春梅说糖真甜。

春梅娘喝敌敌畏自杀身亡，在洋河上成了人们饭余茶后的心理病，阴影很久没有散去，笼罩着洋河人。父亲把家里的敌敌畏拿出去摔碎扔在东沟里，只要跟毒有关的东西他不留丁点痕迹。母亲还埋怨父亲怎么不留点杀杀苍蝇蚊子，满院子里到处飞行着野虫子。父亲对母亲说种完了这一季庄稼，咱不要地了。母亲一听不种地，全家人跟着喝西北风去。父亲说，你想种国家也不让你种地了。母亲说谁敢把我的土地霸了去，我就跟谁玩命。父亲是想给母亲一个惊喜，没想到母亲对土地有如此的依赖就怕没粮食吃。父亲这才把包袱抖开，一五一十地把事情的来龙去脉告诉了母亲。母亲有点不敢相信父亲的话，母亲顿了顿又来了后顾之忧，就算咱把户口带出去了，家里三个男小子肚子都飞快的长，去国家粮食所领那点粮够孩子们吃吗。父亲说你这是种地种上瘾来了还是怎的，出去了户口，单位分配新房子，也不会有这些苍蝇蚊子。

母亲心里有惊喜有恐慌！

蝗虫过后，我小学毕业升入了初中。带出户口三年之后父亲终于说服母亲把她带到了河西郭中学，母亲在学校的食堂里谋得一份做饭的差事。母亲和父亲商量把家里的喷雾器送给了我小姨，我小姨和我小姨夫栽了二十亩苹果园，苹果开花结果正需要一台喷雾器。我小姨在苹果园里喷药的时候她后背上背着喷雾器，前怀里兜着我的小表妹。喷雾器里溢出来的药水洒到了我小表妹的腿上，孩子顿时哇哇地哭嚷着。紧赶慢赶跑去乡医院保住了孩子的一条命。但是我小表妹从此落下了一口大黄牙，打针吃药带来的副作用。

有些时候，母亲还会想起春梅，说这孩子也十岁了。暑期我和母亲回洋河看老房子的时候，家门口开满了众多的牵牛花，顺着门楼爬上了大槐树。我问母亲是谁种了这么多花，母亲说也不知道谁。我推开街门进院去，那根白色的鹅毛笔插在老房子的门锁上。我拿起来走到葡萄藤下坐着，门前的葡萄藤枝繁叶茂。我和弟弟读连环画的情景浮现着。

刁婆狐狸娘突然从母亲背后窜了出来，谄媚地说，这都是春梅种的喇叭花，小丫头片子天天盯着不让人碰。我一摘，她就说花上有毒，都想毒死我这个刁婆子。我当年跟她妈只是轻轻那么一说，要是你婆婆逼着你要新房子，你就喝毒去。没想到我的驴侄媳妇就真的服毒自尽了。都怪我这个刁婆子的狐狸嘴，我心里一直不踏实啊，睡觉就梦着媳妇托生了一只大白鹅，嘎嘎地叫着啄我的心呐……母亲好言相劝，我们要是说自己没罪，那是自欺欺人，真理不在我们心里；我们要是承认自己的罪，神是信实的，是公义的，必须赦免我们的罪，洗净我们一切的不义。我们要是说自己没有犯过罪，便是以神为说谎，他的道也不在我们心里。狐狸大姐，你不用跟自己过不去。关键是眼目前别害人，好好地活着。

母亲跟刁婆子狐狸娘嘀嘀呱啦说了一大堆高深莫测的话，那不只是托生了一只大白鹅，那是白天鹅，她找到了一个更美的家乡，就是在天上的天堂。洋河人谁也没见过白天鹅，母亲这么一说竟把刁婆子狐狸娘羡慕的头疼欲裂。

我狠狠地瞪着刁婆子狐狸娘爱嘲弄人的猎狗似的面孔，但是心里已经恨不起来了。风吹洋河。远处洋河上的夕阳，映照着河水流淌，来往的船只穿梭着，在洋河的上空呈现出一大片通红的透明火烧云正在大面积的形成把夕阳圈圈成一只天鹅 。我和母亲的心一样没有任何怨恨地享受着在洋河的时光，但愿洋河上活着的人和死去的人都过得好。

牧羊人

匡里鬼出来了，是匡里鬼出来了！散播这个谣言的不是别人，洋河庄上千户庄稼人再没有比挑二嫂耳朵更长，嘴巴更尖的娘们了。

挑二嫂知道这个消息是昨天晚上的事情了，匡里鬼也是的，早不出来晚不出来，单单在这个节骨眼上让挑二嫂抓了个正着。

匡里鬼好不容易躲开了挑二嫂三年，本想着永不会碰头，却没有想到他跟这个骚娘们还是缘分不断，牵扯不断。

在洋河庄的老少爷们心里，匡里鬼和挑二嫂一样天天都在拨动着人们的心弦，唯恐弦断的时候没有好戏唱，其实并不是洋河庄的人特坏或者是爱拿人开刷，岂不知要是真的消灭了匡里鬼和挑二嫂两位主角，那真是要大跌老老少少的眼睛。

匡里鬼和挑二嫂的分量如此之重，难免给人造成印象的错觉，他们孤男寡女本不是一家人，后来便没有两家人的模迹了。

挑二嫂是洋河西的闺女，人从小长得细皮嫩肉，在娃娃堆里就显得与众不同，长大了更出落得高挑大气，楚楚动人，加之洋河水孕育的脸蛋，真是人见人爱。今天东家上门要女儿做儿媳妇，明天西家上门要女儿做儿媳妇，为这件事，挑二嫂的娘没少操过心。

匡里鬼的年龄和挑二嫂差不几岁，大也大不哪里去。他们在一个屋里跟先生念过方块字，写过描红。人到底是聪明还是傻笨从小便知，匡里鬼倒是挨了先生不少的戒尺打，手都打得肿了，像豆腐块那样胖。第一次挨打，第二次挨打，经常被打后吓得连茅厕都不敢提，是私塾里的一大笑料。

当然这都是多少年前的事情了，多少年后挑二嫂把这些说起的时候，只能当作往事一样，故事愈发显得动情动人。

匡里鬼尿裤裆里了，匡里鬼尿裤裆里了……孩子们一齐拍手一齐捧腹大笑。

真是不争气的家伙，样样都占着一星半点。几年时间里匡里鬼一代人都长大了，挑二嫂并没有远嫁高飞，被本村的二赖子霸占着，生了五个孩子。如果不是二赖子兄弟多家里穷没得吃，挑二嫂要像匡里鬼家的绵羊一样，八个十个都会生下来。

可怜的是匡里鬼他是不会有种了，都四五十岁的爷们了，连个女人是什么味道都没闻到，更别说摸两把了。多亏匡里鬼养了很多羊羔，下了这窝下那窝，他也像接生婆一样为母羊的生产接生，他也傻傻呵呵地知道了母羊原来是这样下崽子，那女人生孩子不也是这样吗。

于是匡里鬼的手会自然不自然地去触摸母羊的阴部，那感觉也只有匡里鬼知道，瞧他那傻里傻气渴望的眼神，足见一斑。

当匡里鬼赶着越来越多的羊群是，洋河庄的孩子们都会用石头去打匡里鬼的羊，一边用石子打着羊一边嘴里骂着："匡里鬼放羊，赶着娘（羊）去放羊"。

对于这些满嘴脏话的孩子成天捣蛋俏皮货，匡里鬼是从来不去计较神之是置之不理。最不了不起的时候是伸开手中的羊鞭打个响炮吓唬孩子们，其实也是吓唬吓唬他身边因孩子扔石子往外扩散的羊群。

匡里鬼是个心眼不坏的光棍汉，什么事都处处为别人着想，也许正是他的这份善心让狗给吃了，却没有一个黄花女人的脚踏入他家的门槛。

挑二嫂倒是去过匡里鬼的家，但大多数都是为了向老实巴交的匡里鬼伸手要几瓶羊奶给嗷嗷待哺的孩子喝上几口。不是为了这点便宜，挑二嫂去的也极尽勉强，她要故意假装出那份真正看得起匡里鬼的假慈祥样，把鼻子用手一捏："唉呦为，我说匡里鬼，你可真有耐心啊，这羊奶子的膻气也太大了，你怎么承受得了呀，你也挺不容易的啊，一个大老爷们又要伺候八十岁的老爹，又要伺候一群羊崽子，我挑二嫂也不是赚便宜的主，在洋河庄谁不知道我，你说我什么时候让别人吃亏了，匡里鬼你说什么也得把这五毛钱收下，你要是不收，我可心里过意不去。"匡里鬼像没听见一样，只是闷头挤着手里的羊奶子，眼看着葡萄糖瓶子溢出来了白白的乳色纯羊奶。"匡里鬼，你快用舌头舔一舔呀，别这样白白浪费了"。匡里鬼还是没听见，只见羊奶留到了手上，心里还想，这娘们的嘴什么时候都是叽叽喳喳没停过，都快成呱嗒板了。

挑二嫂说得头头是道，真是窗户棂子吹喇叭名声在外，可她心里又什么时候装得下匡里鬼呢，谁人不知道。

虽说匡里鬼也靠着羊奶挣点小钱，可他再穷也不会从孩子嘴里扒这几毛钱，放在别人身上不敢说要不要，匡里鬼是肯定不会收挑二嫂这五毛钱的。

谁都知道挑二嫂这寡妇的脾气，自从上个月二赖子在洋河庄的石头窝子里打石头放炮，被炮炸飞了后，挑二嫂变得更无拘无束，不愁不忧的，手里攥着自家男人用命换来的一点赔偿金过日子，放在别的娘们身上，准会像天塌下来了一样，也许会改嫁，也许会远走高飞。挑二嫂早说过，要远嫁，她在做黄花闺女的时候早就嫁给一百里外的一个军官了，挑二嫂说人命由天定，这辈子注定了她是吃洋河饭，喝洋河水，寸步离不开这块肥沃的土地了。

二赖子刚被炮炸飞那会儿，也确实有几个男人来找过挑二嫂，有死了老婆的男人拍打着胸脯说要帮助挑二嫂把她和二赖子生的五个孩子抚养成人。挑二嫂对那男人说，你死了老婆，还有三个孩子，我死了男人还有五个孩子，这事不成，要是组合在一起，我们这不成了难民营了；有一个瘸了腿的年轻男人听说这话，自告奋勇地走进挑二嫂的家说，我腿虽然瘸了，但是我有双手，我可以用双手为你撑起一片天。挑二嫂一天就嘎嘎乐起来，我前夫是二赖子，现在又来了一个瘸子，我知道瘸子是有点文化的人，但是生活总不能像写诗歌一样，生活就是锅碗瓢盆，我看瘸子你还是去写你的诗歌吧。也有流氓混蛋的男人掐指一算，二赖子走了个把月了，挑二嫂会憋不住了，某天晚上，月亮高高的挂在树梢上，这男人爬上挑二嫂家的墙头往里看，半夜在茅厕里解便的挑二嫂，拿起粪勺就往头上狠狠一勺子，这人不被砸到，也得被挑二嫂的粪勺给熏倒了。偷奸养汉不是挑二嫂的性格，脾气好坏暂且不说，可她一直保守着铁门，没有哪个男人能攻破她的防线。倒过来说，洋河庄上那些有老婆孩子的男人也会在夜里梦里，跟挑二嫂热乎一下，睡梦里流着哈喇子喊着挑二嫂的名字，被老婆一脚蹬下了炕底下，摔疼了才知道犯了天大的错误。痴人说梦。

好心的人们也曾把她往匡里鬼怀里撮合撮合，这再适合不过了。匡里鬼至今保持着光棍身，论男人女人那点被窝里的事一定能满足挑二嫂的快感。关键是匡里鬼能把这个后爹的担子担起来，就这一点，再也没有一个男人能比匡里鬼更称职了。

挑二嫂没有接受这门再婚的亲事。匡里鬼也不懂主动的男人，在他心里缺少一根女人的弦，当然挑二嫂已经不需要男人来拨动她的琴弦，也不需要男人的坚枪利炮来猛烈般地攻击，作为寡妇的她这个贞洁的荣誉已使她很快活。她可以有事没事的天天挑，挑起祸端看热闹。

前些天匡里鬼还没出来的时候，她还一个劲地挑祸端风起云涌。她非证明杀猪的屠户名字叫驴的男人在集市上割了一大坨子肉扔进了金鱼媳妇的菜篮子里没有要一分钱，而且还眉来眼去，恰恰两个男女使这眼色的时候被路过的挑二嫂给碰着了。无处不在的挑二嫂像猪妈妈一样，到处看着自己的猪崽子唯恐丢了自己的孩子。

难怪洋河庄的人都说，不管天出多大的乱子都无济于事，可挑二嫂一来，那真有的看了。连煮猪下货的大肉丸爷爷都不得不敬挑二嫂三分。

再说屠户驴的老婆闻风便闹，非找这金鱼问个究竟，骂他的媳妇是后娘养的专门赚自家男人驴的便宜，指桑骂槐大闹一通，挑得金鱼不仅非要打折老婆的腿，也挑得驴非要把自己老婆的两个大奶子割下来。驴媳妇不饶不依说，要是驴真敢动刀子，她就一头撞死在南墙上，看驴怎么跟娘家人交代，金鱼媳妇也学着驴媳妇，要是金鱼真敢把自己的美腿打折，她就把藏在大门楼底下的敌敌畏喝了，传出去是被夫逼得喝农药自尽，看谁还敢给金鱼做二房。两家女人这么一闹，两个男人就怂了，谁敢过没有女人的日子，大丈夫们一想就浑身哆嗦起来，倒感觉自己真不像个爷们了。

洋河庄的一天一波未平一波又起，还好，他们老老少少习惯了这个洋河西嫁过来的女人，如果没有了挑二嫂这个长舌妇的调剂，他们的生活又不知道单调成什么样。

"唉，她一个妇道人家，这样年纪轻轻就守寡，也不容易呀，非得找点乐趣过日子，要不准会憋得那张尖嘴痒痒，你说，锅碗瓢盆在一个锅灶里用，能不产生摩擦吗？"每到关键时刻，煮猪下货的大肉丸爷爷都会坚决地站在挑二嫂一边为她说上几句，这样一来大家就突然明白开来，大肉丸爷爷不愧是活了 88 岁还腰板直耳不聋眼不瞎，这都是心胸宽大宰相肚子里能撑船啊！

这不，匡里鬼从局子里出来了，三年不见吃的胖胖的，真不敢相信都快五十岁的人了，还面色红润赛过红富士。

挑二嫂说了。

深冬的山村，雾气散来，一片美幻，有喜鹊三三两两的飞到麦田里东瞅瞅西看看。洋河庄的清晨一切都是寂静的，洋河庄的洋河水已经结成冰块，很难听到缓缓地流水声响起，一年四季劳作的庄稼人都在睡梦中搂着老婆孩子甜甜地享受着这个寒冬腊月的生活，只有挑二嫂家的栅栏门是半开着的，一只金红色的红冠子大公鸡带着几只老母鸡开始踱着步子走出来觅食，不用说，挑二嫂又起了个大早，公鸡还没打鸣的时候，她已经催开了两户人家，串门子去了。

挑二嫂从来没有憋着心事过夜的习惯，这心事就像膀胱里的尿一样，必须随时洒出来，众所周知。

大清早的，挑二嫂穿着她做闺女时代的花格子夹袄，抄合着手，走着的脚步又稳又急，蓬乱的头发再也不是以前的飞机头型，似乎随便搂了两梳子，搂的头上黏着的麦秸草更深深地扎进了头发堆里，眼角的眼屎还糊着眼珠子。挑二嫂这形象不是埋汰，习惯了就懂得她的生活粗中有细，细中又带着豪爽和果干。也有些人不禁大吃一惊，掐指细算，挑二嫂也是到了知天命的年龄段了，人到五十多半辈子，她挑二嫂的脸庞经不起岁月的考验啊，风雨岁月中慢慢凸显的褶皱，人间正道是沧桑啊！

挑二嫂是洋河庄的一面镜子，她的样子人人都照着打扮，总亏是这两年农村的变化大了，小伙子小姑娘们把心思都逐渐移到了城市发展，才把挑二嫂这个模特架子撂了在了一边。

人总会有这么一天，不管你的过去犯下了怎么样的错误，总会淹没在历史的天空下。亦不管是恶还是善，生命的长河里都会相对的举重若轻，正如鸟的翅膀划过天空却没有痕迹留下。挑二嫂一直遵循着自己的生命轨迹自由生活，在鸡叫第三遍的时候，她也差不多转了一圈，该去串门的人家都串回来了，该去打听的点点滴滴动态也都听闻了。尤其是匡里鬼的所有狗屎烂臊事永远都是挑二嫂最乐于发表慷慨的没事。他们俩真是孽缘，不是冤家不聚头。

匡里鬼确实比先前年轻了，真不像是蹲过局子的人，他说里面鱼肉犒劳，有吃有喝，除了每天干活外，还能晒晒太阳。乡里乡亲评价一个人的变化，喜欢用年轻和老气，匡里鬼是年轻了，招引了更多的人对他指手画脚乐此不疲。

匡里鬼的头发也是城市人的中分发行，往后背着，留着两撇小八字胡须，不像是文人倒也像是中国改革开放后的老板经理之类。

回忆着在国家大家庭里的生活，匡里鬼说局子是幸福的人待的地方，一般人去不了。匡里鬼说对亏有了这三年的生活，否则就白活了。他在里面吃苦肯干，又因为年龄为狱中兄弟尊为长着，他不但老实巴交，为人还真诚可信。狱中兄弟都在为家中老爹老娘写信汇报的时候，只有他匡里鬼一个人闷在角落里抽旱烟。有人在看着信，有人在哭泣。他万万没有想到以前洋河庄上的光棍汉放羊倌，今天吃上了国家的铁饭碗，生活的前后变化让他都不敢相信这以后的路该怎么走了。对亏他匡里鬼只是被冤枉了，不仅被狱警评为改造良好，纪律严明，以身作则，多次立功，学到了技术不说，还在这把年纪上开了眼界，虽然在这方圆不足一块乡村天井大的地方，匡里鬼还是喜得流下了心酸的眼泪。

挑二嫂也万万没有想到，她挑起的祸端折磨了匡里鬼不说，也变成了一种辉煌。挑二嫂说他匡里鬼也感谢她二嫂这张嘴，没有她这张嘴，匡里鬼这辈子甭想吃到国家的饭碗。

头几年的年关临近时节，洋河庄的农户劳作了一年到头，巴不得过个好年。就是在冬天那阵子，不是少了几只羊，就是少了几只鸡。或者是卸走了车轮子，赶走了老母猪。男女老少都在为这一桩偷盗事件憋着满肚子气的时候，却把疑点放大到了匡里鬼身上。

挑二嫂怎么就知道匡里鬼手里的存折，上面一个惊人的数字吓得挑二嫂魂飞魄散，她不能相信一个庄稼汉手里赶着几只绵羊羔子，没有任何副业的情况下存折里的数字是如此的诱惑人。不知道是不是出于条件反射，还是那张嘴又需要磨磨了，挑二嫂忙碌着到处呱嗒了。这一传十，十传百，传到了金鱼媳妇那里，传到了驴媳妇那里，传到了小影娘那里，传得好嘴皮子一个也没落下，净是些天天东家长，西家短的，凑在一起挤眉弄眼的娘们，除了她们的嘴别人也不信，一直传得洋河庄的那桩子偷盗事件的屎盆子扣在了匡里鬼的头上。

这叫骑在老实人的头顶上拉屎。驴结巴着说。

老实巴交的匡里鬼没有任何怨言，他觉得越是争辩越是往身上抹黑，忍气吞声，让时间给自己清白。当一辆偏三的摩托车开到匡里鬼家门口的时候，匡里鬼像接待贵宾一样，把自己刚刚挤下来的热乎羊奶递给了大盖帽。大盖帽接过来尝了一口，确定不是毒药的时候，一口气全部喝完，口口声声说这是好奶，好奶，最纯的好奶。接着后面没捞着喝奶的那位胖大盖帽走上前，把手铐子戴在了匡里鬼的手上。

匡里鬼被指定为偷窃罪，判刑三年，进城接受党的再教育。

匡里鬼能进城改造，都是挑二嫂那一句有分量的话，才导致了事件的成立。

在农村老人们都流行开来一句不成文的话，说贼锁入门，从来没有空手而归的，甚至连一点鸡毛蒜皮也得拿着不能落下。

谁也没有想到，挑二嫂的口舌硬是给匡里鬼狠狠地抽了一鞭子，他放了那么多年的羊，亲自编制的羊鞭子也没有挑二嫂的口条威力大，洋河庄上的爷们说他却被挑二嫂这个娘们给祸害了。

"那天晚上，刮着大风，我亲眼看见匡里鬼从那条巷子里出来了，手里还提着一个尿罐，晴天大老爷，你说谁会闲着没事干那些丢人现眼的勾当，我看这事儿十有八九是匡里鬼做的，大伙儿别看他蔫不拉几的，他心里的花花肠子亮着呢。"挑二嫂像衙门大官人一样判起案来也是那么雷厉风行。

挑二嫂一口气说了一通，其实她跟匡里鬼没有任何仇恨，也无多情感瓜葛，她天生长得那张嘴就是专门挑事端的。她更不能想到匡里鬼这么冤枉而且情愿地去了城里接受再教育。

别人都说挑二嫂命贱，其实说她的最贱更合适。贱得可以伸到匡里鬼家的灶台舔出锅灰来宣扬。

匡里鬼讲着城里的所见所闻，他再也不是那个一棍子都打不出屁来的匡里鬼了，几年的接受再教育磨炼了他的脾性，锻炼了他的意志，也增强了他的交际能力，在那个铁狱中的小房子里就他自己是个乡巴佬，而兄弟们大多数都是城市来的，不是强奸就是轮奸，匡里鬼听都没听懂这些词汇的含义。他荣幸能和城里的痞子们混在一起，别的学不着，城市的穿戴打扮，衣食住行还真的听说了不少。

想着想着，匡里鬼每次都要回忆起乡下的老家——洋河庄，从小死了娘，只有匡里鬼和老爹过日子，都八十多岁的老人了，说不定哪天有个三长两短就撒手归天，匡里鬼就变成了没爹没娘的孩子了，他的眼泪吧嗒吧嗒地滴个不停，这也是自从死了娘后，他第一次再落泪水，这可是老爹在背后支撑着他好好接受再教育的动力，才有了出狱的美好明天。

乡亲们看着匡里鬼出来了，比以前看着从东北来洋河庄的亲戚还要轰动，大伙儿都知道，这几年少了匡里鬼，洋河庄上的人们确实少了一件什么东西，那是有了没感觉到有，丢了后心头又上晃要命的头痛事。

挑二嫂大清早伺候走孩子们，饭也顾不上吃是第一个去看匡里鬼的人，她是想着献点殷勤，免掉自己的罪过，这次见着匡里鬼也不那么吱吱哇哇的，二是点头哈腰的，像一头缺少性欲的母狗，把屁股调给了匡里鬼。

"大叔，孩子他爷爷，在这几年里你可好哇？我实在是……"

虽然在一个村子里，挑二嫂和匡里鬼是差着辈分的，挑二嫂叫匡里鬼大叔，匡里鬼应该喊挑二嫂为侄媳妇。奇怪的是，挑二嫂以前从不这样，从没让人觉得他们是差着辈分的，今天怎么被匡里鬼给治住了，匡里鬼也没有黄太爷身上那股骚皮子神啊！

谁不知道，匡里鬼这名字的由来，好端端的一个"国"字，竟是被挑二嫂这张嘴变成了"鬼"字！今儿个挑二嫂一改往日的嘴型，让人觉得有点不可思议，更缺少了以前那鬼鬼祟祟的亲近和自然。

匡里鬼也满口称呼这挑二嫂请上屋里坐，请上屋里坐。

挑二嫂正找不到的美事，一调腔就跃上了炕，接着东家大婶，西家大娘都顺风而来，连八九十岁的大肉丸爷爷也一瘸一瘸地来了，老人家是洋河庄上的祖宗，不管是喜事或者是丧事绝对落不下他忙前忙后的身影，他不仅不使人讨厌，反而令人起敬，有他的老身子骨在心里都踏实。

大家都等着匡里鬼张口，屋子里一片寂静。小羊羔跑进来，用单纯的眼神看看这些沉默的人类，羊羔咀嚼着嘴里的食物又走开了。

匡里鬼尽管有点不好意思，但他毕竟还是说了起来。

深冬，海城的夜晚静的不能再静。从深牢大狱走出来的匡里鬼对这座陌生的城市看到的唯有上空的炉烟在飘动，似雾又比雾肮脏，不能给人带来一点清晰的感觉，甚至喘不过气来，如果有人出来行走，也得暂时擎住呼吸一路掩鼻而过。

在昏暗的柏油路上，有一个孤单行至的身影在漫无目的地行走，对这个城市而言，他是陌生的，整个城市也是毫无生气的。城市在他心中是陌生的，高高的院墙挡住了他瞭望的视线，他不得不在获得释放的时候强忍住自己再逗留一天，把三年来心里想办的事尽量去办，以后说不定还真不允许自己这么自由地在城市里转悠。

匡里鬼一边走一边想，两只手在袖筒里抄合得更紧了，挎在胳膊上的黑皮兜也晃动了几下，这黑皮兜可是他的储金库，在乡下放羊时候换来的血汗钱都放在这兜里掖着。即使去野外放羊时候，兜里没钱的日子，匡里鬼也是习惯性的在胳膊上挎着他的黑皮兜，像城市小姐的小挎包一样，不管是否腰缠万贯还是身无分文已经成了一种时尚的身份代表。这大多数是为了满足自己的虚荣心，更是为了给别人看。城市小姐要是遇到了被嫉妒的对象，就容易被人抢包，匡里鬼遭人嫉妒了，就陷害进局子里。

匡里鬼没想到树大招风，而自己的邋遢要饭包也能招风。

在市中心的宾馆路口处，一群小姐拽住了匡里鬼，你拉他一把，我推他一把的，三五个姑娘的甜言蜜语把匡里鬼给黏糊得找不到南北，这位要替他找留宿的地方，那位要陪他抽烟聊聊家常。一群姑娘像一群狼，你掐匡里鬼的大腿，我掐匡里鬼的屁股，她搂着匡里鬼的脖子。在匡里鬼招架不住，无力进攻的情况下，匡里鬼瘫痪在地上，他只有求爷爷告奶奶的份儿，无力回天。

"这是什么风气，社会真是变了，社会真是变了……"

凭匡里鬼的能耐，他只有发牢骚的份儿，这么大的一个国，一个家，野鸡满天飞，割了这窝还有那窝，他万万没有想到，这祸害会像他养的母羊一样繁衍生息，并殃及他匡里鬼这样的老实人身上了。

社会真是变了，社会真是变了……

挑二嫂望着匡里鬼抬起的眉毛，心里咯噔一下踏实了很多，她开始捶打着自己的胸膛，自从丈夫被炸飞了以后，挑二嫂从来没为哪个男人动过心，更没有操过心。她为今天的事感觉到羞耻，她本想着来看看匡里鬼的热闹，虽嘴里不说什么，可心里早已打好了铺砌，她更为匡里鬼所说的话深深打动，她打死也不相信匡里鬼还能在城市里接受再教育的时候，学到了一手的好本领，他的牲畜饲养技术，是一些大学生都所不能比上的。匡里鬼拿出一张再教育时候颁发的奖状，是个人先进突击能手，那个地方果真不错啊。城市就是城市啊！

匡里鬼是非常踏实本分的人，要不他万辈子不会想着在洋河庄开一个肉联加工厂，往琴岛出口牛羊肉，最主要的是他宰杀的牛羊都是经过自己饲养场饲养的，肉美价廉，这是任何一家肉食品公司都不能攀比的。

三十年河东，三十年河西。洋河庄从此红红火火起来，富裕了百姓，富裕了贫穷劳作的庄稼人。

洋河庄的大姑娘小伙子再不用像耗子一样在城市里乱窜开来，个个骑着进口的"冒烟"摩托车上班下班。倒也像那么回事，只有匡里鬼还是一身庄稼汉的打扮，言谈举止还是乡音土里土气，让谁都看不出他这个埋汰鬼能有今天的地步。

从那以后，匡里鬼也敢气势昂扬的拍拍胸脯，见人便说自己才是本本分分方框里面的一块美玉。而不是戴了多年的那顶鬼帽子。

腊月二十五，三辆桑塔纳停在了挑二嫂的家门口，鼓手和号子闹得洋河庄一片喜气洋洋。挑二嫂和二赖子的大儿子结婚了，媳妇是挑二嫂娘家那边的侄女，新娘子头戴着红盖头，在小伙子的搀扶下，越发美丽动人。这天，挑二嫂也穿得漂亮了很多，她找出了当年嫁给二赖子时候穿的红色夹袄，在深冬暖烘烘的阳光照射下格外地刺眼。五十多岁的人了，面腮绯红，更比往年青春焕发，当年围在挑二嫂膝下绕着锅台转的孩子们如今也已经长大成人，成了结实的壮青年，流口水淌鼻涕的穷孩子再不会像往昔那样子，拿着石头追打放羊的匡里鬼，更不会再骂出那样的鬼话：

"匡里鬼放羊，去放你娘（羊）"！

社会在飞快地变化，洋河庄的人们更在变，唢呐吹响着映红了洋河庄，挑二嫂恣得挑起眉梢，儿子结婚了，她多年的媳妇终于熬成婆。

洞房花烛夜一声声美好生活的呼喊冲破了洋河庄的黎明，狗汪汪着，鸡咯哒着，猪哼哼着，羊咩咩着，老少爷们又开始了新一轮的劳作。

春节一过，洋河庄冰冻的河水还没有开封的时候，天又突降一场罕见的大雪。这场胶东的大雪被电视新闻评为建国40年以来最大的降雪量，铺盖面积之广之大，封断了交通和各个村落的出行。年过九旬的老祖爷大肉丸和匡里鬼的爹相继离世。繁衍生息的人类在新人过门的时候，都会实行新一轮新老交替更换。

当人们再忆起洋河庄上的每桩往事的时候，谁也不能分清是真还是假。老祖爷去世了，没有了历史的见证，挑二嫂的嘴闭得紧紧的，谁也别想问出顶点东家长西家短的信息。和往常不一样的是，挑二嫂再没有像打鸣的公鸡那样瘨着脑袋敲开东家门，推开西家院。她在日出而作，日落而息的循环往复生活中忙碌着过她的宁静日子！

匡里鬼老了，依旧赶着一群老绵羊，几个毛孩子哄笑着跟在屁股后面喊匡里鬼。

挑二嫂走过来把孩子们大骂一顿："你们这些熊孩子，匡里鬼是你们叫的吗，你们也不看看他都什么年岁了，匡里鬼是你们的爷爷！"

匡里鬼一笑而过！

蒙面人的蛤蟆油

我在农村的房子坐落在一片湖水的旁边。一年四季的蛤蟆一年四季的唱着歌曲，习惯了这种天籁之鸣，而厌烦了城市车水马龙的嘈杂声。

有一年的时间，我养过四只老鹰。它们的主食就是吃蛤蟆。

在我们洋河那个地方的叫法统称青蛙也叫蛤蟆。老人这么叫，孩子就跟着这么叫了。其实真正的蛤蟆身上是长癞的，虽然让人恐怖，但却是宝贵的中药材。人要是长了癞，那就是麻风病了。

芒种前的麦收季节，我和母亲在收割麦穗。金黄麦田的尽头就是一条河，多少年来它是至今未被污染的洋河。

洋河水涨满了，河水浸透入了麦地。经常有很多的青蛙和蛤蟆在麦垄里蹦来跳去。

我很少去洋河，听说那里有蒙面人出现。所以只能远看不能近观。直到麦收那天，我真的发现了有四个蒙面人在洋河那里。白天的缘故，我的这种恐惧减少了几分。我壮着胆子轻轻地走进洋河，洋河水清澈蔚蓝，河水汩汩地流淌。尚有青草浮在水面像轻舟被卷走。

四个蒙面人露膊赤脚在河水的中央寻找着什么，我傻傻地看着他们的举动。已经忘记了蒙面人是抓小孩子吃的，出神入化的我竟然看见了一条大鲥鱼从蒙面人身边溜走。

蒙面人的手中都握着一根尖头棍子，在水中划来划去。

他们不是找鱼。

我看见一个蒙面人用尖头棍子扎住了一只癞蛤蟆。我心中打了一个冷战。莫非他们蒙面人是吃癞蛤蟆为生的。

另一个蒙面人也抓住了一只癞蛤蟆，他从癞蛤蟆的身上挤出一滴白色的油质放进一个小塑料盒里，然后把癞蛤蟆又扔进了河水里。癞蛤蟆泛着肚皮被河水冲走，四肢还要蹬歪一番。

这些蒙面人捉到癞蛤蟆的毒汁制成蒙汗药是不是要给小孩吃了，骗取小孩子的肉吃。我来不及多想撒腿就跑，等我跑出树林的时候，我并没有听到紧随起来的脚步声。我扭头往回看，可是他们离我有点远，莫名的恐惧还是被冲淡了。

我想折返回去彻底的看个究竟。

蒙面人一个个地矗立在水中央，他们手中的棍子像武器一样和水中的蛤蟆作战斗。

我走近岸边，咳嗽了一声，想引起他们的注意。可是没有一个蒙面人抬头看我一眼。我想我对于他们是不感兴趣的，我手中紧紧握住割麦子的镰刀。蒙面人看我是英雄小少年，也就胆怯了。

一只灰松鼠从林子里窜出来，在蒙面人的背后消失了。吓了我一跳，我不自觉得挥动着镰刀在头顶。

河水有些越来越大了，急流团团地漩涡，破塑料纸也被挡住了去路。还有一件小孩子的破衣服四分五裂的漂来，他们在上游把小孩吃掉了，又跑到下游来抓食物。

蒙面人的长相我是看不清楚地，他们口罩捂着嘴，低着头，带着大草帽子，穿着黑色皮衣皮裤。他们全神贯注地望着水中，这个时候我希望一条水蛇窜出来缠住他们的腿教，我好趁机上去给他们一人一镰刀。水蛇没有，只有黄鳝在水上面弯曲着脖子搜寻着四周，它们看看蒙面人赶紧地逃跑掉了。这些胆小鬼们，都怕惹祸上身，他们是水蛇的冒充物。我真想给黄鳝们一镰刀，黄鳝急于去告状，我也没有机会立功。

我倒是对蒙面人充满了好奇。蒙面人还是在水中，他们的腰恨不得弯到水底里去。癞蛤蟆是被他们糟蹋净了，而害虫们又由谁来消灭。

我看见蒙面人不理会我，我壮着胆子又呵斥道："你们放下癞蛤蟆，有本事对着我。"

蒙面人还是不理睬我。他们连抬头的机会都不给我看一眼。

我说，你们放下癞蛤蟆，有本事对我来。

一个蒙面人说：我们对你不感兴趣。

呦呵，难道我不够他们的一顿晚餐吗？太狗眼看人低了。

我挥动着镰刀，我想撇过去了，肯定那个蒙面人的头颅直接落到洋河水里，就没命了。

我怕蒙面人的血污染了洋河水，我又怕一个蒙面人的头颅掉了不要紧，还有三个蒙面人的头怎么办，抓到我岂不是被他们炖了吃。

实在是没有好法子。

我想骗一个蒙面人到我的身边，趁机动手先消灭一个再说。

蒙面人，他把嘴上的纱布轻轻地往下拉拽了一下，欲言又止。

我这里有蓝金鹿烟，你们抽吗？

蒙面人还是不感兴趣。我自己点了一支烟狠狠地吸了一口。我把烟气吐到了蒙面人的身边，烟气不像硫黄那么厉害，否则会把蒙面人熏倒在水中。

我捡起一块石头往水中央玩了一个漂亮的水瓢，连过数关击中了蒙面人的裤腿。蒙面人终算是吓着了，知道是块石头便又不放在心上了。如果我手中的镰刀也能连闯数关的话，蒙面人的腿一条也剩不下。

我想试验一把，结果扔出去的镰刀直接沉落水底，没有影踪。

蒙面人用木棍把镰刀挑在空中刷刷的一阵声响过后扔回了我身边，镰刀狠狠地插在草丛里。

好工夫的蒙面人。他这是拿招给我看。让我大伤幼小的自尊心。

蒙面人手中的白盒里挤满了白色的蛤蟆油质，他们满意的放进腰袋里。

蛤蟆一个接一个地翻着白肚皮在水中央迅速的游走。

蒙面人看了我一眼上岸离我而去，沮丧的我看着他们的背影消失在洋河对岸茂密树林里去毒害其他的小孩子。

回到麦田，母亲把麦子割的所剩无几，一捆一捆的扎起来矗立着像放哨。

我和母亲说，我杀了四个蒙面人。

母亲笑了笑说，天快要下雨了，赶快把麦子拾掇好了就回家。

我抬头望着天边的乌云很得意，远处的麦浪一只通往天边在风中金灿灿的翻滚。

顺着迷人的香气长大

1

我还是婴儿的时候，曾祖父对着一头金发的我讲起洋河庄的故事。

我出生在洋河南端一个面朝旗山的村庄。远远看去，洋河庄就在洋河的怀抱里。曾祖父的老家不是这里，而是中国西南边陲有云之南之称的云南。根据县志记载，曾祖父的爷爷带领着全家老小从云南逃荒来到了洋河，在当地娶妻生子并有了子孙后代。

多年以后，当我寄居在京都一隅的破旧楼房里，常常想起曾祖父同我讲起的洋河庄，相传唐王东征进驻艾山，被盖苏文围困。内无粮草，外无援兵。正在情况危急之时，艾山老母显灵，送来一盆饭和一罐汤。全军饱餐一顿后，士气重振，一举击败了敌军。据说数万人饱餐后，米饭和汤菜不但没减少，反而继续增加。菜汤漾出来淌成了一道河，唐王惊呼："汤漾河！"后人称之为"汤洋河"（即洋河）。唐王东征归来，重修了艾山庙宇，改老母庙为圣母庙。后来人们为了纪念这位应天顺民的一代贤君，修建了唐王殿。甘甜的洋河水滋润着两岸，两岸五谷丰登，人杰地灵，人才辈出。

外人也把洋河庄人称作是旗山人。我所在的村庄南端靠近旗山，它是一个石头岭，相传就是唐王东征插过战旗的地方，至今都遗留着深深的插痕，当地人都叫作旗杆窝。

八角街就是洋河庄的一条街。我曾经数过这条街的各个角落，不知为何称作八角街。街的存在也许跟唐王有关，也许毫无关系。

八角街是南北走向的，临近的村庄被暴雨淹没到腰身的时候，老百姓就会羡慕洋河人了。它的颈部南高北低直冲岭南的旗山。像一条腾飞的巨龙盘旋在这个村庄的中心。

我在村里出生到长大，曾祖父所讲起的洋河庄常让我产生一番联想。在我心中洋河庄的幻影，远远胜于曾祖父的讲述。

太阳刚从东方爬出来探着脑尖，我就起床了。几乎每家每户都开了院门，母亲拿起扁担挑上水桶去了洋河。

洋河庄的洋河蜿蜒曲曲，不断向前，又时时回顾。河边上的甜水井养育了祖祖辈辈的洋河人。井口边上两块踩磨的大石头蛋子湿漉漉的冒着热气。

母亲每天早起都是为了去挑水。去晚了需要排队，络绎不绝的人群等的心烦意乱，有些时候，挨到你了反而井里没水了。这又需要放下水桶在井台上费一番工夫，等水泛着波浪冒出来。多亏水井是在洋河边上，一年四季泉眼汩汩，井水清澈见底。

母亲挑水的时候，我不是没活干，我很困的样子斜靠在门边，母亲拿来一筐子玉米棒，我坐在门槛上慢悠悠的掰下来扔给小猪吃。没有玉米，这些小猪在院子里闲得到处刨土乱哼哼，把院子弄的一坑一洼，高低不平。

这些小猪很像母亲的性子，特别的急。听见母亲挑水的铁桶响，像土匪一样从猪圈里就蹦出来了。大清早的它们就想吃食物，它们是过着怎样优哉的生活啊！

母亲挑完了满满的一水泥缸甜水要十担二十桶，等到我掰的玉米棒子差不多快完了的时候，母亲的水也挑的正好了。挑完水我就解放了，可母亲却要继续做她的家务活。

七八点钟的洋河庄八角街很多人都在忙碌着。

二爷爷瘸瘸着腿牵着生产队分养的毛驴三黑从家里走出来拴在了自家的屋山下。三黑躺在地上打着驴打滚欢叫着，等身上沾满了黄土后它才高兴地爬起来甩甩大尾巴，伸伸那个长长的驴屌，然后就突然的哗哗大尿一泡，把地浇了一个大窝子。

二奶奶从八角街的北面走来，她双手插在对襟的衣服袋里，脸也没洗一把，眼却很炯炯有神的串门回来了。这是二奶奶的习惯，她总是喜欢大清早睡醒什么事也不做，先出去串上几个门说说家长里短。我经常看见她都是头发未梳，一个老太太簪在脑勺后翘着不方不圆，头顶上偶尔还有几根麦秸草插着，像是第一件事先弓着腰钻进鸡窝里捡了老母鸡下的蛋。

房顶上的烟囱熄火了，早饭过后，青壮年开始扛着农具推着车子上山干活。种花生的，栽地瓜的，勤劳的洋河庄人就这样开始了他们辛苦劳作的一天。

上午的八角街除了有几个孩子在玩耍"抽汉奸"，一种铁陀螺的游戏外，几乎是看不到大人的。等太阳照到八角街那棵大刺槐树的时候，八角街上先有一个妇女推着独轮车吆喝着卖火烧，小麦换油条，做农活的人们也该陆续回家了。

从旗山回到八角街上的人井然有序的走来，他们肩上扛着镢头，铁锹，耙子还未回家放下，便直接在八角街上坐个半小时歇息一会儿，孩子看见爹娘赶紧放下手里的陀螺走过来，爷们和娘们就会吩咐孩子先回家端匋子凉水咕咚咕咚喝一口凉快凉快，顺便再挖上一盆子小麦换一二斤油条打发晌午饭。

母亲每次上旗山做活的时候，就提前把小麦盛在小铝盆里。我从没用钱买过油条，都是这么用铝盆里的麦子换。

有些刚生了孩子的小媳妇，还没进家婆婆就抱着小孙子到八角街来了。孩子已饿的哇哇哭嚎着，哭的小脸都红扑扑使人心疼。小媳妇扔下耙子，伸手接过孩子，把衣服往上一撸，露出撅起的奶子就给孩子嘴里絮。奶子堵住了孩子的鼻孔，小媳妇气的吆喝孩子一个嘴巴还不够吃，还要用两个鼻孔吸，然后用手把撅起的黑奶头往孩子嘴里一摁，孩子咪拉咪拉奶头，高兴的手抓着两个黑奶子像抓着两个黑甜瓜，翘着小腿也乱扑棱，这才把哭红的小针眼眯上了。

婆婆拾起耙子回家做饭，喂奶的小媳妇等婆婆再出来叫的时候，她已在八角街上凉透了心。

最热闹的八角街是在夏天，太阳一毒，天气热烤，每家每户像潮水一样都往八角街上涌。老头老太太一堆，小伙子小媳妇一堆，小孩子们又一堆。大家都能找到自己的知音谈天说地。太阳一暗，大雨倾盆，八角街成了汪洋大海，人们像是游在水中的花鲢鱼。

小爪钩他爹大獠牙牵着一头刚骟了牛蛋子的小黄牛，牛背上苫着一件蓑衣，牵拉到牛肚子上，他从中午走到黄昏，一直到太阳落地，为了让牛蛋子长伤口，一刻钟也不让小黄牛趴下休息。一群俏皮捣蛋的孩子跟在小黄牛后面看笑话，小爪钩他爹大獠牙说，小杂碎快滚，小心我把你们的狗蛋子也给骟了。

孩子们哄堂大笑，一边笑大獠牙的牙像妖怪，一边笑割了蛋子的小黄牛，他们紧紧地捂着自己的蛋子，飞快地跑远了。

我总喜欢拿着各种吃物到八角街上晃来晃去，根据季节的不同，有时候拿着玉米棒子啃，有时候拿着烧土豆吃，有时候拿几个大菜角子和烤地瓜咬。八角街上的浪丸子大娘总喜欢尝我吃的东西，她一看我母亲包的大菜角子，就吧嗒着嘴赞叹起来，你看看先英大妹妹的手艺，这孩子都可以扛在肩膀头子上了，她顺嘴咬一口嚼来嚼去觉得香喷喷的就让我回家给她拿两个就算是解决了晚饭问题，母亲看我一趟趟跑回家心想是给了被洪水淹没的安徽逃荒人，一锅的菜角子瞬时不见了踪影，后来母亲做饭的手艺在八角街上是出了名的响亮。

我越来越喜欢到八角

2

傍晚六点后的八角街,太阳还在西边挂着不肯落下去。各家各户的院门便开了,鸡跑出来了,猪跳出来了,鸭子和大白鹅也东倒西歪的走来,只有牛羊拴在院子里哞哞咩咩地叫着。也有些发情的叫声掺杂在一起,不知道是想配种还是想跑出来溜达一圈。

也有小媳妇一边用奶喂着孩子,一边摘着韭菜叶子,说是晚上要吃一顿韭菜盒子。狗爪子他老婆怀里抱着五个月大的小牙狗满身上抓虱子,两个大拇指挤得虱子啪啪响。浪丸子大娘吃饱了用她蓖麻子秸身上撕下的皮吊着一根猪骨头在撮麻绳,那块猪骨头黄黄的发亮看上去岁月已久。说不定是她的婆婆或者是她的亲娘用过了几辈子。未出嫁的闺女用红花五彩线绣着鲜艳的红鞋垫,浪丸子大娘说起小媳妇整天想着伺候自己的男人都臊红了姑娘的脸。大伯大叔几个老爷们在抽旱烟卷,用石头块当象棋走五湖,他们谈论着一场雷雨的到来。只有二奶奶手里闲的扇着蒲扇,她除了用蒲扇拍拍胳膊拍拍腿,赶走蚊子什么也不做,就是一个劲地在说东家长西家短,像一个广播喇叭传遍了洋河庄。

一只鸡从背后走来啄了小媳妇的韭菜叶子,二奶奶一声怒吼用蒲扇扑了老母鸡一把,蒲扇的风大,扇的老母鸡翅膀一夯煞连飞带跳咯咯咯洛着躲开了，二奶奶手里偶尔也有攥着一把黄鸡毛的时候。这是她连扇带抓的结果，鸡尾巴都被二奶奶粗手的狠劲给撸秃了毛。

树上的槐花在微风中摆动，八角街上到处洋溢着迷人的槐香。从穷山恶水临沂来的放蜂人，在八角街上支起了帐篷，一排排的蜂箱飞出来的蜜蜂在槐花上采蜜忙。

匡爷爷家的那只老黑狗不知从哪里遛过来，在二奶奶的背后嗅来嗅去。二奶奶感觉脊梁骨冒热气，回头一乜斜是老黑，抬手就是一巴掌。挨了嘴巴子的老黑没有面子只好不讨好的嗷嗷叫着走开。

老黑躲开了二奶奶，却被四五条杂交的狗杂种团团围住。这些狗在老黑屁股后转来转去，像驴推磨。老黑的定力足以显出它的高贵老小姐气质，它歪着头一动不动，随便你闻，随便你嗅，随便你舔，随便你爬，反正我是一条老态龙钟的老母狗！

老黑是被二奶奶给了脸色赶走的。当然它也有不顺气的时候，一旦遇上了同伙便同仇敌忾，它也撒气的变脸。一条条不知名字的狗往它身上爬。刚开始老黑不同意，回头还对它们龇牙咧嘴，要不就往狗脖子上咬一口表示反抗。尽管如此，一条健硕的大公狗仍是往上爬，后来它终于爬上了老黑的脊背不肯下来。剩下的狗就在旁边围着看，有的蹲着，有的吐出了红舌头，有的着急叫着流着哈喇子，尤其是那条矬矬个的小巴狗，更是力不从心无法施展一条公狗的尊严。

匡爷爷从家里出来了，他手里拿一根长长的细竹竿上去就打骑在老黑背上的大公狗。来了主人老黑便叫开了，刚开始不叫，它假装在哭情，像受到了欺负一样。老黑背上的大公狗被匡爷爷竹竿子敲的嗷嗷鬼哭狼嚎，简直不是个狗叫法。

匡爷爷怎么也打不开这对狗男女，大公狗尽管想逃走从老黑背上掉下来了，可两个屁股还是牢牢地锁在了一起，老黑往左挣扎，大公狗往右挣扎，各自澄清各自的清白，各自逃各自的命。

在苦难面前没有性爱可谈，这种爱情和恋爱是靠不住的。剩余的狗在匡爷爷举起杆子的时候，一看事不妙早吓得窜往四处逃跑了。老黑有些后悔，恨自己不该对大公狗调那下屁股，乳房都干瘪成什么样了，像秋后的地瓜岭，还发情，现在它感觉在八角街上是丢人现眼的狗。老来浪，在农村是要被众人笑话的。

这对狗男女最终被打开了，老黑回到了主人面前，大公狗却立即得到了解放，被老黑甩下来以后，它坐在地上舔着红嘟嘟的大阳具，像一颗红透的大辣椒，然后收回可怜巴巴的眼神，抬起身子想走。可它的身体消耗太大了，走起路来一瘸一拐，更不用说要跑掉了。

二奶奶骂匡爷爷闲的鸡家子狗咬，手爪子痒痒往南墙上蹭蹭，牲畜调情的事你去管什么，你是晚上喝多了醋吧。

母亲让我掏出鸡窝里的抱窝鸡扔到洋河里去洗个澡，抱窝鸡在河里被水灌的咯洛咯洛直叫唤，它跳到岸上张开鸡屁股挤了一泡鸡屎，我抓起来三番五次的再把它抛到河里去，它顺着河水漂，我跟着河水跑。我担心抱窝鸡一路漂到洋河口冲进东海湾。

我提领着浑身湿漉漉的抱窝鸡回来的路上，晚上七点入伏天了。

天气越热，出来的人越多。光着膀子，露着奶子，都想钻进洋河水里赤裸裸地泡上一夜，只恨这拨动心烦意乱的鬼天气。

刚开始是燕子和蜻蜓在八角街的上空飞来飞去，后来又是蝙蝠出洞了。

孩子们拿着自家的大扫帚在大街上追来追去，有些孩子是捕蜻蜓高手，一会儿工夫能捉不少的蜻蜓。这些鼓着大眼睛的绿色虫子有时会咬我一口，有时会把它的翅膀扑断，不能飞翔的蜻蜓只能在地上打着旋儿团团转。

我赤着脚脱下绿球鞋抛向天空，鞋不是砸蝙蝠的，而是让蝙蝠把球鞋当窝飞到鞋里去。尽管想象是美好的，蝙蝠还是被球鞋砸得眼吱吱叫着瞎飞。

也有些孩子试着去捉燕子，这些黑色的小精灵，一会儿飞得很高一会儿又飞得很低。你眼睁睁地看着它是紧紧地贴着地面飞翔，速度之快让我担心它的方向盘失灵，撞得头破血流。这种担心是多余的，燕子像农人在麦场上打场一样又忙活去了。

等飞翔够了，燕子会成群结伙地停下来歇息。

抬头一看屋山顶上的电线，密密麻麻地蹲着这些黑精灵。它们像在议论麦收一样，叽叽喳喳的哨嘴皮子。有些燕子刚学飞，叫着的声音也是脆脆的，嘴角是鸡蛋黄颜色的嫩肉。大燕子母亲衔着虫子飞回来了，一个猛子扎过来，翅膀抱着小燕子，小燕子就张开黄嘴等着喂。

这是一种懂人性气的黑鸟，它可以和人类同居一间屋子。爷爷家的屋梁上有半个布袋大小的燕子窝，六七只燕子在那里美满幸福地生活着。我很讨厌这些燕子，它们的粪便拉了一档门，我几次都想把它的窝端走，可几次都被爷爷制止住了。

爷爷说，那些房梁上住燕子的人家是富贵的象征。

冬去春来，八角街上空飞翔的燕子就有我家的啊！

在八角街上乘凉的人们不坐到风吹凉了腚巴骨是不肯抬起腿走的，尤其我们一些小孩，我和二奶奶家的孙子小飞就经常在傍晚时分玩一种尿泥娃娃的游戏。

三伏天太阳毒晒，大地蒸的蚂蚱在田间小路上瞎蹦跶。二奶奶和母亲带着我和小飞，走了很远的山路来到旗山脚下的圣母庙拜菩萨。六根深红色的大木柱耸立在寺庙里，那棵上千年的白果树素有"三搂八扎一媳妇"粗壮，树干如虬龙般伸向苍穹，招引了无数的紫蝴蝶忽闪忽闪着翅膀点缀其中。太阳烤着大地，寺庙里却凉风习习。二奶奶整个人是五体投地趴在菩萨面前念念有词，她的眼泪流了一佛堂。母亲点了三盏油灯，跪下敬了三炷香。香篓里香烟缭绕，油灯里火焰摇曳。我和小飞在旁边看，小飞指着菩萨像说害怕，浑身冻得打得得。

有紫蝴蝶飞进了庙堂，我和小飞一路追逐着紫蝴蝶跑向了麦田。顿时，天空轰鸣，飘飘洒洒地落下来一片五颜六色的纸片在麦田的上空。我和小飞蹦着跳着去抓头顶上的纸片。我和小飞手里攥着一摞厚厚的纸片给母亲和二奶奶看，母亲说这是传单，传单上的老头照片是我们的国父孙中山先生。

我和小飞举着手中的传单奔跑在麦田里。二奶奶和母亲走在跟后，一望无际的麦浪翻滚着，在铺天盖地的金黄色掩映之下只能影影绰绰的看见我们被包围着的欢快身影。

几声闷雷过后，田野里小麦更金灿灿的发黄。傍晚时分，一场特大的暴雨几乎淹没了青年水库，浑浊不堪的雨水呛得白鲢鱼翻着肚皮吐着水泡。青年水库的开闸人打开闸门，洪水像龙王一样张着大口奔冲进洋河。

洋河里不仅有被洪水打翻的白鲢鱼，还有西瓜，桃子，苹果，高粱叶子，漂浮在水面上。孩子们像饥渴的猛兽纷纷跳进河里抢夺猎物。

雨季过后，我和小飞又往麦田里跑，去寻找天空飘洒下来的传单，传单被雨水淋湿了，我还惊奇的捡到了一个铁盒子。刚开始我和小飞都不敢靠近这个铁盒子，我们俩趴在麦田埂上远远地看着，突然从麦丛里钻出来两只棕色斑的褐拉毡子互相拧打着脖子，连尾巴都秃了毛，看上去吓人一跳，它们摩挲着赤红色的小眼像在机灵的放哨。我壮着胆子爬向铁盒子，小飞在地上抱着我的腿紧紧不放，他说哥哥这个铁盒子会不会爆炸。我让小飞离我远点免得把他炸成五马分尸。我打开了铁盒子，里面有邓丽君的唱片和精美的画册。画册里全是大都市的繁华和优美的风光。

我抱着铁盒子，小飞收获了两个褐拉毡子的蛋。远望天边，驾着一道弯弯的彩虹。

二奶奶说小孩子不能吃褐拉毡子的蛋，吃了脸上会长麻子。我们看着蛋壳上的麻子馋得流口水又害怕。

大眼从大都市青岛干建筑回来，戴着大蛤蟆镜，穿着牛仔裤。最牛的是大眼带回来一个青岛大嫚做媳妇，八角街老少爷们都挤破大眼家的门槛去看城市来的大姑娘，大家奔走相告说像洋人。

我也看见了。大眼带的城市女人叫兰兰，兰花草的兰。

兰兰长长的金发波浪卷，戴着两个明晃晃的大耳环，身穿一件紫色的肥肥大衣服，高高的个子脚蹬红皮鞋。大眼说兰兰穿的衣服叫蝙蝠衫，我怎么看都觉得像披了一个麻袋包遮着兰兰鼓起的大肚子。大眼母亲我大娘说，这操起从青岛动物园里带回来一只金丝猴。大眼爹我大爷喝着一盅景芝白干拍打着儿子说，爷们，带回来个嫚挺个大肚子，买头母牛还配一只牛犊子，便宜事都让咱爷们碰上了。

兰兰听不懂村里的土言土语，冲着大眼笑，心里想找点依靠。

大眼去地里割麦子，兰兰就挺着肚子坐在八角街上看我大娘晒豌豆。豌豆角噼里啪啦的晒爆了，兰兰说像她小时候过年放鞭炮。

大眼开着拖拉机把小耳朵家的麦子压倒了一溜地，小耳朵说什么也不算完，非要大眼把麦子重新扶直了，火爆脾气的大眼不管三七二十一用脚又踩倒了一片。

小耳朵和大眼打起来了，小耳朵哪里是大眼的对手，大眼一巴掌就把小耳朵捶到了麦地里，小耳朵像发了疯地咆哮着去咬大眼的耳朵，大眼又是一脚把他踹回了麦地里，小耳朵的屁股把麦地磕了一个坑，麦地里的蚂蚱都被小耳朵的屁股震的到处乱蹦跶。大眼说你给我把麦子扶直了试试，扶不直我把你的耳朵一只也不留。小耳朵哭着说大眼这是专门欺负老实人，拿着他当软柿子捏。

众人说情，让大眼用拖拉机帮着小耳朵把麦子收了运回八角街，这事就算完了。小耳朵美滋滋的求之不得。

三黑戴着驴罩眼拉着碌碡滚子转圈碾麦子，压了一遍又一遍。累了便停下来拉屎撒尿，瘸腿二爷爷骂一顿懒驴上磨就是屎尿多。

八角街上铺满了一片片金黄的麦子。麦香如香水般侵入洋河人的心中。

3

麦子收割一完，父亲就忙着学校里的中考。小粮食他娘隔三岔五就撒腿往我家里跑，她的三儿子小粮食七月份要参加高考了。父亲是洋河庄上出了名的文化人，物理教师是一个多么神圣的职业，那时的口号是学好数理化走遍天下都不怕。父亲像他们心中的救命稻草，有个什么事都依赖着找父亲问问深浅。

小粮食是八角街大爷大娘眼里听话懂事，品学兼优的好孩子。母亲也总是拿着小粮食给我们兄弟说事，除了学习就是学习，父亲说小粮食不闻窗外事只读圣贤书，一定是大学耙子。

小粮食每月底从镇子上香甸中学回洋河庄一次，这次他捎着漏水的脸盆回来，娘一看就明白儿子的意思，别在同学面前抬不起头。

小粮食他娘一大早就来找母亲借两块钱，说给小粮食买个新脸盆，把那个漏水的替换下来塞上棉花自己留着用。父亲正在家里做物理实验，被小粮食娘像发现了马驹子产下牛犊子一样惊奇，啧啧称赞起来说，俺兄弟真有本事，还能在家里造原子弹和飞毛腿呢。

父亲说原子弹和飞毛腿都不会造，但可以把她的脸盆补补，还能省点钱，给孩子吃顿肉壮壮身体岂不更好。

小粮食娘一听，像是有了大救星，她对父亲说，奇好，奇好，俺现在就跑回去拿。

父亲是五十年代生人，六十年代末期正是青壮年考入昌潍师专学物理教育，然后进入中学做教师。七十年代，国家穷，人民的生活不富裕。但都是无产阶级。

父亲自己制作了一台再生来复式四管半导体，他毫不吝啬把心爱之物搬到八角街上和大家共享。半导体铿锵有力哈拉着音乐，父亲拉着二胡。村里事事想探个究竟的明白人，我的明白二爷爷总觉得父亲制作的这个匣子盒里藏着个比他更明白的神，一到了晚上就想探个明白。

匣子盒戳到了二爷爷的心窝子。这是洋河庄上唯一沟通外界的新鲜玩意。

以至于明白二爷爷瘫痪在坑上临死咽气前都装着这个神秘的匣子盒闷着最后一口气，二奶奶趴在二爷爷的耳朵上说，你要是真心喜欢，我就做主让孩子们花钱给你送个骨灰盒。二奶奶说着，二爷爷闭上了眼。

父亲说，1976年从匣子盒里传来毛主席逝世的消息时，洋河庄上的男男女女老老少少围着这个匣子盒哭了几天几夜，人民的大救星去世，全国人民感觉天都要塌下来了……洋河庄上空响起了东方红，太阳升，中国出了个毛泽东……歌声震撼人心！

多少年来家里的窗台上摆着各种各样的瓶瓶罐罐，我最喜欢那个口径细长的烧瓶，爷爷常在冬天装进二两高粱酒放入火盆里焖一会儿，满屋子弥漫着一股高粱的清香味。

父亲半闭着一只眼睛在太阳底下对着阳光看小粮食的脸盆，再用指头轻轻地弹的咚咚响，一道毒辣的太阳光从露孔里斜射到父亲的脸上。

父亲从他的工具盒里拿出砂纸把脸盆露孔周围锈迹打磨干净，又拿出一块废弃的旧干电池，扒下干电池身上的外皮子当作锌片扔到燃烧着的烧瓶中，当干电池的外皮子和烧瓶中的盐酸发生化学反应便生成了氯化钠溶液。父亲管这种溶液称作焊锡水，焊锡水制作完成后，滴在脸盆的露孔边上，然后用烙铁头沾着一点点铅跟焊锡水接触就能紧紧地凝固在一起。

小粮食他娘眨眼工夫看到了完美无缺的脸盆顿时乐开了花，一个劲地夸奖父亲，说要把儿子小粮食拖来开开眼界。

母亲说父亲这些破铜烂铁堆满了一屋子，谁家的收音机不响了找父亲拍打两下子又出音了。不出音的收音机，父亲再卸开后盖，找出问题，然后用松香，一块宛如琥珀一样的物体。父亲说收音机的线细，用焊锡水容易溃烂周围的线路，松香是中性的温和的，从松树油中提炼出来，不像化学配置的有腐蚀性，我经常看见父亲把松香擦在他的二胡上，每天晚上拉着茂腔戏和秧歌剧让我们兄弟听着入睡，而且那时候的松香父亲都用它来屠戮猪头，过年之夜，吃着香喷喷的猪头肉我就想起父亲的松香是否来自旗山顶的松树上。

黑色七月流火，高考一结束，小粮食像蔫吧的抱窝鸡，只管孵蛋不咯咯，见着谁还是面无表情没笑容，呱呱娘总说小粮食一脸不开恩的相，简直像个绣花的大闺女，哪里像个刚强的小伙子。

小粮食他娘挎着一笸斗红皮鸡蛋找父亲，大兄弟，小粮食的分数考砸锅了，比平时低了足有一百多分，你快点给恁嫂子想想办法，几年学不能白白供应了啦。母亲也跟父亲吹耳边风，小粮食就是一副书生料，下农业种地就瞎了孩子的一身文化。

父亲说自己就是一个穷教师，高考这么大的事，是国家的事，他也说不上话插不上手。小粮食他娘死皮赖脸的非要把一笸斗鸡蛋放下，还说鸡蛋里面掺杂着三个大鹅蛋分给孩子们一人一个，算是个稀罕物。因为，我母亲是从来不养鸭子不养鹅，说这都是些俏皮货，不顶吃不顶穿，养猪还能换个大价钱。

小粮食骑着自行车从县城拿成绩单回来，天都黑了，爹娘连个话都没打听出来，小粮食哑巴了一晚上，全家人跟着连晚饭都没吃下去半口。

小粮食心事重重一个人去了旗山，然后绕过庄稼地走到了青年水库。小粮食他娘就害怕孩子有个闪失出个三长两短，尾随在身后。

小粮食在青年水库边上和娘哭了一夜。

第二天，小粮食就推着独轮车子下地干农活去了。

十一岁这年，小飞在青年水库里洗澡淹死了。

头天晚上，一只夜猫子飞落在二奶奶家的梧桐树上，瞪着两个圆溜溜的大眼睛捉贼似的咕咕咕放浪着笑。二奶奶下炕捡起一只破鞋，就是一鞋底把夜猫子砸飞了。

第二天上午天不亮二奶奶就出来逢人便说，这只瞎了眼的夜猫子真不是个好东西，再敢来就让她儿子给它一猎枪，崩它个断子绝孙。

呱呱娘叫着二奶奶说，二奶奶呀恁身体硬朗着呢，恁怕夜猫子个啥，那就是个畜生，谁见着就朝它吐口唾沫完事，至于动那么大肝火。

下午小飞就被吊死鬼钓走了。

小飞淹死那个下午天气雨蒙蒙的，我和进京，小斌，小岗，小艇路过青年水库大坝的时候，看见水里的小飞，水淹到了他的腔巴骨那么浅，我说小飞你快点回家，二奶奶找不到你又要骂你小杂种了，我说这话的时候，天已经落下了几个雨点打在小飞的身边，水滴蹦了两下。小飞说，哥哥你去干什么，我说去旗山上捡地瓜皮吃，这是一种黑色如木耳般的食物，只有下雨天的时候，它才从石头上滋生出来。薄薄的皮，软软的，吃在嘴里又像是海蜇皮一般娇嫩。它不像家里种的地瓜皮那样生涩，甚至是麻木，村里的大娘大婶子都称呼这种软乎乎的东西为地瓜皮，我们也就这么叫了。

我们一群稍大点的孩子绕过大坝上了旗山，山上绿树葱葱，雾气把树丛滋养的青翠如滴，布谷鸟落在松针上面鸣叫着，像要在这样的雨天寻欢作乐。还有马蜂窝挂在树杈上，马蜂扑棱着小金翅在蜂窝上嗡嗡地鸣飞着，吓得我们抱头逃窜。

旗山顶上是纯粹的石头山，活像一毛不拔的人上了年纪秃顶了皮。这样的一座山传说不断，有唐王东征插旗的旗杆窝，有二郎神赶海歇息的脚印，有玉皇大帝和王母娘娘的贡桌，尽管看到的只是几个窟窿眼眼窝窝，在孩子们眼里看什么都是新奇。

一阵风刮来，雨从西南倾斜的扑过来，秃了毛的旗山一瞬间，滋溜溜地冒出了一片黑黑的地瓜皮，像一只只猫耳朵。孩子们几近乎是疯狂地抢夺起来，一块一块地抓起来往口里絮。进京吃地瓜皮的洋相比他吮吸老娘的奶子头都要润滑，小岗倒是不急不慢地从石头上揭起来，放在另一只手里端着，说回家要给坐月子的娘吃。小岗他娘是最能养孩子的女人，数来数去足足有六个孩子。这种叫地瓜皮的野生物倒是帮了小岗他娘大忙，坐月子的女人只能喝疙瘩汤，能吃上一顿地瓜皮是很大的福分。

雨停了，土地爷爷把地瓜皮拦在了地底下。旗山如变魔术般说变脸就晴空万里。

我远远地望见青年水库里有一个黑绿色的西瓜漂动着，过了大坝就是一片西瓜地，莫非做贼的只顾着逃跑，把西瓜扔进了水库里。小岗的水性是最好的，他急转跑下旗山，我们几个在后面跟着，再绕过大坝跑向黑绿色的大西瓜。

小岗说，不是西瓜，水库边上还有裤头和一双黑色的凉鞋。他哇哇的，比遇见了狼还要惨叫。我们也在半道上折回跑下大坝后的西瓜地。

匡爷爷正在西瓜地里弯腰掐瓜秧儿，看见一群鬼哭狼嚎的孩子冲过来，像要吃掉他而不是吃掉他地里的大西瓜。顿时怔住了。

匡爷爷下水，把黑绿色大西瓜捞起来，是一个孩子的头，头发直垂着，水滴从头上流下来，头发一绺一绺的，再往上一扳脸，是小飞。

在旗山上吃的地瓜皮噎住了我嗓子眼，我内心深处发出了震耳如聋的声音，但是却听不见动静。我撒腿便跑，像追赶前面的一只野兔子。我是用飞快的速度把二奶奶家的大木头门撞开的，我被甩进院子里，气喘吁吁地趴在地上，扶着一只柳条框子，二奶奶从屋子里几乎受了惊吓一样看着我，小鳖羔子，你这是被王八咬了，还是被疯狗追了。

二奶奶一听我说，小飞淹死了。她老人家一头栽倒门槛上，不省人事。

五姑姑跑到东厂告诉了她嫂子小飞的亲娘，我大娘一听儿子小飞淹死了，趔趔趄趄走两步就瘫痪在地上蜷缩着，像一只煮熟的虾米。

匡爷爷双手托着小飞一路颠来，后面跟着一群看热闹的人。

我爷爷把二奶奶灶房的7印大铁锅揭下来倒扣在地上，一层层厚厚的锅灰结着嘎扎。匡爷爷把小飞的肚子放在锅顶上，屁股蛋子上翘着，小飞嘴里控出来的水哗哗淌。

二奶奶，我大娘，五姑姑，我奶奶，我母亲都一起喊着给小飞叫魂。一直到肚子瘪下去和脊梁骨贴在一起，肚子里水控完的时候，小飞始终如一只水耗子般冰冷。

十一岁，小飞死了。连个坟都没有。

4

我在很多年后回忆起那个雨天的午后，一直觉得小飞的死亡仍旧是个谜。

淹死人的往往都是会洑水的，胆大。不会洑水的淹不死，胆小。

小岗的水性从小就很好，站在青年水库的高台上腾空跳跃，一个猛子扎下去滑溜溜的像一条大鲶鱼。而小飞洗澡那天，旁边还有大坏种家的两个儿子，他爹是有名的歪脖子，见着谁就像欠他一万块钱，永远绷着那张死人脸，大家都叫他坏种，一提到坏种，我们就想起歪脖子的那副酸款相。我大伯问了几个和小飞一起玩耍的孩子，他们都说那天下午他们走散了，只有坏种家的两个孩子在。小飞之死报告到当地派出所，刘公安开着偏偏的三轮摩托车来到洋河庄调查，几个孩子也没有说出个一二，没有任何蛛丝马迹证明是他杀，小飞他爹得不到任何答复，只能认倒霉。

我一直恨自己，恨的是没有带小飞去旗山捡地瓜皮。

二奶奶经常在半夜里偷偷跑到南岭上哭，哭她的命像旗山的石头硬，早早地死了老头子，阎王爷怎么还不把她叫去，孙子小飞都被她克死了。二奶奶哭着哭着的时候，犹如唱起了苦情的茂腔戏，这出戏凄惨程度不亚于村里扎台子唱大戏的女主角，余音缭绕震荡在村子上空，连老鸹都跟着鸣两声。然后扑棱扑棱着翅膀飞走了。

匡爷爷可怜守了寡的二奶奶，半夜三更披着衣服来到南岭上，蹲在草边上卷着一袋旱烟卷吧嗒吧嗒抽，露水打湿了他的裤脚，二奶奶哭到什么时候，他就抽到什么时候，实在不忍心了，就劝劝二奶奶，老嫂子啊，怎都哭的眍䁖眼了，日子还得过啊！匡爷爷明知道劝来劝去也没法子，只好等着她哭够了，哭干了泪水，扶着二奶奶送回家。

母亲听见了二奶奶的哭声，心里隐隐地作痛。母亲狠狠地把我们搂在她身边，像老母鸡用翅膀裹着小鸡崽，紧紧搂在怀里护着。

正是匡爷爷从青年水库里捞起了淹死的小飞，二奶奶把这份恩情放在心里记了一段日子，看着匡爷爷家的小东来也一直没个媳妇，就把自己的五姑娘硬是塞过去。

小东来对美貌的五姑娘早动了心思，就是找不到开口的火候眼，这么一来二去，倒是自己的亲爹成人之美，把儿子这只饥渴的猛虎打开了铁笼，向五姑娘猛扑过去。

洋河庄上又多了一门婚事，二奶奶成了匡爷爷名副其实的亲家婆。

两家子虽然只有一街之隔，成婚这天，却要绕着洋河庄转一圈再回到八角街上来。抬嫁妆的轿把式累得像狗熊吐着舌头，五姑娘蒙着红盖头坐在自行车座上，走在前头的两辆蓝金鹿车把上系着红纸花，平日很短的二里路感觉走了二十里那么长还没赶到男人的炕头上。新娘子出嫁不能张嘴说话，就算把她抬到蜀黍地里也要强忍着。

看热闹的孩子们也是跟着绕完圈子再回来，刚到八角街红色的鞭炮就噼里啪啦满天响，看新媳妇的老人捂着耳朵躲在一边害怕被鞭炮震聋了，要喜糖吃的孩子列开要抢的架势，等鞭炮一完，糖块就从天上撒下来，一群老的少的在地上抢开了，都想着沾点喜气。

老太太们抢到了高粱饴不舍得吃，放在手里攥的软软的都流油，孩子们迫不及待地往嘴里吞，吃完了的糖纸展开铺平，珍藏的乐趣比吃糖的感觉还要甜。

夜里小东来发出猛虎般的吼吼声，五姑娘则像猫叫，一只猛虎下山倒是震住了发春的猫。

五姑娘把小东来滋润的一夜惨叫，五姑娘说，你这只老虎屁股是被蝎子蜇了咋地。五姑娘这么一说，小东来更来劲了……蜇了，就是被你这只母蝎子蜇了。

二奶奶的最后一个女儿五姑娘出嫁走了，剩下了她自己孤单一人。我母亲很多时候都过去看望二奶奶一眼，时不时给二奶奶送去一把芫荽，或者薅几棵葱给她做香料。二奶奶最爱吃猪蛋子，我家里的小猪每次被兽医站站长王金牙骟完了蛋子扔的地上到处都是，母亲嘱咐我一一捡起来，给二奶奶送去。

大锅腰的儿子小眼，打扫了一晚上的猪圈，拦住了我非拖着去洋河给他搓搓背，我不去，他粗壮的胳臂举起我就走，我一碗的猪蛋子洒落了一地。小眼一身的臭猪粪熏得我捏鼻子不敢喘气。当小眼脱下裤子的时候，我被他毛嘟嘟的黑家伙吓了一跳，像黄瓜架上垂着的老黄瓜，黑夜里透着明！

小眼说他要洋河庄的小嫚都怀上他的种，在旗山上竖起一杆旗。我想都不想，说，你还我的猪蛋子，要不你就跟你家的母猪好，生一窝子，个个拖着猪尾巴，都是妖魔鬼怪。

小眼气得撩水把我湿了一个遍，我浑身上下冰凉凉的打得得。小眼娘狠狠地剜打着小眼，冷水把孩子击着了咋办，看你婶子不活撕了你的皮。我给二奶奶的猪蛋子，被小眼祸害了。倒是二奶奶气得麥煞着胳臂追着小眼满街上跑，非要拔了小眼的鸡子毛。

再到八角街上来，在外乘凉的时候我们都有草垫铺在地上。一边在草垫上躺着由母亲赶打蚊子，一边听小眼娘给我讲瞎话。

那些聊斋志异狐女精的故事让我毛骨悚然，每次睡觉的时候都要往房顶山瞅瞅。

小眼娘说有一家老夫妻给儿子找媳妇，不是儿子长得不好，就是他们家太穷了的缘故，反正媒婆介绍了几个都拉倒。

有天夜里，一个大姑娘忽然来到这户家里。大姑娘很愿意和小伙子结成美满姻缘，小伙子感觉是天上掉下来个林妹妹，还有这等美事啊，简直是天上掉馅饼嘛！

小伙子问大姑娘家住哪里，大姑娘想了想说，家住西南县，不远不近西南县，又高又宽大。小伙子猜不出是什么地方，又问她叫什么名字。大姑娘说，俺叫大蟓蜋。小伙子一听吓草鸡了。原来是自家西屋山上一只蜈蚣精变的。

每次听到这类瞎话，我都睡意全无，甚至在漆黑的八角街上我都会大声地叫喊小眼来壮壮胆量。

二奶奶很少再说东家长西家短的闲话了，最近像变了一个人，她心里一直搁耽不下那桩心事，苦苦想念她的小飞。

晚上她经常蜷缩在篙荐上，头顶着一堆燃烧着的艾蒿熏蚊子，连手里的蒲扇都没心情摇晃。不管有没有蚊子，都是母亲拿着蒲扇为二奶奶身上扑嗒扑嗒，母亲扭头看见了二奶奶脚边上一摊黑东西，问，二娘娘你的脚边是什么。二奶奶抬起身子抓了一把，正好是攥住了长虫的头，长虫一个劲地拼命挣扎，它的整条身躯三百六十度的转悠弯弯曲曲的柔软身段，再没有谁可以和它相媲美。二奶奶说，他娘个逼的，是一条长虫，它是活腻歪了，然后扔到艾蒿堆里。长虫被烫地翻着肚皮，啪嗒啪嗒甩打着地面，顿时扬起一股艾蒿清香，夹杂着灰尘。

二奶奶说，烧不死你，熏也得熏死你，见你祖宗去吧。

二奶奶说长虫肉是治疗痄腮疙瘩的好药，一旦村子上有哪个孩子得了大脖子病，呼出一嘴臭气，都要找二奶奶要一块长虫肉炸个鸡蛋吃。一吃便好，二奶奶成了洋河庄上半个有名的赤脚医生。

月亮开始爬上了树梢，洋河庄静静的入睡了。

梦里我见到了那个美丽的大姑娘，大蜻蜓和小伙子在洋河庄八角街上成亲了，热闹的唢呐吹响了天。

5

一觉醒来,一夜小雨淋湿了美丽的梦。

八角街上的雨天是孩子们的乐园。雨水在八角街上缓缓地流淌,孩子们提着小水桶,拿着小铁铲冒雨在大街的树底下抠知了猴。

我也想在雨天从树林里捡个孩子,母亲曾经说过我和二奶奶家的孙子小飞都是下雨天捡回来的。

一周后,父亲从外乡教书回来,在自行车座上驮着一个纸壳箱子。

进京说,你爸回来啦。我扭头向南岭跑去,小斌,小岗一起跟着我跑。

我远远地看见父亲在南岭上下了车子,推着步行。

我问父亲,纸壳箱子里是什么玩意。

父亲说是一台日本进口的 14 英寸黑白电视机。

一群孩子把父亲包围了,他们手扶着装电视机的纸壳箱子,嘴喜得咧开,像一只只癞蛤蟆蹦跶着跟在父亲后面。

这是一台非常漂亮的电视机,日本人就是会造。橘红色的外壳,放在家里的八仙桌上,顿时让这个家变得热闹和富有起来。

母亲说,这台电视机花掉了她养的两头猪。而且母亲还偷偷地告诉我,家里已经是万元户了。买了电视机,一分再也不能动了,全部留着给我们兄弟三人上大学花。八十年代初期,万元户是什么概念,我幼小的心灵不曾知晓,但是家里吃的,穿的,用的,在洋河庄八角街上是独一无二的。

那是个没有炫富的年代，社会风气良序发展。

父亲用一个小铁桶挂在窗户顶的房檐上，结果大批量的香港电视剧如潮水涌向大陆。呱呱娘一个劲地夸奖父亲不愧是文化人，这么一折腾竟然很灵验，她不知道一个破铁桶子竟然把几万里外的花花世界吸收到洋河庄上来，被她的嘴到处一呱呱，八角街上的老小又涌向我们家。每次呱呱娘都是第一个坐到我家炕头上占位置，看着我们家还在吃晚饭，她也顺便捎着嘴夹两筷子，瞎嘟哝着菜咸了还是淡了。

看电视剧的人流，把家里的大衣橱，挤破了玻璃镜。玻璃镜上的鸳鸯和红鲤鱼哗啦啦碎了一地。玻璃镜，是我每次趴在缝纫机上画画临摹的样板，我心里直骂这该死的日本鬼子惹的祸。

《陈真》《上海滩》《霍元甲》《射雕英雄传》《绝代双骄》《魔域桃源》《六指琴魔》，孩子们看完电视机总能模仿电视里的角色来施展一番工夫，他们学陈真，学郭靖，也学蓉儿，童年世界里驰骋着是侠义的武打天地。小伙子们都学许文强，一心想找冯程程那样的好姑娘，结果洋河庄上只有小燕，小环，黑嫚，小红艳，大兜齿燕红这样的女孩，呱呱娘骂他们别癞蛤蟆想吃天鹅肉了，她倒是最喜欢黄老邪，说他邪了门的神气！

为了让洋河人都有席位看到热播时段的电视剧，在母亲的建议下，就把电视机搬到八角街上去放映。人山人海挤得八角街水泄不通，小眼胖矬的身材蹬着两块从旗山上搬回来的大石头，晃晃悠悠地蹬跐了一手扑在大兜齿燕红的怀里趁机抓了一把奶子，燕红恣的荡漾起来，嗷嗷惊叫一声，一看是小眼，又急忙捂住了嘴巴。小眼凑在燕红的耳朵边说去蜀黍地里吧，有了快感可以尽情地叫喊，燕红用眼睛剜打了小眼半天，两个人的手揉搓着却拉在了一起。

燕红说蜀黍地里青草叶阔万一被刺猬扎烂了肉。后来，小眼告诉我，他把燕红拖到了八角街的墙角旮旯里，反正黑乎乎的也看不清脸，猛干了一顿。电视机还传来噼里啪啦的打斗声伴随着他进进出出，要不是墙角上的壁虎尿把小眼洒了一脸，他也不至于草草了了地完事。小眼骑着燕红的时候，燕红说她也想要兰兰那样的大耳环，小眼说把家里的铝盆子化化给她打个牛鼻子环那么大的戴着。

小日本造的三元牌黑白电视机立刻成了八角街上自家的露天电影院。连蜻蜓，蝶拉子，飞蛾，屎壳郎也扑到荧光屏上凑热闹。

邻居一光棍汉姜保国，站在八角街上光着膀子看我家电视机的热播盛况，小眼拖着燕红从他身边擦肩而过的时候，顿时胀得他龇牙咧嘴，心里痒痒的真想一把抓住老母牛骑上去。

第二天姜保国来找父亲。他挠头抓腮，闷着心里话不好意思说出来。父亲说你就说吧，一个老爷们，像个穿裤裆的小丫头，这样下去一辈子找不到个媳妇。姜保国，一看父亲猜透了心里的花花肠子，就直说了。

姜保国从小死了爹娘，他和弟弟姜保庆都是亲大娘一手带大的。姜保庆18岁应征入伍，发展的也有出息，三年兵退伍后经媒婆介绍找到了女人早早地结了婚。他哥哥姜保国，刚开始还不急着找女人，在旗山脚下的石头窝子里打石头，干的是力气活，他一身健硕的肉，结实的如牛犊子。滚圆滚圆的肩膀头子，如矫健的马屁股胯，整个脊梁板像抹上了一层金粉，总感觉他身体有爆炸的可能。

姜保国全凭出大力赚的血汗钱给了弟弟盖房子娶媳妇。

姜保国把余钱给了父亲，让父亲托关系帮他买一台 12 英寸的黑白电视机。但不是日本造。父亲给姜保国买了一台牡丹牌国产货，便宜不说，牡丹还图个桃花运。

自从姜保国有了电视机，很多年轻的大姑娘，小伙子就往他家跑。刚开始去的人挺多，慢慢地就很少了。再到后来只剩了姜睡莲一个大姑娘，其他人全被赶出来了。

天亮了，姜睡莲她娘满洋河庄上找闺女，见了人便问看见自己的五嫚，姜睡莲没有。嘴里骂着这个疯嫚子，看了一通宵电视，看什么节目，觉也不回家睡。让老娘留了一宿的门。

呱呱娘对睡莲她娘说，侄媳妇，五嫚看什么节目不要紧，别看了光棍的被窝去。

姜睡莲她娘听了这话心里还有点膈应不是，没说来。心想，这个做奶奶辈的呱呱娘嘴皮子说起话来就像是两片呱嗒板，连点口德也不给自己留。

前几晚上和姜睡莲一起去姜保国家看电视的小燕，小环，黑嫚，小红艳，大兜齿燕红，都说没看到姜睡莲。她们去的时候，姜保国已经关上了门，她们只好去了后街小木匠家里，看小木匠他爹死了晚上烧纸马哭着报庙。

黑嫚说小木匠他爹去芍药洼看电影《红牡丹》，黑灯瞎火的一头扎进了苞米地大口井里没喘第二口气就呛死了。小木匠他娘哭着说，你这个该死的，没良心的，你都看了五遍《红牡丹》，你非要去芍药洼，你不是去看电影的，你这是被那个红牡丹的大姑娘勾引去的，你看一次就裤裆湿一次，每次都湿漉漉地回来，你这不是该死，还是什么。黑嫚说，纸马熊熊燃烧的那一瞬间，她感动的眼泪都流出来了。

黑嫚和姜睡莲她娘描述这些情景的时候，姜睡莲她娘骂黑嫚是个扫把星。

姜睡莲她娘找遍了整个洋河庄，总觉这事有些蹊跷，骂姜睡莲再浪能浪到天上给玉皇大帝做侍女，还是浪到洋河底下做水妖。

呱呱娘说，侄媳妇，骂不顶个用，别耗费时间了，说不定小五嫚被光棍汉关在家里，光腚溜猴躺在光棍汉的被窝里热乎呢。很多人都觉得这事很有可能，也都跟着这么说，再去晚了只怕小五嫚的身子贞节不保。

姜睡莲她娘站在姜保国的门口吧嗒吧嗒的砸门，外面门环没上锁，里面反插着门关。姜睡莲她爹被人传话也来了，歪鼻子斜眼，在门口掐着腰杆子，非要放炮炸了姜保国的房子，尽管外面雷声滚动，屋子里没有一点动静。

姜睡莲她娘哭丧着个脸骂汉子，你站在这里骂管个屁用，赶紧脱裤子上墙，给我把他拖出来。

一群人围着姜保国的房子指指点点说三道四。

姜睡莲她爹脱裤子翻墙爬进去了，连门闩也没拔开，气的老婆大骂，你先把门闩拔了，一群人闹哄哄的推进去。姜保国屋里人走两空，只有黑白电视机上刷刷地下着白雪花。

姜睡莲她娘发现了炕头上小五嫂的红发卡，发疯非要把屋子点上火。

老丸子爷爷说，姜保国犯下了拐卖良家妇女罪。五嫂她娘，你要是点火，就是杀人放火罪。

姜睡莲她娘哭着让老丸子爷爷给她做主。这个狗娘养的，在洋河庄上可是给我丢尽了脸，我没法活了，哭着要往电视机上撞死。

老丸子爷爷拦住了寻死寻活的姜睡莲她娘。做主让姜睡莲他爹先把电视机抱回家去。

后来，姜睡莲他爹又带领人把姜保国的窗框和门框子全部拆掉拿走了，彻底剩下了空空荡荡的屋框子架。

一群大雁从洋河庄上空排着一个人字掠过，天气凉爽了很多，蝈蝈叫的秋天确实到了。

曾祖父修葺过的老屋，院子里长着一颗上百年的柿树。硬邦邦的绿色大柿子上爬满了密密麻麻的小蜜虫，没等熟透就开始腐烂。熟透的柿子啪嗒掉落在地上，摔得像一摊屎般震耳欲聋。我和大哥，小弟听到了这声巨响翻墙跳进去捡起来吃，个个吃得满嘴一圈黄黄的发亮，像饿狗吃屎一样过瘾。

老黑在那天夜里产下了五个小崽子，失血太多就到天上做了天狗。

匡爷爷说这是老黑的第二十窝孩子。

老黑实在是太老了。

八角街上一股清香的狗肉弥漫了整个洋河庄。洋河人像过大年一样开始了一顿狗肉的喜宴。

6

洋河庄上来了一群钻井的勘探队，他们端着像是机关枪的三脚架，上面卡住望远镜，头戴着黄色的锅盖帽，像日本鬼子进村，这群工程师说洋河庄水土富饶，地底下蕴藏着宝贵的金矿石。经过一番地形的勘测和筛选，决定在我家的酒窖边开发。这里曾经是我祖上烧酒存酒的原址，曾祖父过世后造酒的手艺再也没有传下来。当我记事的时候，酒窖子已经变成了白菜窖子。母亲经常把井口亮上半天，然后让我爬下去拿白菜。菜窖里面曾经也有长虫出没，父亲撒上了很多硫黄熏，熏的长虫一摊一摊的卷在一起，像是点了穴，看着害怕其实已经毫无威力。

我和哥哥经常围着看勘探队钻井，黏黏糊糊的黄泥顺着井杆往上喷发，喷在工程师身上像掉在粪坑里的老母鸡，一个戴着眼镜的近视眼从布袋里掏出两块干粮答复我们离开，我怎么看近视眼都觉得他像是为日本鬼子服务的胖翻译官，轰隆隆的机器声搅和的整个洋河庄不得安宁。

呱呱娘问父亲，文化人，恁说说，这洋河庄真的有金矿石？俺驴年八辈子也没听说过，要是真有的话，那咱们岂不天天坐在金山上烙的腔锤子疼。

父亲说有。呱呱娘说我谁也不信就信你文化人的，然后美滋滋地扭着金胶州秧歌舞，唱着一段《东京卖宝童》小曲飘远……

呱呱娘的老头子戴着一顶发霉的破草帽子，扛着锄头，手里拿着一张破网，网里兜着两只灰云雀，从谷地里回来，晌午饭还没吃。他和父亲说，云雀把他种的谷子都吃光了，谷子壳落了一地。老婆子却整天闲得鸡家子狗咬，屁股都扭翻了个，也扭不来个金银财宝。再不行，我让她画上鬼脸天天站在的谷地里装神弄鬼，总要比木偶般的稻草人吓唬人。

一天下午，一辆青岛来的小卧车开到洋河庄，满庄上找大眼。大眼从青岛回来麦收，再也没回去。兰兰也一直在洋河庄养着孩子过日子。

大眼把兰兰左藏右藏还是被她娘从墙角旮旯里拖出来了，兰兰全家出洞，往车上拖她。拖得地上划着一道道伤痕，兰兰的高跟皮鞋拖在地上东一只西一只，大耳环把耳朵眼都撕破了流着血。八角街的娘们对兰兰的爹娘说，看在哇哇哭的孩子分上，就依了吧。我大娘怀里抱着嗷嗷待哺的孩子，给他们可怜。兰兰愣是死活不上车，兰兰的娘说不回青岛就断绝母女关系，权当这个闺女死了，把闺女手腕上的手表撸下来，大耳环也撕掉，车门哗哗地关上了……兰兰趴在地上，披散着金毛波浪，捂着疼痛的耳朵眼，看着扬长而去的小卧车，和爹娘划清了界线。

一年后姜睡莲从东北哈尔滨北安县拍来一张电报，告诉爹娘一切都好。

姜睡莲叫姜保国叔叔，虽差着一个辈分，但长相生猛，五大三粗，哪里像个女人样，事已生米煮成熟饭，爹娘睁一只眼闭一只眼没再管什么，关键是姜保国在丈母娘眼里做得好，他在东北大森林里伐木头，赚钱换了一件貂皮大衣。姜睡莲她娘收到邮包打开一看着实吓了一跳，还以为黑五嫂从东北捎回来一只黑瞎子，差点把她吓掉了魂。她披上貂皮大衣的时候，穿着在洋河庄上走了八趟，有人说她狗臊着像个老妖精还心里美得够呛。不像刘撇嘴的闺女，被撇撇嘴的爹一阻拦，想不开喝了一瓶子敌敌畏寻短见。喝了敌敌畏的大闺女躺在门口的草席上，翻瞪着两个白眼珠子，像一条死了很久泡翻了肚皮的鱼。刘大娘哭天喊地叫着闺女，两只手把地都抓出了坑。围观的人也哭着，恨不得把撇嘴爹扔到坑里活埋了。

洋河庄的人也习惯了姜睡莲和姜保国的乱伦之恋。他们过着甜蜜的小日子，抱着一个孩子，换上了彩色电视机，生活一切都是五颜六色的。

小飞淹死两年后，我人娘又生了一个女孩，取名兰兰。言外之意，拦住她可别再飞了，谐音兰兰！这是我们宝字辈分十二个男孩里唯一的一个女孩。家族里的兄长们都视兰兰为宝贝疙瘩。

大娘坐月子，我母亲带着我去大娘家送糖米，一进门，吓得母亲和我倒退了几步，一只尖嘴猴腮的怪兽在我大娘家的院子里用铁链子拴着。它忽地站起来苗条修长的身材，翘翘的蓬松大尾巴，摩挲着两只小眼睛瞪着我们，俊俏的出奇。

我看它的时候，它光彩诱人的眸子好像受到了惊吓。它站起来翘着双爪，还用一只爪子遮着脸。胸膛上露出如颗颗红豆般大小的乳头，像一位欲迎还羞的少女。

我问母亲这是什么动物，母亲说这是银狐狸。

我大伯走出来迎接我们，母亲劈头盖脸就是一顿臭骂，说这么通人性气的兽，不能伤害，赶紧放它走。我大伯说这是一只狡猾的狐狸，家里几只下蛋的鸡都被它祸害净了，差点一铁锨劈死它。

来大伯家看银狐狸的人一拨又一拨，在母亲的好说歹说下，大伯还是解开了铁链子，银狐狸一溜烟地朝南岭的旗山跑去了。

听了那么多狐女精的美丽传说，这还是我头一次见到活狐狸，简直也被它的妖媚神态镇住了。

兰兰出生五个月后，大娘给兰兰喂奶总感觉到奶头刺痛。一个五月大的小丫头能有多大的劲，况且又没长牙齿。我大伯带着大娘去了一趟县城人民医院，诊断乳腺癌晚期。医生说要割下一个奶子，我大娘死活不干，从县医院回来后在炕上躺到年底就扔下了不到一岁的兰兰撒手人寰。

我二奶奶被残酷的生活折磨得脱了相，因岁月流逝和晚辈的离去愈显得衰老不堪。二奶奶抱着我大伯的脸哭着没了气，儿呀，你和娘是什么样的命啊，老天爷也不睁睁眼看看咱娘俩，这比要了我的老命都难受啊，二奶奶捶打着自己的胸膛如针扎，一茬接一茬的苦难耗尽了她这把老骨头。洋河庄所有的人看了这幕都哭起来。哭得鼻涕哇啦的，甩一把甩到旗山顶上，鼻涕成河。

那几天，连洋河里流淌着的都是清一色的鼻涕。

殡葬的那天，村委会为我大娘送来了花圈，我给大娘送殡手举着花圈，上面写着："献给共产党员李花"。第一次知道，大娘她是共产党员。因为她不识字，我后来觉得这和识字不识字没有关系。

兰兰一直跟着我二奶奶养着，吃喝拉撒睡都不离开。夜里，兰兰想娘的时候就含着我二奶奶干瘪的奶头，泪水中不知不觉进入了梦乡。

兰兰长得漂亮可爱，拴着红头绳扎着两个小辫子。

玉珍大婶子说兰兰像旧社会的喜儿，多亏有二奶奶这头活驴伺候着全家老少。我不知道喜儿是谁，但是喜儿和兰兰一样好听。

玉珍是小岗的亲娘，家里男女五六个孩子，缺吃少穿，也不差兰兰一口饭。玉珍大婶子煮熟了热地瓜，经常把兰兰领回家里吃一顿。玉珍她汉子刘大彪破口大骂玉珍泥菩萨过河自身难保，还有心救济别人。玉珍大婶子气得咬牙切齿，骂汉子刘大彪一副熊样子，没了吃宁愿去要饭也不愿意跟他有任何瓜葛。刘大彪这个名字是小岗给他爹起的外号，儿子叫，老婆也跟着这么叫。

呱呱娘说，洋河庄一千多户就出了刘大彪这么一家子人，骂起街来不吐核，你再看看小岗成天攥着一只蛤蟆用麦洁草往它屁眼里吹气，吹得蛤蟆肚子鼓鼓的，蹬歪着腿呱呱乱叫，那声音几里外都能听到，像是一支气势磅礴的杂乐团。伤天害理啊！再说了，蛤蟆是吃虫子的，对咱庄稼有利，怎么能这么做呢，学谁也别学他家子人，上梁不正下梁歪。

7

刘大彪原本不彪，青春年少时在部队参军他曾经打过阎锡山的队伍，一颗子弹打透了他的左腿，立了三等功。年轻时，腿还不瘸，走起路来虎腰熊背，到了年纪后才慢慢凸显出腿病。

其实还是那头毛驴害得他彻底腿瘸。

刘大彪退伍回乡，饲养队奖赏他一头半死不活的毛驴。一位曾经骑着红棕马在疆场上打枪的将军，如今骑着一头毛驴的刘大彪实在是像从天上掉下来。他半夜赶着毛驴去几百公里外的海阳贩花生种，正当他坐在驴车上得意扬扬喝着小酒的时候，毛驴夜盲连人带花生翻车掉进了水沟里，刘大彪没淹死，他的腿却被驴车轱辘别断了。

刘大彪说自己是捡回来一条命，以后不能赶驴车了，非吵吵着要杀小毛驴下酒肴，玉珍大婶子拿着切菜刀制止不让，说把你杀了吧！

我经常去找小岗小斌兄弟俩，骑着他的小毛驴玩耍，刘大彪叫我干儿，我还他一句干爹。

干爹刘大彪眉飞色舞谈论他当年打阎锡山的情境，眼神里布满了荣耀。玉珍大婶子在一边让汉子赶紧闭嘴，说点正经话，别瞎咧咧过去那点陈芝麻烂谷子。干爹刘大彪，简直瞪大了眼，骂玉珍，你这个嘴好，我那是打仗用命换来的抚恤金，一条腿算什么，要不国家每月能给我发奖赏。玉珍说汉子的那点抚恤金金，不够他自己灌屎汤子。

干爹刘大彪嗜酒如命，走到哪里喝到哪里，玉珍大婶子只要看到刘大彪灌酒，就骂他灌屎汤子。多亏有驴车拉着这条瘸腿的醉鬼。一听这话，干爹刘大彪一气之下偷偷把毛驴卖了换酒喝，后期坐到轮椅上了还一手摇着车把，一手握着酒瓶子。喝得他人仰马翻，打酒驾是天天的生活小插曲。

玉珍大婶子领头带着孩子骂，都盼望着刘大彪赶紧快快地死。

干爹刘大彪把玉珍的话当作耳旁风，甚至是夫妻间的打情骂俏。

我母亲也说过，干爹刘大彪年轻时候响当当的好青年，一表人才，后来灌酒混得跟不上个人。但是小岗兄弟俩有一点不像他爹，他们滴酒不沾！

我母亲还跟小岗说过，别叫他刘大彪，他是你亲爹。小岗说，谁让他叫我小偷。

我母亲说话不算话，她又用养猪的钱给大哥买了一辆飞鸽牌自行车和一台单卡录音机。中学生的大哥成了镇上的富二代，一群漂亮女孩追着大哥的屁股跑着送红牡丹小手绢。

我和小岗一起去赶洋河集，还看到了摆着卖各种各样的花手绢，心想王小芳怎么不送我牡丹手绢呢。小岗对手绢不感兴趣，他经常在集上偷瓜摸枣。小岗说他想偷一把刀子插在裤腰里。我站在边上给他放哨，他结果抓住被卖刀子的人在胸膛上划了一刀子。

我问小岗胸膛疼不疼，他说以后要当特种兵，用枪来收拾这种狗杂种。

我被小岗的坚强惊着了，很久以来他胸膛上的伤口一直没有退去泛着红色，小岗又在原先的伤口上划了两刀子，看上去像一只煮熟的螃蟹爪子。

小岗说有他胸膛上的螃蟹爪子，没人敢欺负我。

母亲在院墙外栽了一排小白杨，长得如大拇指粗的时候被我父亲的堂兄气急败坏的瞎眼子薅的一毛不剩。母亲翻墙过去说理，瞎眼子说薅了这些树他要盖房子。母亲说这是祖上的产业，旧社会属于我曾祖父，新社会有村书记，村书记说给我们了就允许栽树。瞎眼子说这块地盘就是他们家的，母亲跟瞎眼子厮打起来去村支部说理，瞎眼子不去。母亲说你赔我树，瞎眼子说不赔，薅了就薅了。母亲撕着瞎眼子一直从院里扭打到八角街上去。

呱呱娘说瞎眼子真不瞎，就是白长了男人的一根棍，跟兄弟媳妇纠缠在一起，也不害臊。母亲是人不犯我我不犯人，人要犯我我必犯人。别看母亲姓孙，可她一点都不孙。母亲把瞎眼子摁在地上骑着打，反正一个女人有理不怕说天下。

瞎眼子家的两个儿子站在边上跃跃欲试，就是不敢靠前。

还是小岗灵机一动，跑到后街叫来了我大舅，二舅，三舅，四舅，五舅。我的五个舅手里拿着斧头，洋镐，铁锨，雷管，炸药。五个彪形大汉包围了瞎眼子瞎眼子一家人。

母亲的娘家人一来，瞎眼子尿了一裤裆，两个儿子跪在地上磕头作揖替爹求饶。

这是本族上的家务事，洋河庄没人敢上去插一句嘴，树苗事件轰动洋河庄，母亲的威望更大了。

我大奶奶，瞎眼子他娘死的时候，父亲还哭得鼻涕流到了衣领上。我在后面跟着看光景，干哭无泪。

母亲唱小白杨呀快快长，长大了给儿娶媳妇盖新房。

8

冬天若是下场大雪，洋河庄八角街上的人们起的更要早了。

趁着雪不化的时候到洋河的甜水井去抢水是一件事，主要是大雪过后被人踩出的路滑溜溜的。不被人踩的积雪上会有野兔进村的脚印。那些馋嘴的猎人会扛上猎枪顺着脚印去寻找他们的猎物。

大兜齿燕红自从被小眼骑了后，一直吆喝着肚子疼。小眼来我家借爷爷的自行车，想带着燕红去镇上看看医生，爷爷摇头不借。爷爷说肚了疼是肚子里有虫子，坐坐自行车就不疼了吗。爷爷当年在青岛逛戏院赌钱，赢了一辆德国造的三八钢圈自行车，只有父亲和母亲结婚的时候，用它风光满面的把母亲迎接到了家。爷爷说只有我家里的女人才可以坐，别人的腚锤子抹上两斤香油都不行。

小眼觉得爷爷难说话，但心里也没什么别扭。在村里找了赤脚医生要了两粒打虫子药，让燕红吃了。燕红说她拉了足有十几根大红虫，她用脚一根一根的踩死在地上向人展示。

我问小眼，这样的半吊子你还骑。

小眼说，骑。母狗子逼，骑了也是白骑。

我问小眼，骑得有劲吗？

小眼说，像火山喷发！

我听着都恶心。只有小眼不嫌弃他的女人。

因为，

燕红学着电视对小眼说，我爱你。

小眼学着电视对燕红说，我娶你。

……

新年来临之前，洋河庄上来了一群江湖艺人，他们牵着瘦骨嶙峋的骆驼叮叮当当的铃声从远处悠扬飘来。这群卖艺的外省人到处漂泊流浪，四海为家，他们选择了洋河庄上最大的一块场院搭起帐篷安营扎寨。

马戏团的杂技演员头扎着彩带，穿着演出服敲着锣打着鼓造声势，洋河庄的百姓习惯性成群结伙的从四面八方跑来。劳累了一年的洋河人终于在农闲之余盼来了观看一出人和动物的精彩表演。

马戏团全是用大钢架子搭建的，蒙上一片遮雨挡风的劳动布。他们在里面支起炉灶生起火，搭起木板睡大觉。一个个大铁笼子里装着山羊，狗，蛇，斗鸡。马匹和骆驼则拴在柱子上吃着饲料，高高挑起的大喇叭里响着时髦的音乐。

这群走南闯北的商业艺人演出是由村大队里出钱，百姓看马戏表演成了免费入场。

马戏表演的开场先有一个杂技小伙子骑着一匹枣红马，甩打着响鞭绕场一圈，锣鼓家什响起来后，骑在马背上的小伙先是找到平衡稳住，然后立马来了一个十字交叉躺在马背上，场下的欢呼声阵阵喝彩声，枣红马撒欢地尥着蹄子围着圆圈奔跑，踢踏踢踏马蹄声扬起一溜尘土，像烟雾般飘散。

杂技演员继续炫技，在马背上双手倒立接一个飞跃马背双腿绷直，然后下马鞠躬致谢。

驯兽师赶着山羊出来了，山羊走钢丝是孩子们最爱看的节目。狗也出来了，夵着胆子走上钢丝的另一端。狗，有点偷懒，不情愿和山羊挤独木桥，因此它坐在一端吐着舌头不动。驯兽师又吆喝了两声，狗才勉强站起来摇摇欲坠的走。

大兜齿燕红说，她家里的山羊和小眼家里的狗是不是也可以训练一番走钢丝。

二奶奶说狗咬羊，一辈子走不长。

狗和山羊蹦下来了。一个憨态可掬的小丑画着大红鼻头和鬼脸，在钢丝上骑独轮车，他滑稽的样子令人捧腹大笑。

妖艳的粉红女郎在冬天里露着肚皮跳着欢快的劲舞，一条五花蛇在她手里被甩的空中翻飞。孩子们都惊呆了，停止了笑声，瞪大了眼，张大了嘴，担心五花蛇一旦脱手抛到自己的头上来。担忧不必，肚皮女郎把五花蛇缠在自己的脖子和腰上，扭动着屁股都能扭到十里远的旗山西杀牛沟。

涔涔的汗水从肚皮女郎的脸上一直顺着脖子流到肚皮上。她的肌肤在汗水里晶莹剔透，散发出淡淡的蚂蚁蛋花的香味。她狂热的目光里散着勾引和欲望打量着场下一个个壮实如牛的洋河庄小伙。

小燕还说，这样的艳舞女郎太放射了，像浑身被电击了，她也要进马戏团做艳舞女郎。结果，刘大彪把闺女小燕骂得狗吐血，让她骚着屁股去妓院里做妓女。

小眼就是被这样的一种眼神给中了毒，只有这样的肚皮女郎才能满足他野骡子般的性欲。

小眼跟着马戏团远走他方，抛弃的燕红找遍了整个洋河庄。

短短的野合之欢，生活粗暴的粉碎了燕红对小眼的梦幻。她把自己赤裸裸的关在屋子里流泪痛哭，发疯般地挠墙皮。一时间，洋河庄传开燕红得了狂犬病。

9

下雪了。

雪天的洋河庄八角街银装素裹的将是一年四季最美丽的时候了。

站在旗山上俯瞰整条大街就像一条银白色的巨龙盘旋在村庄之上。

一个算命的瞎眼子先生，手攥着一根长长的细竹竿，经常在大雪天的时候出现，他用竹竿在雪地里扒开了一条路，母亲在这个时候会在村口等待着把这位老先生请回家，非常尊敬的给老人家泡上一壶浓香的茉莉花茶，瞎眼先生是真瞎，他掐指头给母亲算命的时候，总是会说府上有龙，府上有龙，有龙就有秘籍啊！他说母亲天生不是下庄户的命，男人命里有大量的金，等待开春山花烂漫时，一只凤凰落到牡丹上，会有贵人相助，生活上一番好气象！

母亲说她都下了快四十年的庄户地了，算命瞎眼先生说你别管四十年，你们姜家祖坟上有后劲，不愧是圣人的门户，书香门第啊！

曾祖父过世后，唯独埋在他坟里的柳杖长出了一棵参天大树！

母亲说他和父亲结婚的时候就是我曾祖父做梦梦见了一只金凤凰落到了家里的牡丹上。曾祖父催着我父亲快快地把母亲娶进了门。

大雪过后，太阳出来了。母亲牵着算命瞎眼先生手中的竹竿走在太阳里。

凤凰没有，倒是一只花喜鹊落在家槐树上不停地叽喳叽喳叫。

母亲送走了瞎眼先生，空气中有一股浓烈的茉莉香弥漫在整个洋河庄的八角街上。我一路顺着这种迷人的香气长大。

转年初夏，国家来了新政策，小平同志一声令下为教育工作者像佛菩萨一样开恩，颁布农转非。父亲教龄年满二十年，他一个人的能量把全家老小七口人的农村户口变成了城市非农业户口。从此之后，我们脱离了土地，脱离了农村，脱离了洋河庄。

母亲把家里的农耕具铁锨，馒头，洋镐，耙子，独轮车，全部送给了左邻右舍。呱呱娘来要锤子，扳手，钢锯，钳子一些小物件，看父亲把他物理实验室用的烧杯，烧瓶，天平，秤砣，收拾得干干净净一一包装好，便哭天抹泪起来，这么好的文化人，恁进城了，可别忘了我这个老嫂子，俺想恁了也进不了城，别胡迷了路被老猴子吃了。

母亲说，老房子还在这里，没事就回来看你呗。呱呱娘突然停止了哭声，先英妹子，这老房子难道不卖掉吗，我还心思着给恁补点钱留下来等和儿媳妇分家时候自己养老呢。

母亲说，这是她的根。不管走到哪里，老房子都要站立在这里，心里有个着落。呱呱娘说，俺还以为恁离开了这土坷垃庄户地一辈子都不带回来呐。

母亲说，哪能呢，甜不甜家乡水，亲不亲故乡人。

呱呱娘啊吆一声，先英妹子来，恁跟着文化人这些年，还真变得识文咬字了。

父亲拿出海鸥照相机要给呱呱娘拍照，呱呱娘说这洋玩意啪嗒响一下，就丢一次魂，说什么也不敢照。

母亲推搡着呱呱娘站好了，和她一起照。呱呱娘看着父亲手里的照相机像盯着看魔鬼。笑也不是笑，哭也不是哭，神态僵硬活像霜打的茄子没神采。

父亲说，你别管我的照相机，像你平时扭秧歌一样，自然。

呱呱娘一听扭秧歌，便来了一段《西京》，扭动了粗腰肥腚，被父亲瞬间抓拍了下来。

后来，呱呱娘还说这是她最美的一张照片。

照片旁边是我从旗山上挖回来的山竹子，枝干叶茂，节节拔高。

货车行驶在进城的路上，我还看着这张照片。大风呼呼地刮着，抱在我怀里的断尾狗，望着远去的故乡汪汪的叫个不停。

10

二十年过去了，正值麦收时节，我回了一趟洋河庄，瓜果飘香的回乡路上传来敲锣打鼓的声响，八角街上停着两座五颜六色的大彩轿。二奶奶坐在墙角边的蒲团上晒着太阳，她一边给自己缝制寿衣，一边看给狗爪子他老婆吹鼓书喇叭的艺人。二奶奶手里的寿衣是深蓝色的，乍一看瘆得慌，像兰兰刚来村里时穿的蝙蝠衫。

洋河庄上老一代的乡亲死的死病的病，只有九十岁的二奶奶依然活得像一头野牦牛，身体杠杠的硬朗。

听二奶奶说刘大彪临死前手里还攥着白酒瓶子喝，他从轮椅上摔倒在自家的院子里，嘴里像狗吃了耗子药中毒身亡那样吐着白沫子，还发出垂死挣扎的嘶哑声，老婆玉珍带着一群儿女站在旁边眼里冒着恶狼的凶光，等待着收尸。小岗参军当了特种兵，多年一直在南方。

小粮食落榜后下地种田，然后他哥哥干建筑活从楼上掉下来摔死了，爹娘不忍心儿媳妇领着孙子走路（改嫁），就说通小粮食娶了嫂子，替哥哥把孩子抚养长大。我见过小粮食的嫂子，结过婚的女人像一头倔强的母牛，身上有使不完的劲头，自然全家的活都靠着她来拉犁。

二奶奶握着我的手跟我拉一桩桩陈年旧事还不忘骂我，恁祖宗那个屎，恁都耗到多大了还不结婚成个家，爹娘跟着操碎了心。

大眼的兰兰也跑了，留下闺女跟着大眼过，没娘的孩子跟着男人不像个家样。大眼心里憋屈，整天用酒精麻醉，结果有一天被石头窝子里的雷管炸碎了尸。

二奶奶跟我说她很眼馋狗爪子他老婆，前天夜里一口气没喘上来就升天了，熬到了两座大彩轿，光鼓书喇叭就几千块。二奶奶捏着她松松垮垮的下巴颏还跟我说，她快死了吧，快死了吧，都老成什么样子啦，快成乌龟王八蛋了，都被人笑话死了。

兰兰抱着孩子走过来叫我二哥，我对二奶奶说恁就等着五代同堂吧！

看着我妹妹兰兰怀里抱着刚出生的男孩子，我也想对着他说，我也老了。

望着天空掠过的云雀，爹煞着翅膀飞翔，我突然想起母亲怀着我的时候和二奶奶去胶南赶王台集，二奶奶光顾着照应怀孕的母亲，在集市上却丢了家里的大黄狗。

……我奔跑着。我一路奔跑着不停歇爬上旗山。圣母庙里香火旺盛，悦耳的佛乐响彻苍穹。鸟瞰眼前的洋河庄，被洋河水紧紧地包围着，洋河是至今唯一没被污染的一条河。快速路高架桥从洋河庄腾空如巨龙跃起连接着黑龙江通往海南岛，桥上的灯火熠熠生辉。

这是洋河上的海市蜃楼！古老的洋河清代属济实乡。宣统三年（1911年）到民国初期属宝华区。它一一从世人记忆中根除，成为百年空中皇冠！

少年出行记

云高序言

眼看着金秋十月份了，我的工作分配一直没有着落。

炎热的夏季已经慢慢离我们远去。

那天秋高气爽，蔚蓝的天空上飘着几朵云彩。我待在胶城五中的家中依然没事可做，多亏这所高级中学里的老师学生还算多，要不然的话还不把我闷死。上午第二节课间铃刚刚响过我便出去了，正好碰着玫红在打羽毛球，她是我初中同学的姐姐，因为这点间接关系我们俩非常的亲切，所以见了面就是玫红玫红的。

我接过了小鳖子手中的球拍和玫红对打了起来，我们打得如火如荼，难分难解。

"云高，有你的电话，快来接——"

接到电话通知我第二天就去了赴泰安的火车。出远门这毕竟不是第一次了，但这次的心情特别难受，并丝毫没有要参加工作的那份激动和热情。把行李往奶奶50年前结婚时的那个大箱子一装，用绳子捆了几圈，我便上车了。十月份的火车依然人山人海，车厢内的拥塞加之心情的郁闷，更有几分热辣辣的感觉。从兜内随便摸了几个苹果吃，一边压压心中的火气，刚吃了两口，旁边一个三四岁的小姑娘叫嚷着要吃，我假装高兴地递给她一个，孩子的母亲叫孩子谢谢我一声，还禁不住吃着跑到我的跟前，圆溜溜的大眼睛神气又可爱，我哪里还有心思逗她玩呀！

望着车外纷纷飘落的秋叶我对自己所走过的道路产生了无限的悔恨——

九三年我以二十多分之差中考失败，被梦寐以求的胶城一中拒之门外，我多年营造的一个体育梦随之化为泡影，具体说是一个体育教师的梦。运动会上第一个冲过终点那难忘的一幕今后的日子里再不会有。多少年的艰辛苦练结尾换来了一个败局，我心不甘啊——如果父亲能给我交自费生的学费，这一切都是梦想了。加之哥哥高考的失败给全家少小三代人更笼罩了一层阴影，弟弟又要上初三了，家中父母的担子太沉重了，对·个做教师的父亲和做教职工的母亲来说太残酷了，说什么我也不能给父母再加压力了，我没有别的选择，我只有去江城武汉读技校了的机会了——虽然如此，爷爷奶奶还是乐开了花，毕竟祖祖辈辈面朝黄土背朝天的姜家有了第一个当国家工人的。干铁路，那意味着这一生从此有了铁饭碗啊！再比比我同时期出生的伙伴们个个更是大草包，最高的高小毕业，有的甚至是上了一二年级便辍学回家务农从此干起了"修地球"的责任。就说刘大爷家我的兄弟刘汉国吧，身高 1 米 80，虎背熊腰，浓眉大眼，高鼻梁阔嘴吧，邻居家的叔叔婶婶们都为这小子没有出生在一个好的家庭而遗憾，当我正坐在教室里学 A、B、C 的时候，他早已赶着牛羊去放牧去了。听母亲说他能为家里每年净赚 1—2 万块钱，如果不是我那残疾刘大爷整天坐在轮椅上，或许聪明的刘汉国早已跟我一起坐在教室里了。

记得上小学时，刘汉国是我们班里的状元，每次考试总是第一名，而我的成绩又特别差，每天放学回家我总要先去刘大爷家，不完成老师布置的作业不罢休，有的时候甚至完成了作业也要晚个半小时才回去，因为刘大爷的故事常吸引的我不能挪动半步，坐着小板凳我眼睛一眨不眨地听他讲完。刘大爷是我们宾贤村有名的刘大葫芦，反正年轻时在外面当过兵见了不少世面，就是一点点小事也要说得眉飞色舞，添油加醋，他的本事就是死牛也能给吹活了，阎锡山这个老阎王都不是他刘大葫芦的对手，他的满腹经纶让宾贤村的男女老少听了之后的效果可想而知。

比比一块长大的伙伴们，再看看自己今天的发展，虽不是住的皇宫，吃的玉餐，但也有一份自己奋斗的事业，我该感到自豪、骄傲之——

几个小时的旅途劳累，随着呼哧呼哧的一声鸣笛，我顺利地到达了泰安站。来泰安的人可真出奇的多。我知道井冈山市因有了井冈山的传奇而闻名海内外，当年朱毛就是在此胜利会师的。同样，泰安因有了泰山而名扬天下。每次想起"孔子登东山而小鲁，登泰山而小天下"哪句话时，心中难免有千分的激动和亢奋。而杜甫的那首《望岳》让我感到：如果人一生不去泰山才是非好汉呢！如今我已现实地来到了泰山脚下，我是多么希望插翅翱翔在泰山顶端啊！

想到我还有事在身，心中不禁顿生困惑。

临走的时候从电话里得知工作单位就在火车站的西侧。我背着行李沿着火车道一边走一边不厌其烦地数着钢轨底下的枕木，我有点感到前途未卜，我仍旧在数着一二三四——不知从哪里冒出一只惨不忍睹的小花狗屁颠屁颠地尾随其后，一双烂了的四眼子还不断地流淌着赃物。本来那白里透着黑，黑里透着白得一身毛也油渍渍的，而我恰似饭店里那位叫花子领着可爱的宝贝到处流浪。这比喻再确切不过了，我看到了写着铁道部第三工程局五处桥梁队的一条大横幅挂在桥顶上，他告诉我这就是我的归宿。我的眼泪，我再也无法忍受的泪水如那山泉爆发的红水般夺眶而出。我的流泪倒不是感到高兴，而是深深地感到了巨大的刺激。我不能掩盖的现实摆在了眼前，他让我惊愕再就是无奈地永远地保持下去的瞪大了的双眼……无数根油黑发亮的枕木直挺挺地围着一圈圈严阵待发的士兵迎接我的到来，此刻我感到了步子的沉重，我真怀疑我是否能再继续向前挪动一步……

"我亲爱的云高，你就跟我走吧，我爸在大桥局，多少也是个外长，哪像你不沾亲不带故"。我脑子里竟然杀出了这么个念头，我应该跟着萍走。

萍是我在武汉时读书的同学，留着一条大麻花辫子，一直拖到屁股后，俗得不能再俗了，说起话来一口正宗的河南口音，也许她那嘴唇上翘的缘故，说起话来总是牙齿毕露，唾沫四溅，我都有点懒地向她说话，在读书的前半年我简直都不知道她姓啥名谁，直到那天晚上一张纸条才让我改变了对萍的彻底看法。

"云高，我太羡慕你有那么多的朋友，你能做我的哥哥吗？"

从小一直到18岁的季节里我从来没有和女孩那么亲近的接触过，当我看了萍的字条时我都已经心惊肉跳的厉害了，我都没有男子汉的勇气走过去跟她说声可以。我更不会写一张字条向她表达了。

光阴荏苒，大雪小雪又是一年。

那一年我在南国的武汉遇到了罕见的大雪，倒不是说我一个北方汉子从来没见过雪，而是武汉多少年都没下过的罕见之雪。太兴奋了，我们又见到了童年的自己。我们一群山东老乡要举行个雪上大比武，男女掺半分开，打雪仗实在是我的拿手好戏，对我来说一点都不悚，尤其是欺负女孩子。泰安姑娘白玉兰一直是我进攻的对象，平时在班级她倚着是班干部的权利有事没事对我施加压力，还冷不防到老师那儿打个小报告，好事都让她那张快刀子嘴给说坏了，又因为她黑的缘故我给她美其名曰"黑珍珠"。如果一个姑娘知道别人先嫌她黑的话，她非气炸了肺不可，尤其像性情暴躁的白玉兰，我都会把她气得嘴唇发紫，脸庞发青，两眼如兔子眼迥光闪闪。这次我乘打雪仗之际，狠狠地给她几个子弹尝尝我的厉害。可她太矮小了，以至于我百发百中的手法在她面前失了准，竟神不知鬼不觉地把从白玉兰身后冒出来的周二萍给封了眼。这可真是一失手酿成了大祸，之见"酒瓶子"双手捂着眼蹲在了地上，不吱一声，吓坏了的我赶紧就这样蹲下去看"酒瓶子"的伤情，谁知我冒了一身冷汗的时候，她却"喵"的一声，像猫一样跑开了。

从此我就多拿出几分时间多瞄"酒瓶子"几眼，知道她不好意思地低下了头。

没想到三年的学校生活我与萍儿成了最好的知己。课堂上有我们响亮的回答声，课堂下有我们爽朗的笑声。教室里我们是一对小青蛙和丑小鸭。我的英俊潇洒、风流倜傥竟遮住了她的"满天星"，我们是天生的一对，我们是互补的一对。圣诞节的那个美丽夜晚，我终于平生第一次吻了这个丑小鸭，我们的生活似一张帆在滚滚长江上顺流而下。

我真后悔我没有跟着萍儿走，不，如果我跟着萍儿走了，那朋友同学能怎么看我，准会说我太没出息了。

其实她家根本不知道，最主要的是我心里还有一个美丽的少女雪伟，她似片片雪花一样散落在我的心中。

我信步走进了用枕木围成的大院，满院子废铁、废车顿时映入眼帘。几伙男男女女正端着碗在吃饭，有站着的、有蹲着的、有坐在树墩子上的，有说有笑的，叽叽喳喳的拌嘴声像鸭子在呱呱叫。

第一个跟我打招呼的是李子魁，他问我是干啥来着，我说是新职工来报到。他顺手指着队长那间办公室说："队长姓王，你去找他就行。唉，吃饭了没有，如果没有先吃了再去。"我连声感谢加点头地支吾了几声就去了。"呀，是刚来的大学生吧！贼潇洒，在那旮旯子上的大学？"

"武汉！"

一个陌生的漂亮小姐初见到我就快嘴快舌的唠开了，真让我，啊哈，有点不好意思。

见到队长他正在办公室里吃饭，我介绍了我毕业于武汉某技校，有缘分到了桥梁三队，有缘和王队长一块干，还说了我的一点点特长、家庭情况，家住胶州，当年大导演张艺谋的《红高粱》就是在那儿拍的。说到这儿，那贼眉鼠眼的王队长上眼不睁下眼，连看我一眼都没力气。

还不如一旁吃饭的李书记，"哥们，我也是胶州的，在三局大院里住，是3号楼5单元3楼303房间。"他接着又问，"你是一个人来的，哎呀我妈呀，小伙子太有闯劲了。"他拍着我的肩膀问我吃饭了没有，说着要去食堂给我买饭。我急忙站起来阻止，说了几句他热心的话。

这时王队长放下了手中的碗筷。

"走，我领你到宿舍把床支起来，休息一下。"

我的天啊，这哪里是宿舍，跟我小时候在生产队见过的饲养屋差不多。

那时爷爷在队里当生产队饲养队长，我经常跟着爷爷在队里玩那种牛马骡的野畜生味常把我熏得捂嘴遮鼻。在队里时间长了也习惯了许多，以后我就和爷爷住在了隔壁的一间屋子里，那头5号马驹是我一手给养大的。

如今多少年过去了，想不到还有这种保留的遗产，在我心里它是落后的，我真有感到委屈之意，太出乎我的意料了，我心里不免有些忐忑不安。

满屋里大约住着20多人，挂着蚊帐看上去有点拥挤不堪，抬头往上看是露着木头梁。一串串的蜘蛛网悬挂在半空中，多少年的尘土在小虫的腐蚀下，还一个劲地哗哗落下，难怪他们挂的蚊帐顶上都铺了一层油纸或者十几张报纸。再往下看，床底下、过道上全是脏不溜球的垃圾袋和纸块，再就是臭袜子、烂衣服、破鞋子每张床底下都堆了一大堆，那种臭气味夹杂着的，是我以前不曾有过的感受。

我的床位在一个角落里铺好了。由于它并不是张好床，坐上去准会吱嘎吱嘎地乱叫，我没好心情的找了几块楔子把它给医治好了，趁他们还没下班的时间我赶紧拿着扫帚把整个屋子打扫了一遍。

我认为那种"各扫自家门前雪，不管他人屋上霜"的在人工作单位上是绝对混不开的。当然我也并不是想讨得他们的夸奖和赞扬。如果那样的话，我甘愿不去做一件事。当然我已经做了，因为他也牵扯到我个人的身心健康问题，这是我应该做的罢了。

中午他们干到1点多才卜班，看着他们一身的泥土和油渍，个个又都是衣服背后渗透了的汗水在风吹日晒下形成了一道道盐圈。那顶按全帽是戴的东倒西歪，歪鼻子斜眼睛，什么样的都有。

他们都感到来了一位陌生的新面容，不，还说不成什么客人，应该是在一条道上的兄弟。

工人是工人，可在关键时候也并不失礼节，他们个个跟我寒暄几句，并各介绍了自己的尊姓大名。在这里面给我印象最深的要数高老撇、小神仙、小刀和乔壮壮了。

高老撇诉语

听哥们儿讲，这些名字都是有一定来历的。

高老撇，能喝酒，而每每喝了酒都要"撇"。呕吐了还不算，他如果不往水沟里倒就不算数。不管喝酒还是不喝酒，大家伙都喜欢叫："高老撇，走，今晚上咱们再喝他个几杯。""喝就喝，谁还怕谁呀！"

小神仙大约二十七八岁，长的驼背躬腰、少牙缺齿，真像是《西游记》中被孙悟空打死的那只耗子精在世，加之什么事都神神道道的，不愧对大伙赐予的小神仙雅号。

小刀是因为当年在上海滩干过几年的保镖，更重要的是他右手臂上那副"银蛇盘刀"的图画让谁看了都有一股望而生畏的恐怖感。

乔壮壮是高中毕业，戴着一副眼镜，长的文人气质颇佳。尽管身材魁梧，可都30多岁了连一个媳妇都没有，还不把这犊子给憋死才怪呢！一提他我都浑身骚动，热血狂奔……

原来高老撇是我们的班长，我明天上班，他今中午就知道了，说什么也要领我出去撮一顿，本来应该我刚上班先请人家班长的客，可这下给颠倒过来了。

我特意要请他吃，如果再继续吵下去我就非得罪他不可，这小子办事果断、雷厉风行，如果一大男人在他面前像个娘们儿似的，他非气撇了不可。知道了他的脾气我不敢不给他面子了。

我们进了泰安市一家豪华的餐厅，在餐厅中央选了一个位子坐下。

一个小姐扭着舞姿春风满面地走了过来。"先生，你们要点什么？生猛海鲜、排骨、烧鸡、烤鸭都有。"

"小姐你还是把菜单给我们吧！"高老撇接过菜单递给我们让我们每人选一种自己喜欢吃的饭菜。选来选去生猛海鲜、排骨、烧鸡、烤鸭都在其中。我要了一个6块钱的凉拌，不知咋的，我对肉蛋不感兴趣，到最爱吃点菜。在武汉上学的三年中我没吃过一点猪肉，同学们都怀疑我是回民，非要闹着让我改改祖籍。

不知不觉高老撇已经3杯二锅头下了肚，只见他面不改色，舌不打战，要说的话似乎更多了许多，摆动着手势，豁然是在给我讲大鼓书，而我又成了当年坐在刘葫芦大爷膝下听战争故事的孩子。同样高老撇的故事也让我听得津津有味，那是我以前生活中都不从没有过的。

他的家在山西孝义一个穷困的小山沟里。他父亲当年闯关东而逃到了东北，后来混到了林业局当了一名伐木工人，他的父亲越来越混得好，经过了千重磨难，百般阻碍后来改成了一名铁路工人，直到后来成了世界的架桥装吊大王。

八十年代国家出台了一则计划，规定铁路职工可以接班，刚到20岁的高老撇就从农村跳出了大山来到铁路当了一名工人。当是他是队里最小的，也正像今天我的年龄一样。队长把一套最小的工作服给他的时候，就能把他的整个屁股包一圈儿，因为他的童年简直有点没法活，一个寡妇娘领着四五个孩子，没了男人的家庭怎么过呀。老婆哭、孩子叫，还经常地被邻居欺负，光气也够受的得了！

高老撇的爹叫高赖子，是西屹垛村有名的生产队会计，能写会算的闻名周围十八里。人也长的洋相，整天梳着大分头，戴着三个大戒指，脚蹬皮靴，走到哪里都是高会计长高会计短的，可谓人敬七分谁见谁爱。

那天深夜，虫鸣蛙叫，乌云翻滚，星星斑斑的眨着几双眼睛，眼看着要下大雨了。

高赖子从生产队刚收拾完一天的活，就匆匆往家赶，当他走到半道上听见有一男人在号啕大哭，这哭声很凄惨真把高赖子给吓坏了。他走近一看原来是瘸六。瘸六从小死了爹娘，是奶奶把他养大的。老奶奶死后他又跟哥哥嫂嫂住上了一块。虽说是哥俩亲兄弟无所谓，可他嫂子似一把刀，谁惹她就砍，这个老虎精不管三七二十一。

瘸六经常地给哥嫂干点活，他非常能出力，虽然有点瘸，但这并不妨碍他作为一个五尺男人放出应该放出的能量。嫂子霸道一点罢了，他还是不忘每天给瘸六小叔子半斤白酒喝。也许是嫂子的通情达理，瘸流的酒量在嫂子的培养下逐渐增长，从以前的半斤到了一斤。瘸六的话也越来越多了，眼看那条瘸腿都快支撑不住了，嫂子突然提出了分家的要求，左邻右舍都说这只母老虎心太黑，而瘸子的心太软。

分家单是高赖子会计给写的，他分给了瘸六该有的一大缸麦子、一大缸玉米和几十斤花生、黄豆，让他好好过日子。

可这瘸六也太没谱气儿，不好好过日子竟走上了玩赌博的游戏，把仅有的那点点家当都给赌出去了，就差那条瘸腿还没砍下来了。

当然这种事对高赖子来说还一无所知。

瘸六哭泣着说："大哥，借点钱用吧，家里实在揭不开锅了，你就帮帮我吧。"

好心地高赖子二话没说，顺便从兜里掏出了几个大钱给了他。如果搞赖子不蒙在鼓里的话，他不把瘸六揍扁了才怪呢？

就这样在半道上被瘸六截住要钱的事已不下十几次了。高赖子也不是那种糊涂虫之类，他总感到有点蹊跷了，就是天天灌酒也不至于花得这么快，这瘸六玩的那家子把戏。

这天夜里，高赖子像往常一样把几个大钱递给了瘸六，只见这瘸子比健康人还能走，那不叫走，哪是袋鼠般的一路飞跳。高赖子悄悄地尾随其后，一路上可也把他累得够呛，做贼般地滋味可真难为了高赖子。等瘸六一进了王老五的家，高赖子就赶紧趴在了门缝上听里面的动静。

"瘸六，我说你什么时候才能把我的小丫赢去做老婆呀！"

只听话一落，满屋的耻笑声溅给了瘸子六。

谁不知王老五这人心狠手辣，贪得无厌，好欺负个人，你要能逃过他的手心那算你是神仙。

再说那王老五的千金王小丫吧，就像是《红楼梦》里的林妹妹，长的病恹恹的，像一只可爱的小花猫，谁人见了谁人爱。这瘸子六也太不知天高地厚了，让这么个瘸子充当贾宝玉就是她王小丫同意了，那王老五也会死活不依，那操起给王老五这个老王八脸上抹黑。

话又说回来了，这王老五欺负谁不行，非要欺负个瘸子，也太欺人太甚了。

高赖子心里火烧火燎，他是又气有恨。他真想进去把王老五给拖出来手打脚踢一顿，可他又没一定的理由。要恨只恨他瘸子六，长的没出息。

人不能有傲气，但不能没傲骨。他把瘸子六给老老实实地教训了一顿。千不该万不该是他给了瘸六大钱。高赖子越想越恨起自己来了，他要为瘸流出口气，把那王老五的千金给赢过来，让老王八狗嘴里含象牙，说不出个一二来。

第二天他领着瘸六，兴冲冲来到了王老五家。这王老五不愧是街道上的人物，又说又笑，倒茶抽烟，一到工序都不错。千金王小丫也是忙前顾后，忙里忙外的，直乐得瘸六嘴里傻傻的笑。

在赌桌上，王老五虽说技高一筹，但高赖子也不是那省油的灯，都是江湖上过来人，各有一招。

果然不出所料，高赖子赢了个满堂红，一万胡了好几把，直弄的各路高手大眼瞪小眼，大嘴气小嘴，有的甚至都把鼻子给气歪了。

就这样，高赖子成了王老五家的常客，也是贵客。如果说刚开始去王老五家是为了出口气的，那么后来他高赖子完全是照着王老五的千金王小丫去的。全生产队有名的会计不说人也长的那种拈花惹草的相，一双大眼直勾得王小丫神魂颠倒，况且已是成家立业的男人，身上到处透露着成熟男人那种特有的成熟美，就那黑乎乎的八撇胡也显示着阳劲十足。

后来我爹步入了赌博的歧途，越走越远。高老撇想起那触目惊心的一幕就止不住眼泪滚滚。

我爹经常深更半夜就回家，我娘领着我们姊妹五个在火热的炕上睡得正香的时候，他就吆喝着回来了，喝得醉醺醺的，满口漂亮的小妞跟我来——

如果他喝完了酒能安顿得睡下去也行，他每次都是龇牙咧嘴，非把我们折腾醒了不行。我娘总是骂他个老死种，浪着半宿就回来了，而每次挨揍的就是我娘，我娘成了他手下的出气筒。我们姊妹五个常常被吓得蜷缩在墙角里小声地哭泣着。那时候我们都感到莫名其妙，不知道爹为什么要对待娘那样，再说我们都小，还没有替娘出气的本领，现在想想我们真是无用的。

爹后来越加放肆了。娘说他是个赌棍、流氓、畜生。

我家里的财产正一天一天地减弱。爹把一点点积蓄都输在了赌桌上。钱财没有了，就把家里的家什给变卖了。因为我们是农村，房棚上的杨树梁都让爹给拆了变卖出去了。每拆一根，娘都要和爹打一天，明知道娘的力气是阻止不了爹的，可娘总是要管。那次，爹拆了一根扛着刚要往外走就被娘给碰见了，娘上去夺那根梁时被爹推到了地上，娘再没有了别的本事只好坐在地上号啕大哭，她伸着腿，双手拍打着地，那样子活像一个受伤的孩子，而每次我们总要跟着哭一阵。看我们咧嘴都哭出了鼻涕，娘再不哭了，她替我们擦去嘴里的鼻涕领我们煎玉米饼吃了。我分明观察到娘眼里还有泪水往外流淌。被自己男人欺负的女人真够呛，可到了晚上一过夜就没事了。正像"天上的雨水地上流，小两口儿吵架炕头上流"。

狗真改不了吃屎。爹的赌瘾已让他改变了人性。娘结婚时陪嫁的木箱都让他给撬开了。外公家是个富家庭，娘的陪嫁品数不胜数，光银货手镯、丝绸锦缎就一箱子。娘说还有一块真布料是打算给我长大了穿的，结果都给偷跑了。娘和我们的生活也渐渐地失去了保障。

爹呀，你连自己的老婆都不顾了，你实在是欠缺做父亲的资格。那天娘领我们去附近的村子要饭吃，大热天火辣辣的太阳直晒得我一路上哭个不停。娘走一段等我一段，真苦了我娘啊！

爹完全不顾我们了，没住几天领了一个女人到我家里，让我叫小娘。娘指着我不准叫那个小狐狸精，那个骚娘们穿的蓝花子裙就是娘的嫁品，那该是怎样的一种心情啊！

娘哭着嚷着要把那女人给撕烂了。两个人顿时抱成了一团。娘掐着她的脖子非要把她给掐死。我亲眼看见那女人被娘给掐得都瞪白眼了。爹上去一把把娘推了个趔趄，并给娘狠狠的一个耳刮子，拖着那女人就飞快地跑掉了。

晚上娘坐在锅灶前哭了一晚上，我们也围着娘哭了一晚上。弟弟哭着不觉地就在娘怀里睡着了，我和哥哥们说什么也不敢离开娘半步。

有一次我出去找爹没找着，刚进门就闻到了一股子农药味，这时娘看见我进来了就赶紧遮遮藏藏。我从炕席底下找出了一包六六六药粉问娘是怎么回事。娘说活够了，她要离开这个世界。

我那该死的爹呀，你到那里鬼混去了，扔下我们而不顾，你的心是否被狗给吃了。

娘折腾得瘦了许多，她开始注意到家庭的破碎主要来源于那个坏女人的挑拨离间。娘说还没有那个女人之前爹的脾气非常好，也非常疼爱自己的孩子。我拉屎后，爹都要亲自为我擦屁股，害怕家中的大公鸡啄我的屁股，我小的时候。

幸福的家庭是相同的，不幸的家庭各有各的不幸。而我们的家庭已到了破镜难圆的境地。娘开始向爹提出离婚了，爹不但不同意离婚，反而更变得野蛮起来，竟敢领着那女人明目张胆睡到了我们炕上，简直是天地不容。

我恨我自己的年幼无知，现在想想我真应该把那女人给打走，反正爹又不会把我真怎么样。娘啊，都怪你的儿子不能为你出口气，太委屈你了。

那天夜里，我突然醒来，发现娘不见了。我和哥哥们找遍了每个角落就是不见娘的踪影。我哭着我成了没娘的孩子。小白菜呀，地里黄呀，三二岁呀，没有娘啊——

后来我们在自家的菜园子里的水井里发现了娘，娘在井里，浸在淹到半深腰的水里。娘已给冻成了木头人，怎么叫喊都不答应。我们趴在井沿上哭了一个时辰娘才应了一声。

"可怜的孩子呀，这都是让你爹给逼得呀！我的天呀，老天爷怎么不睁开眼看看我们受罪的娘俩呀！"

我们伸手把娘拖了上来，娘给泡得浑身冰凉，瑟瑟发抖，一套不能再破的衣服是补丁打补丁已踏踏实实地贴在了娘的身上。

娘没有死是我们这群孩子的福气啊！

世上只有妈妈好，有妈的孩子像个宝，投进妈妈的怀抱——高老撇说到动情处金禁不住唱起了世上只有妈妈好，令在座的各位感动得潸然泪下。

"跟你都相处三四年了想不到你还有如此悲惨的身世。"小刀忽闪着眼睫毛说。

"唉！真实部动人的小说，要是有人能写出长篇，那可就好了。"小神仙也插嘴说。

我心想，这小神仙真是幸灾乐祸，到要鼓动别人写一部小说，这是怀得什么好意？真让人有点琢磨不透。

透过眼镜看到了乔壮壮文人独具的慧眼，他禁不住打破砂锅问到底，非要捅破高老撇的伤疤问个所以然。

高老撇是酒不醉人人自醉，借酒浇愁，向天昂头便汩汩地灌了两杯。

我娘在我爹的重重欺压下一天比一天地衰老，直到那天爹领着那个小妖精到我家，她那高高隆起的腹部绝对是被我爹干起来的。

"山桃她娘，咱们俩就到此为止吧！"爹第一次心平气和地跟娘说。

"你这该死的畜生，你给领着那臭婊子滚——"娘说着就晕倒了。

那天夜里，电闪雷鸣，风雨交加，或许是爹做的孽该受到老天的惩罚，但这恰恰相反，这可怕的夜晚差点为娘造成了巨大的悲剧。

娘受不了这巨大的精神摧残，她又一次开始寻死的道路。娘说什么也不活了。在大雨的浇灌下，娘跟跟跄跄地来到了村后头的一个死水湾，娘非要一头扎进去离开给她生活带来痛苦的悲惨世界。

我们姊妹五人把娘围成一圈，有牵手的、由拉衣襟的，我们都哭干了眼泪。

在那个大雨瓢泼的夜晚，娘搂着我们在大槐树下站了整整一晚上。

爹把我们彻底地赶出了家门。

平生不爱说话的哥哥也开始跟娘发誓了，"娘，人家桂花能养活她娘我就能养着你，况且我又是个男人。"一边抹着泪，一边抽泣着——

以后的日子里我们娘儿五个就开始了独过的生活。

爹把四间屋分给了我们两间，在院子里并砌了一道隔墙。

没有了男人的生活往往失去了保障，我的两弟弟在饥饿的万般侵蚀下相继死去。他们在生病的时候没有一刻不哭嚷着要山芋头吃的。那时虽然贫穷，集市上的货物昂贵，但以我家当时的条件完全可以买上几斤山芋头。

"娘，我想吃山芋头，我想吃山芋头——"每当想起弟弟们的呻吟声，我就心头哼哼乱响，我可怜弟弟想吃的欲望。

爹为什么要把这个家庭破坏成这样，吃没吃的，喝没喝的。我在心里对爹产生了无限的憎恨。两个弟弟就这样惨死在自己亲生父亲的魔爪下。

娘的神情每况愈下，几近乎痴呆，飘忽不定，披头散发，眼泪都为心肝儿子流干了，这是造的孽啊！

如果有个孩子在天之灵一定不会放过父亲。

姐姐山桃18岁就出嫁了。她的丈夫不是别人，而是把爹领上赌桌的瘌子六。

自从娘疯了之后，瘌子六一天三时来我家进行骚扰。

"你爹，高癞子把我的老婆王小丫给抢去了，你一定要嫁给我才算我们给扯平了。"

"照你那臭美样，做美梦去吧。"山桃姐嚷着高嗓门说。

"山桃，你等着瞧吧，我非奸了你不可，我瘌子六要报复回来。"

瘌子六说着跳上去撕山桃的前胸，虽然是一个瘌子，可山桃也不是他的对手，被瘌子一把扯住辫子拖到了地上。瘌子腿一伸就把山桃压在了身下，一张臭嘴直往山桃脸上咬，那张瘌爪子手在山桃身上乱摸着。

我和哥哥看在眼里急在心上。我抽出一根扁担就往瘌子六头上打，一扁担就把瘌子六打懵了，他实在是招架不住我们哥俩的进攻，只好一瘸一拐地捂着头狼狈逃窜了。

娘实在是疯了，坐在地上一个劲地傻笑满口说着活该活该。

姐姐山桃坐在地上也痛心地大哭。她怎么也不能忍心被一个瘌子玷污了她十八年的胴体呢！她是越想越气，越气越哭。

听说东墙那边，爹在生产队抗洪抢险被石头把腿打断了。王老五的女儿王小丫感到没有了生活靠山，夜里抱着孩子偷着跑了，听村上的一些老娘们喳咕道，王小丫跟着一个男光棍跑到东北去了。

一个骚娘们在自己的男人出了一点点挫折之后就跑得无影无踪了，可见她的卑鄙。爹啊，如果你有良心发现还为时不晚啊！

瘸子六得知王小丫跑了，整天找爹要人，好像王小丫原本就是他瘸子六的老婆似的。

那天山桃去担水，路过瘸子六大门前碰上了瘸子六。瘸子六想极力讨好山桃，上前要替山桃挑水。山桃嗅到瘸子六那身臭味就恶心，她连理睬都不理瘸子一眼，白眼珠都不愿瞪一下。山桃的冷漠无情激怒了瘸子六，瘸子六像一只蝗虫三蹦两跳追上去就把山桃肩上的一担水拉到了地上，拖着山桃的胳膊就往家拽。再有力气的女人也争不过一个男人，况且山桃又是那么瘦小，在瘸子六手里像擒着一只可怜的鸡似的。

山桃被瘸子六堵在了屋里，露出了列牙狗齿，色眯眯的眼睛直打量着山桃的禁区。山桃在一步步地退却。她是又惊慌又害怕。山桃毕竟是软弱的。她被逼到了炕沿前，瘸子六乘虚而入来了个螳螂扑蝉，不管山桃怎么叫喊都无济于事，只有被瘸子六欺负的劲了。

山桃被瘸子六玷污的事在全村马上给传开了，尤其是被那插舌头的王婆子说得天花乱坠，好像瘸子六和山桃是她王老婆子一手操办的，或者是说王婆子也和瘸子六有过那美事……

活该，这都坏在王婆子那张臭嘴上，都说树大招风，王婆子是嘴大招祸——

　　唢呐那个吹红了天，秧歌那个扭红了大地。山桃在一片爆竹声中踏着火红的地毯踩上了火红的轿子，那红红的盖头遮住了她羞红的脸。全村人都扭起了山东大秧歌为山桃送行，尤其是王婆子，她恨不得这天早日到来。你看她那屁股扭的是热火朝天，嘴巴子乐得都咧到了两耳。（注：山东大秧歌是我国民族民间艺术宝库中的珍品。它以浓郁热烈的乡土气息，丰富多彩的艺术情调，深深地扎根在山东大地上。）

　　瘸子六更是满面春风，好像今天是他的出头之日，他那条瘸腿驾在驴的脊梁上，并没有发现他的缺陷，身披大马褂，头戴黑礼帽，胸挂大红花，也不知是谁这么好心把瘸六当回人，打扮得这么正经，怎么说这是瘸腿作为一个男人今天真正找回了男子汉的尊严。我瘸六不仅搞到了她山桃作为我的老婆，我还要把山桃搞出个大胖小子来。瘸子六是越想越乐开了怀，好像人生还有享不尽的幸福在等着他和山桃一块去度过。

　　小路悠悠，瘸子六和山桃的爱悠悠，一路的唢呐声悠悠——

　　洞房花烛夜，瘸子六和山桃过得有滋有味。瘸子六为山桃脱掉了浑身的衣服连半条小裤衩都不要。他第一次这么激动地欣赏一个女人的身体。山桃也控制不住她的泪水，不知是欣喜的泪水还是被压抑的泪水。她一动不动地似一具死尸躺在瘸子六的面前，任凭泪水任意地流淌。他瘸子六发誓，今生今世也要把所有的欢乐都满足于山桃心上。哪怕山桃只做顿饭喂只鸡，我瘸子六也不会说出个什么，只要好睡觉了她能跟我一起睡觉，给我一个活得有精神的身体我都乐意。

瘸子六的生活是越来越滋润了，生活中常伴随着快乐小调。你问他瘸子六乐什么，他准会说为老婆乐呗！女人真是宝，男人捧在手掌里怕跑了，含在口里又怕化了。就他瘸子六更加小心翼翼，就怕那天山桃被别人占有了，弃下他这么个瘸子瞎熬——

小喜刚过大喜又将来临了，瘸子六干事干得早，山桃这媳妇怀也怀得早，过门没几天就肚皮隆得高耸着，像珠峰般，谁见谁说，瘸子六的媳妇准生个大胖小子，不信等着瞧。

最爱凑热闹的要数王婆子，她有事没事就往瘸子六家跑，倒好像山桃也为她生孙子，这真是狗咬耗子管的哪门子心事。

王婆子一会儿拍拍山桃的肚皮，一会儿趴在山桃的肚皮上听听，又好像她王婆子是接生的，如果说她生过孩子我倒相信，仅此经验而已。

"唉，我说瘸六啊，你可要注意啊，别整天地到处瞎瘸，正经事不干一点。我可告你，山桃这几天就有了啊！"

"王娘，俺瘸六知道这件事，你看把你给急的，俺这不正给孩子去找了一件小衣服吗？你看合适不？"

"唉，我的瘸六呀，说你懂事你可真懂事，是不是让老婆把你给夹得难受？"

"王娘，真不愧是远近闻名的王婆子，知道得简直像百科全书了。"

那一天夜里，雷公公狂怒，顷刻间倾盆大雨，大树被刮得哗哗响，接着便是几声婴儿呱呱的哭声——山桃在那天夜里产子了。由于伤血过多，又没有个聪明的人在身边，没过多长时间便撒手而去了。

瘸子六看着产下来的心骨肉，哭天天不应，喊地地不应——一夜之间瘸子六成了死去老婆的光棍，这次不同的是他又多了个二合一的化合物，他为孩子的降生感到莫大的悲痛……高赖子一个完整的家庭到了可悲的地步，老婆疯了，一无所知；两个儿子长病饿死后，女儿山桃又死于难产．如果上帝要惩罚的话，高赖子是第一个该雷劈雷轰的畜生．他知道自己闯下了难以弥补的滔天大祸，在他养好那条瘸腿的时候，依然于老婆孩子不顾，上东北找他的后房王小丫去了。

瘸子六又恢复了往日平静的生活，只是他生活中又多添了一个伙伴，他那又傻又笨的儿子给他增添了一丝乐趣．同时，他每当看到傻儿子就总想起那死去的山桃——他们夫妻可真是好景不长，才度过几个月的好时光就缘尽缘散了，难怪王老婆子都替这个倒霉的瘸子六惋惜，千不该万不该她王老婆子没有守在山桃身边，怎么说她也是从女人的那个时候过来的呀！王老婆子此时倒越加责备起自己来了．

傻儿子眼看着疯长起来了，才多大工夫就满地上跑了，只是让人心寒的是，大孝村出了个瘸子六，瘸子六家又出了个傻小子．上帝怎么不赐给瘸子一个聪明伶俐的孩子，等瘸子以后有个三长两短的，也好照应照应——一帮子老娘们看到瘸子和傻子总是这么议论着。

傻子开始慢慢地注意到一块玩耍的小伙伴都有娘叫喊着回家吃饭，可就自己孤孤单单一个人．他也经常想自己娘干什么去了？为什么不领他玩耍？没想起这些傻子反而一点都不傻了。

有些时候傻子问瘸子爹："爹，我娘呢？她到哪里去了，怎么不来见我呢？我好想她哟！"

"明天你娘就回来，别急，明天你娘就回来了——"

傻子总在等着明天娘回来给他带好多好多的东西，总在一天一天地等着明天——瘸子六觉着傻儿子长大了，也该让山桃看看他们的孩子了。瘸子带着儿子往山桃的坟上走去……

只见烟雾缭绕，是谁在烧纸上供品。走近一看是疯子丈母娘在给女儿填土送钱。瘸子急忙跪了下去，他是在给山桃下跪，也是在给丈母娘疯子下跪。一切的悲痛苦难都是他瘸子这个王八羔子给惹得，剁了瘸子的头也解不了疯丈母娘的杀女之恨……傻子也傻傻地跪下去，他觉着好玩儿，他的童音响遍了整个树林，瘸子按着他傻儿子的头嗑一个、嗑一个地嗑下去，最后都不用瘸子用手按了，傻子会惯性地一个个嗑下去……

天有不测风云，人有旦夕祸福。

瘸子六那天干了一天活，从晚上睡着了后就再也没有醒来。大伙儿你一嘴我一嘴，有说瘸子是累死的，有说瘸子是被山桃给叫了去，寿命已断。有的说瘸子的腿病发作到了无法治疗的后期……说法各不相同。

唯一让人担心的是他的傻儿子，成了无爹无娘的孤儿。虽然瘸子活着的时候有点瘸，可是瘸子是屎一把尿一把泪一把地把傻子给养大的啊！多少家里还有那么个人，也多少像个家样。

"可如今生病又有谁愿意去过问一下，没爹没娘就是不行呀！唉，这苦命的傻子！"王婆子一边唠唠着一过叹惜着领着瘸子的儿子傻子朝自己的院门走去……

赵文武逗女

高老撇一家的悲惨让我感到人世间的冷暖与复杂。

晚上我躺在吱嘎吱嘎的床铺上彻夜难眠，我在想着我今后的道路如何的迈步……

第二天我起得很晚，当我去点名的时候，我已迟到了。这是第一个新职工头一天上班就迟到的情况。王队长补充了一遍：让我跟着高老撇一班人干。因为又没工作服，又没干活的鞋穿，只好穿着平时干净整洁的衣鞋上了工地。我参加的第一个桥的建设就是泰安市的迎胜路立交桥。我出身于桥梁专业学校，对技术操作、施工一点儿都不怵，但并没有把我派上用场，我只好蹲在一旁看着别人干。

一个六、七十岁的老大爷走过来说："小伙子，你怎么不动手干呀？"

"大爷，我是刚来的，还不懂。"我说。

"噢，你是哪个学校毕业的？"

"武桥。"

我害怕大爷误认为河北演杂技的吴桥，于是我又重复了一句：武汉的桥梁学校。

"那么说，你很专业喽？"

"专业是挺专业的，三年的时间什么也不能干，一门子心思全放在桥上。只不过还是缺少实践，理论丰富又没多大用处，对我们工人来说，只要能干就行……"

"小伙子，你不要着急……第一年是师傅干徒弟看，第二年才是徒弟看师傅干，你说是不是这么个理儿？"

才上班就碰上这么好的指导老师，我的心里是非常感动的。其实人生有很多东西在课堂上是学不到的，而你要靠社会这个大家庭的孕育和锻炼才能长成一棵参天大树。

这时我发现高老撇高班长正头戴安全帽，脖子上挂着红哨在伸手抬胳膊地指挥架梁落梁，在工地上除了队长的权威处就数着他高老撇了，说句话没有不听的，这并非来自他爹当年荣获"世界装吊大王"给他带来的荣誉，而是全凭他高老撇一步步混起来的。

一个工人在工地上能在脖子上挂上哨子，这说明他的身份已不低了，这也是令广大职工羡慕不已的美差事。尤其当一个哨长指挥架梁落梁时，有那么多的老百姓，不管是年老的还是年少的，有钱的还是有权的，都在一齐驻足参观，让人心里特别有一种崇高感和自豪感。

闲下来的时候高老撇就凑到我身边跟我唠嗑。这是工地上一大优点，干活累了或者干完活就三五人一堆，南西北，海阔天空地大侃特侃一番。当然每次少不了一些鸡毛蒜皮的事夹杂在其中。因为我刚到队的缘故，我根本不知道谁叫啥姓啥，只好以"哥们儿"相称。他们一堆土驴也不称我姓呼我名，马上给我起也个"小山东"的绰号，于是以后这就成了我的代名词。

下午我打算不再继续干，而是在旁边看他们怎么干。小和尚赵文武在桥上大喊我的名字，招手让我过去，看他样子又要给我个什么差事做，我几大步跑到他跟前。

"小山东，你开这个卷扬机，听哨操作注意安全……"小和尚掷地有声地说。

我看着卷扬机，瞪大了眼睛，在校期间虽然学会了卷扬机的操作注意事项，可那都是理论性的东西，让我操作我还是大姑娘上轿——头一回。

哥们很信任我，我也信心十足。

哨响注意，哨长开始，哨短暂停……我在脑子里背得滚瓜烂熟，注意力十分集中的侧耳听无非是顺、倒、顺、倒，一点儿死的东西罢了，有心人难不倒。

"关闸门，快点停电……"是小铁在那边大声叫喊。

我看不好了，坏了，肯定出什么事了……我跑过去一看小铁的脚已吃进了卷扬机的钢丝绳，多亏连带着鞋一块，并没伤太重，脚的大拇指已被钢丝勒得大青了，还去了一层皮。因为我跑过去是用劲和小铁把脚给硬拖出来了，太荒唐了……

小铁这个人个儿不高，是一名年轻的复员小战士，素有"神枪手"之称，而小铁这个名又是从"铁打的营盘流水的兵"中取来的。小铁在部队为《大决战》拍电影当群众演员时，曾摔断了胳膊，可谓是铁骨铮铮，军中佼佼者也。

刚上岗就经历了这么有风险的事件，确实为我今后的工作敲响了警钟，我甚至有点儿害怕了……

晚上小铁的脚肿得很高，像是发孝的面包，连挪动一下都很困难，甭说是下地走路了。大伙儿都一齐过来看看他，安慰一下，其实这也只是受了一点皮毛之苦，与小铁在军营中的苦想比实在算不了什么，真是小巫见大巫。最主要的是体现出了人世间的真情冷暖。

王队长在早晨的点名会上，提出了工作中的安全问题，让大伙儿都保护好个人安全，伤着不好交代，又耽误了工期的完成。我有心无心地听着他的讲话，还不是那一套，讲完了还得分配任务，照样干活的干活，玩工地的玩工地。人大抵有这么两种：一是看上去第一印象很好，可是不好交际；一是看上印象很坏，可后来却很好靠。王队长就是第二种人，给你的感觉糟透了，眯眯着眼睛，说话哼啦哇啦的，一竿子打不出屁来，我都怀疑他这种人都能当领导，真是怪哉、怪哉！

你也无须太奇怪，人世间的事情很无奈。

迎胜路立交桥在飞快地建设着，职工们的心情也都很好，中午发得一点奖金马上哥们儿一快进了肚，直到下午去了工地个个都像懒猫似的不清醒，在桥队是违反纪律的，因喝酒而出事故的也屡见不鲜。

有那么一个女人在我们架桥的附近住。她高挑的个子，浓妆艳抹，我们工地是她每天的必经之路。如果在工地闻到了什么新鲜而奇怪的味道，你抬起头时准会是那个女人在向你一扭一歪地走来。你看她带着点儿疯颠的颤劲儿，一眼便知是进城来打工的，具体做的是什么工作咱就不知道了。

小和尚赵文武是工地上有名的小混混，经常喜欢开个玩笑，闹个恶作剧提一提大家伙儿的胃口。他跟那个打工的女人"猪妹子"，就是给闹出来的。

打工女照常像往日一样又路过了我们架桥的工地，不同的是她胸前的两个肉馇馇格外地大了起来，每迈出一步都要颤三颤，好像在故意地挑逗我们的桥梁工人。尽管有结了婚的男人，但他们一年难得几次搂着老婆睡，如果一个女人从他面前过，他不仅不、绝对是抵制不住那丰满的肉体的诱惑。

小和尚赵文武在魏一伟的鼓捣下：

"小和尚你敢上前去摸一下前胸，算你有本事。"

"有本事怎么了，傻子才干呢，有本事你来摸，你不敢的话，那叫吹牛。"

"好，咱赌点儿什么……"魏小伟扔下了手中的撬棍。

"一盒大鸡烟，你干不……"

"甭说是大鸡烟，我给你泰……"

还没有吐出"山"字，赵文武就急了火：

"大家伙儿听着，这可是他说的，一盒泰山，君子一言，驷马难追，老子今天就给你露两手看看……"

正说着，小和尚就晃头晃腚地跟着走在那女的背后，一手掐腰，一手欲摸，又不敢摸，抬起、放下、抬起、放下、抬起……在重复了好多次。

"我试试你这玩意儿……"小和尚说着跳上去就是一把，把那女的抓得哇哇直喊，好像是被小和尚咬了一口似的。可把她难受坏了。回过头来就把小和尚骂了个狗喷血：

"看你那个熊样，敢占老娘的便宜，你也不问问老娘我是谁……"

说着跳着手指着眼瞪着，那样子真像一头母老虎，发起威风步步进攻，直把小和尚给逼到了墙角无翻身之地。小和尚无招架之力，被这个母老虎女人狠狠地抓了一爪子。一个男人被一个威风凛凛的高大女人压着打，简直是丢死人了。

我们看着再继续下去非出大事不可，不仅找到领导，如果去了公安局可是流氓的罪名，小和尚吃不了也得兜着呀。

大伙儿你一把我一把给他们拉开了。在里面魏小伟最聪明，不愧是属猴子的。他假装拉架趁机就摸了那母老虎三摸，既占了便宜，又做了好人，那儿像他小和尚才摸了人家一下子就被搞得这么惨的下场，真是无颜再见工作兄弟。

那女的走远了，我们都一直把小和尚哄了半天，臭得他语言讷讷，还一个劲儿地死强词夺理。

"大家难道真的白活了这么大，你们真不懂还是假不懂好男不跟女斗这句古训？"

"你算了吧，别给自己戴高帽了，受了欺侮还臭美什么……"魏小伟又刺激了他一句。

"小魏子，你是不是男人，如果是男人就赶快去买一盒泰山……"

"一盒泰山太少了吧，我干脆把整个泰山都给你了，只是怕你搬不动……"

他们你一言我一语地对抗着，我们看实在不行了，只好公事公办，公平对待……

小魏子不情愿地扔下了手中的铁锹，让我们给他打了个掩护一溜烟地跑掉了……

大伙儿们干着活有点儿累了，都一块商量休息一下，主要还都瞄准了小魏子手中的那盒泰山。

"你们都这么坐着耗时间，愿意坐不要紧，以后不用上班了，我说着算数，你们天天坐着开大会行了……"高副队长，狗嘴里放不出个响屁来，工人们站着干活他就高兴，一旦坐着，尤其又是在一起说说笑笑，他便马上狗脸毕露，不管三七二十一就上来给你个苦果尝尝。在座的一帮子兄弟都知道他的狗性。

小魏子从东边走过来，一看到副队长在便支支吾吾地说去了厕所一趟。

"我看你是去耍妞儿了，根本不是去上厕所。"副队长真是狗嘴里吐不出象牙来。

大伙儿都一块儿使眼色，问小魏子买了泰山没有，他们早就馋得口里直冒水了。

看高队长走远了，小魏子掏出了泰山，大伙儿即一齐涌了上去你一支我一支地争夺。

"每人一根，不要抢……"小魏子可真气急了。

每人一根之后，还剩无几，倒霉的要算小和尚了，抓了女人的胸，挨了骂挨了打到后来只赚了两根烟的便宜，可是大伙儿却占尽了光。

工程队就有那么一个风俗，不管做什么事儿好"蹭"。哥们义气重如山，有福同享，有难同当，二话不说，我发现在别的单位这是不曾有过的。

如果我在工地能多待一天的话，那么纯粹是感情使然，我被这种纯洁善良的心地所感动，我看中的是他们的气度和宽宏。

后来在我的生活与工作中逐渐证明了这一点。

我像一只雄鹰一样，飞翔在辽阔在万里高原。

在这里你也像冠军一样训练

　　秋天的蓟门烟树像泼上了一层黄漆。北京的秋天很短，泛黄的树叶冷得瑟缩发着呼啸声，天短了夜长了。元大都城墙遗址露出了光秃秃的容貌，野松鼠在洒满落地的黄叶上觅食，高高翘起蓬松的大尾巴蹲立着，冷风掀开它的肚皮，尾巴在风中晃动。这是一个寒冷的秋季，风把蓟门烟树都吹得摇摇欲坠。

　　我每天下午都要去健身房。在秋风扫落叶中穿过元大都城墙遗址去健身房必经学院路，绕过小月河，跨过一座桥再上天桥，就是蓟门里的健身房。桥上总有卖旧书的男人在风里插着口袋等待顾客。而桥上的另一侧，一个卖烤地瓜的老汉在他自制的用油桶改修过的热炉里拨弄着一个个热乎乎的大地瓜。影视学院的俊男靓女在秋风里拿着刚出炉的烤地瓜边走边吃着，地瓜和秋天一样黄，像画家手中的染料。也有人拿着烤地瓜不吃，用双手捧着，倒来倒去，以便取暖。健身房是非常流行的运动场所，透明的落地玻璃大门在一个古老的旧社区里显得鹤立鸡群。追求时尚的男女散发着青春和力量。

迎面大门墙壁上挂着一张标语：在这里你也像冠军一样训练。橱柜里摆放着国家队举重及健美大赛的奖牌，他们伤病退回之后在健身房谋得一份私教职业。

私人教练来到我坐着的健身器材旁，打量着，看我一身瘦骨嶙峋的样子，极力想说服我。"一看你就不爱运动"他好像猜透了我的前半部。

我说："我是国家二级运动员。"

"不会吧？"他说，"你是练什么项目的？"

我说："200米，400米。"

"这么牛呢，看着不像啊！"他说，"健身后，你会跑得更快。"

我在登山机上，高低起伏的蹬着，干巴的小腿肚子像断了弦的弓，小腿和大腿间的膝盖骨嘎嘣嘎嘣的响。我想起来城市马路上蹬着三轮车飞快奔跑的一车绿皮西瓜，那样的运动练就了他们一副好腿脚。教练转了一圈又回到我身旁，看着我登山步不协调，紊乱中已经大汗淋漓。"你看起来有点虚，脸色还蜡黄。"他说。

"那是因为，我在家里写作的缘故，一整天不出屋。"我找些理由不要让他轻视我的表情。

"你是一个写作的人，有才啊，那更需要出来锻炼了，有个好身体才能写作。"他笑着说。口音里夹杂着东北味。

我看他一身矫健的肉圆圆的，像一头东北虎。他站着说话不怕腰痛。

"你的底座打造的牢靠，是怎么练出来的。"我开始羡慕他。

"我是练三铁的"他抄着手臂，列着架势。

"你是田赛，我是径赛，都是一家人。"我开始对他有些好感。

"原来你真是专业队的，我还以为你唬人呢。"他说着开始调了一下登山机上的时间，看了一眼我登山的步数。十分钟是七百下。他开始惊讶起来，这组数字证明我不是吹的。

旁边健身器材上来了一个精神矍铄的老者，头发花白，但是面色红润，眼睛炯炯有神，咧着嘴露着一口白牙齿很热情地冲着我笑。他和教练打了一声招呼，眉飞色舞的走路，然后踏上跑步机。他的一只手搭在跑步机护栏上，一只手指头非常熟练的摁着跑步机上的数字，二十分钟里程。他说，年轻人真好，只要能来健身房就是好事。他每天来，跟上班一样来报道。不管是刮风下雨。来了，就算不跑不跳，看着年轻人，他心里都高兴。浑身上下有使不完的劲。私人教练也说，你看大爷都来健身房运动五年了，跟同龄人感觉就是不一样。这个年纪的人退休下来，不是在家看孩子，就是泡在棋牌室搓麻将打牌。锻炼之后，七十岁的老人却有着五十岁的心脏。

我看着大爷一副将军的腰板，气宇轩昂，不像是吃苦受累的老头。

大爷说，这里的私人教练都很认真负责，他刚开始来健身房，只能推动一片杠铃，慢慢地，慢慢地，他可以推动八片杠铃了。大爷说着笑起来，他说他又恢复了以前在海南岛当兵的精神气。

一九六二年，蒋介石反攻大陆，年仅十七岁的他征兵入伍，那一代年轻人的理想就是扛枪上前线，保卫祖国。他在北京征兵入伍，去了福建。部队的生活一待就是十三年，练就了他一身铮铮铁骨。一直等着打仗的他没有送到前线，被撤到了北海舰队。然后从部队专业回京，进了一家建筑公司。在人生观和价值观，世界观建立并影响了他大脑的同时，被巨大的反差所击败。一副好身材没有用武之地，没有在硝烟弥漫的战场上显山露水。却用铮铮铁骨在建筑队里跟钢筋混凝土打交道。他做建筑工人做的第一期项目就是把天安门广场上的树林砍倒建造毛主席纪念堂和人民英雄纪念碑，他说伟大的工程都让他赶上了，话里嫣然透露着自己是一等功臣。那个年代就知道拼命地干活，累得头晕眼花，都不能说累。而且心里是幸福的，因为爹亲娘亲不如毛主席亲。一代伟人毛主席，伟大的舵手，影响世界的领袖，国家部队没有白培养他一副好身板，要为国家的建设立下汗马功劳。他不分昼夜地干活换来了一身重病，他说那个时候国家粮食紧张，吃的都一样。主席也不是天天有肉吃，人民还有道德，没有贪污受贿。不像现在的官员有的是房，有的是车，有的是女人，道德沦丧，人与人之间的距离拉大，没有亲近感。在他五十五岁邻近退休规定年龄还有五年的时候，他得了肺病和气管病。最厉害的有四次抢救，只要救护车一冲进蓟门小区的时候，左邻右舍都知道这救护车是来拉老军人的。他的妻子和女儿每次都是在黑暗里寻求着光明，一个男人是家里的顶梁柱，要是没了女人不成个家，没了男人呢，那就要受气被人欺。等他出院了，他的妻子对他说，以后她出去赚钱养家，让他在家做饭干家务。后来他除了做饭觉得无聊，就出去捡了很多石头回来篆刻，刚开始刻的什么都不像，一半源于石头材料差，一半是自己半路出家没什么技巧。就看书，看各种各样的书法，书法和篆刻交替忙碌。五年前，妻子终于累得病倒了，他说他没死，把妻子累死了。刚开始，妻子回来吃不下饭，还以为是普通的胃病，后来越来越严重了，吃饭喝水都要大口大口地吐。医生说是胃癌晚期，他和女儿好好伺候了她三个月，然后往生极乐世界。

女儿失去了母亲，再也不能失去父亲。女儿看着有病的父亲，规定他每天必须去地下室的健身房里游泳，像去单位上班一样，风雨无阻，又一个五年下来，他竟然身体好的强了很多，精神矍铄，不像是七十岁的老人，比他年轻的都满脸皱纹，然而他说都是游泳和健身的效果，让他扔掉了救护车这个拐杖，药还是坚持吃着，都是被女儿一顿斥责和呵护中闭着眼睛咽下去的。他说着开始把双腿抬起来放到比头顶还要高的支架上。笑的满脸红润，像个孩子般可爱。

私人教练见到我和大爷聊得如此兴奋，他也走过来驻足侧耳聆听。大爷看着私人教练一身的肌肉，对健身器材夸起来，他是非常相信健身的效果给他带来的快乐。大爷说跟着私人教练学吧，很有成绩的，很快就会不一样的。他们都是很有办法的，你看我病了十五年，每年都要花几万块，关键还要受罪。现在天天泡在健身房里，彻底好了。完全不一样了，你这样三个月下去，很快恢复到桥梁工人的模样，你有工人的基础，一锻炼肌肉就有弹性了。

我被私人教练拉到了他的小屋子里，脱掉鞋再脱掉袜子，站到体成分检测仪上，电脑刷刷地滚动着关于我身体的一组数据，然后从打印机里甩出来。私人教练看着分析结果，甚是满意。他说身体水分比很好，就是蛋白质少点，需要增肌。腰臀比也很好，来健身房锻炼的目的主要是增肌和增加心肺功能。当然，锻炼过程的协调性，平衡性，柔韧性也很重要。你看中国运动员都是大块头，但是柔韧性极差，劈叉不行。但是国外运动员呢，虽然强壮，劈叉不成问题。基础代谢率高，旺盛了，人的生命力就会活力四射，青春倍增。私人教练说着，把分析结果折起来递给我，等锻炼一个月后再做意思检测就会有很大的对比度。

　　三个比我年龄小些的小伙子推门进来了，一个是电影学院表演系的男生，一个劲地想减脂，瘦脸，走明星路线，细看一眼，鼻子还有点歪，眼角也不自然。让我想起电视广告里垫鼻梁，开眼角，牙齿贴磁的广告明星。另外两个他们都是航空航天大学的学生。一个是开飞机的，一个是设计飞机的。他们统一找私人教练来检测一下分析结果。他们也是脱掉了鞋子和袜子。其中开飞机的男孩是经过层层帅选从成千上万个人中挑出来的，个子有一米七六，体重六十五公斤。眼睛大大的有神，透露着内心的干净和单纯，皮肤微黑，一表健康的体魄。他的鼻子很高，脸部很有型。做一个飞行员也许是最适合他的职业。他打消了我对他的崇拜，他说飞行员也不是那么好当的，入校前光体检就四次：看身体是否有遗传病史，身体动作是否协调性，心理素质是否正常，视力要好，不要太矮，不要太胖。具体到细节就是各种项目，五官，眼睛包括：散瞳，影斜，有没有近视或者远视，是不是色弱色盲；裸身检查身体有没有过大伤疤；然后心电图，脑电图，胸透，B超；听力，还有眩晕之后的反映；血常规，尿常规等项目。等录取之后每一年体检一次，看身体有没有异常情况。在航校先学两年理论，然后后两年学习驾驶飞机，先是单个螺旋桨的飞机，再后来双螺旋桨飞机，再后来喷气式公务机。所有学完要考民航组织英语四级，再考取航线执照。然后到公司之后改装（所谓改装就是从学院的小飞机改变为，到公司运营大飞机的时候，理念和操作技术的升级训练，只是对大飞机机载设备，电气系统等各个方面的学习）商业运营的大飞机。生活中注意锻炼身体，保护自己，不能触犯任何法律。而且我们这一行政治关系要明确，直系亲属不能有任何的海外不明关系很多学生毕业后捞不着飞行，有的退回地方，有的依然在试飞。有些运气好的，被南航选走，上学期间相当于以后的飞行有了着落。混上几年要是能飞波音 767 或 777，空客 340 或者空客 330 的机长，年薪也在百万多。尤其是机长成了众多飞行员的偶像。表演系的男生说，要是再从国外带点私货回来卖，比薪水还要赚。飞行员小伙子说，国家有严格规定被抓到了开除，重的还要判刑，伤不起。他说他的目标每年至少飞行 1000 个小时。到六十周岁退休，很有可能绕着地球飞几圈。

表演系的男生说不赚钱有什么意思，开一辈子飞机太没着落了，整天在天上不踏实。飞行员小伙子的梦想是今生有朝一日绕着地球飞几圈，而表演系的男生就是想当明星赚钱而已。

只有设计飞机的小伙子一双丹凤眼，天蝎座男生自控力强，一直坐着缄默不语，静静地听着他们说话。最后来了一句，他来健身房的目的是为了锻炼四肢力量，他是航空学院棒球队的队员，练局部肌肉防止受伤。就像设计飞机里的弹性力学，弹性材料在载荷下应力应变什么的，首先得有一个好身体，否则都是天方夜谭。设计不成飞机，飞机就开不了，明星梦也化作泡影。

我从私人教练的小屋子里出来，大爷一个人坐在健身器材上练得满头大汗，我一直被他的满脸红润吸引着。他笑呵呵地说，这是回光返照。他和死神不知道打了多久的交道，以前脸上苍白无血色，浑身更是没有力气。现在连他的老同事见到他都要惊讶之余，禁不住赞叹，越活越年轻了不说，都成老妖道了。就差手里捏着一把白毛筛子。大爷说，以前他和同事都是在医院里碰面，成了常客。没有其他东西把他们捆在一起。自从女儿逼着老父亲往健身房里跑，他是越来越不愿意离开健身房了。

健身房在蓟门里小区闹市的一角，门口被各色的名车堵住了大门。后面排放着整齐的自行车，这是健身者的坐骑。我每天下午，都要绕过元大都城墙遗址，然后上桥看见一片蓟门烟树，翻过去就是小月河。不到八百米的距离，却有着翻山越岭的感觉。每次从健身房的地下室里爬出来，拖着疲乏的身体，走在华灯初上的京城，路边上咖啡馆和豪华餐厅的灯光映在马路上，打在行人的脸上，有一种幸福感。我也会想象着这些温暖的灯光，能有一天是从我的窗户里照射出来，然后映着回家人的脚步，越走越亮。

后来每天下午三点我会准时来到健身房，跑上个把小时，然后再去举杠铃，或者做扩胸运动。这个时候，大爷也会准时出现在健身房。

他见到我总是扭着跳着走过来，说，太好了，太好了，你非常坚持，非常有自觉性。锻炼就像和你写书一样，一本书不是一天两天写就，而是一字一字码成的，肌肉也是一个道理，需要一点一点地恢复，恢复的过程也是弹性的过程，像离箭之弓绷得很紧。说着，大爷从包里拿出一份报纸。

这是我给你写的字：积健为雄。这词出自唐代司空图的《诗品·雄浑》。《诗品》将我国有史以来的诗歌概括为二十四种风格，其中"雄浑"列为第一种风格。清代杨廷芝《二十四诗品浅解》解释"雄"为："大力无敌"。可见"为雄"是日积月累、学深养到、实实在在、不可作伪，也就是"积健"的结果。

所谓：积土成山，积水成渊，积善成德，积健为雄。从字面理解，应当是健积累多了就变成了雄。而此处的健是什么意思呢？是强壮，身体好；是善于，精力旺盛。雄应该是更高层次的健，这句话也是说明了从量变到质变的一个过程。"积健为雄"是比"积少成多"更高的境界，有着比"厚积薄发"更高的人生态度。从导演的角度来看，导演和影片的品质、品味的提升，是一个不断发展的递进过程，只有自始至终持续不断地努力修身养成，探索实践，才能最终完成这个过程。因此，若想使影片拍摄的动人有文化，则必须建立一个健康机制，一个健全的制度，用稳健的步伐奠定雄厚的基础，最终才能够实现雄图霸业。

曾经是一名优秀军人的大爷，他不相信医生，反而更相信生命在于运动的真谛。他从一名军人，到建筑工人，再到一个药罐子。他更相信他的后半辈子人生会献给这些冰冷的健身器材，他从中吸取温暖和活着的力量。他曾经无数次看着我在健身器材上的动作姿势不对，就放下手中的杠铃过来给予我纠正。我们的交谈很容易，总是用笑容，或者眼神。他说他在家里给我刻篆石，金石增寿。古代的皇帝驾崩了，几千年后挖出来的金石上的名字依然历历在目。每刻一块石头，他都会精雕细琢，放下再拿起，拿起再放下，反复细品其中的不足之处，然后一直搁着个半月左右实在想不出来缺陷了就算满意的作品。

大爷会按时来到健身房，他拿着篆石，用宣纸包着。信封上写着，如不满意，磨掉重刻，一直满意为止。郭福旺敬上。

今天就玩一会器材，咱们就下去游泳，女儿逼着我六点之前回去。不要在水中泡久了，可是她每次健身八点也不回来。他说，现在的女孩子都减肥。真受不了。我们需要增肥。

"天气逐渐冷了，你不打算回胶州看父母？"他问我。

"我要回去。"

"你结婚了吗？"

"没有，但是我在物色中。"

"想就好，就怕不想。再说了，不孝有三，无后为大。你看我女儿都四十了，也不让我抱外孙子。"

"你别急，肯定会让你抱上。"

"早婚有早福，晚婚有晚福。"

"缘分，姻缘很重要。"

"我女儿是法院的律师，她看了你的书，说这小伙子真不错。可惜，我女儿大你四岁。我让她给你找一个北京姑娘，有房有车有钱。"

"我都没房没车没钱。"

"哎，哪里话，你有才就够了。"

"人终归需要有个人互相温暖。"

"太对了，我老伴走的时候才六十三岁，她以前是昌平县的团委书记。后来调到城里，吃苦受累，先是胃癌又转移成肺癌，浑身都是癌。好日子都没享受几天。"大爷说着，嗓子眼被一口痰噎住了，他站起身来走到痰盂旁吐掉。

大爷的女儿对他非常孝敬，四十岁的女人像没长大的孩子，一进门大声大声地叫老爸。大爷说那么大声干吗，怪吓人的。女儿说，你不在的那一天我叫给谁听。女儿为了老父亲生活不孤独，她就不结婚。想伺候老父亲终生。我听着心里都哭的慌。

在健身房里很久没有见到表演系的男生，不知道他的明星梦怎样了。入秋后，一场瓢泼大雨后，天气凉爽了很多，空气里干净如明镜。在绕过元大都城墙遗址攀上天桥再跨越小月河，我碰到了表演系男生，他戴着一个硕大的白色口罩，眼睛充满血丝，说话声里戴着厚厚的鼻音。他说鼻子发炎了，医生说后果不堪设想，厉害的话会发生癌变。我让他赶紧治疗，不要再跟自己的身体过意不去。他说，他是被整容的医生欺骗了，当时都说垫鼻梁没有关系，韩国明星一张脸上有二十四处是整过的，但是一点副作用没有。自己就是垫了一下鼻子就引来这么大的病症反应。他很苦恼。

在这个秋天里，我像健身房的私人教练一样，每天上班下班。一个在海边长大的我前三十六年从不下水游泳，在大爷的指挥下，我学会了全部四种泳姿。他在水里一个劲地对我竖大拇指，五分钟学会，还是很有天赋的，游得真漂亮。人就应该像两栖动物那样水陆都可以征服。

"龙乃池中物，乘雷欲上天。"你是蛟龙出海。他的声音里充满欣喜和骄傲。我说这样下去，你就是游泳池的霸主了，你教会了这么多陌生人，游泳教练都没饭碗了。他哈哈笑着，哎，老了没用了，就是发一点光热，心里图个乐呵。

私人教练一个月下来，没有学员上私教课，面临着主管的批评心情十分不爽。他们依然像往常一样走到每位顾客面前纠正错误，苦口婆心的指导。但是还是没有达到收费的效果。飞行员小伙子去了美国培训，将有一年的时间不来这所健身房。表演系的男生鼻子严重到耳朵里流脓，需要隔三岔五去医院化疗。大爷被表演系男生的病变产生了巨大的伤感，他的目光经常呆滞，看着健身房玻璃镜子里自己的面容，他哭起来。"多可惜的一个小伙啊！应该寻求自然的美。"他一边咳嗽着一边吐着痰一边擦着嘴。接着他大哭起来，抬着头，眼中空无一物。随后，他站起身，脸上挂着泪水，又笑了，像士兵一样笔直的身体，扩了扩胸大肌，攥着拳头，穿过健身房的一盆绿色植物，走向一角的沙袋。

私人教练主管将有一个月不能来健身房，他十月怀胎的老婆会在第一场大雪来临的时候生孩子。这几天他忙着找一座有暖气的房子，要不然老婆就挺着肚子回娘家，会和孩子恨他一辈子。大爷对私人教练投去了赞赏的目光，多少钱算是钱，可是没了好媳妇，就是没了个好家。男人一定负起该负的责任。大爷握着拳头捣了捣私人教练的胸膛，咚咚响……

这些健身器材像战场上的武器，又像是人生的一道道障碍，需要坚强的人来征服来挑战。大爷有两天没来健身房，私人教练说他又去医院了，不过不是什么要紧的病，是心理上的一种抑郁病。他再回到健身房的时候，那天是西方盛行的鬼节。大爷还特意带着一副鬼面具，他说鬼见了他都要怕。说着从包里急忙拿出为我写的一幅字："不俗即仙骨，多情乃佛心。"我看着宣纸上龙凤飞舞的墨迹带着一股浓浓的清香。

我把墙壁上的标语又念了一遍，在这里你也像冠军一样训练。

漂亮妈妈

  爸爸整个青年时期都在学校里，我六岁之前很少见到他，即使见到了他都是很短暂的时间。他不是天天都出现在我的眼前。有时候，每个星期只能见一次，有时候甚至是一个月见一次。只有在冬天的时候，他才会穿着那件蓝色的大棉袄，出现在我和妈妈的煤油灯光下。有时候，天还没有亮干净，爸爸就又打开门推着他的自行车远去。厚厚的积雪层上踩下了爸爸的脚印和车轱辘的痕迹。

  实际上，我很喜欢爸爸能回家，只是清早我爬到土炕上，钻进爸爸和妈妈的中间有点拥挤。爸爸抽烟的样子很凶，所以全身上下有股令人不喜欢的味道。妈妈总是一边唠叨着，抽烟把袖口都烧了，爸爸说刚结婚的时候，抽烟把新棉被都烧了，你也不反对，怎么现在不情愿了。妈妈让爸爸赶紧去刮胡子，胡子一个星期了都赖成什么样了。爸爸每次回来都会留下一些纪念品，有香味的像糖块一样的橡皮，有一支金色的钢笔，有帽徽，还有军用水壶，——这些东西都是街道上很多小朋友不能拥有的稀罕品。这也是我们兄弟跟别人炫耀的法宝。爸爸生性喜欢存放一些乱七八糟的东西，废弃的半导体，就垛着高高的一屋子，他总是期待着这些破旧的东西能这个拆一点，那个拆一点，互相装装派上用场。妈妈总是嫌弃爸爸的这些破家什，垛在屋子里碍手碍脚的，她可不像爸爸那样喜欢把这些玩意儿看得那么珍贵。

爸爸不在家的时候是我童年最好的时候。我家的房子当时是最敞亮的大瓦房，周围再也没有其他房屋欺压，只是红红的高粱结了穗子在风中刷刷声吓唬人。天黑前，妈妈把四个窗子都挂上窗帘，但起不了多大作用，透过窗帘依稀能看见窗外的庄稼地，偶尔还伴有野兽的叫声，挂上窗帘只是妈妈欺骗自己的一种心理作用。天一亮，我总是醒来，把晚上害怕睡觉的事情都跑到脑后，觉得自己像太阳一样要发光，要欢笑。我不知道当时简单，清晰，充满希望的生活，还有谁能比得上我。

其实我六岁的时候，我九岁的哥哥跟着爸爸在乡镇读书，我还有一个小宝弟弟的，他小我三岁。但在我的记忆力，留在乡下的好像只有我和妈妈一样。也许每次都是妈妈哼哼着儿歌，让弟弟睡着了，她再带领我出去玩耍。出去串门只有两家，一家是邻居匡大娘，一家是村后街的姥姥。妈妈不带弟弟的原因是他太小，出去害怕冻着，大半夜回家还要抱着他。妈妈说弟弟小，要多睡觉才好，带着我是给妈妈壮胆的。

别人家的孩子都很大，四个五个的，而我们家只有三个。我问妈妈为什么不再要几个弟弟，妈妈说孩子都是下大雨的时候捡来的，哥哥是从树林，我是从河道里，弟弟是从野地里。我们都是哭着没人要的孩子，妈妈然后就把我们领回家了。于是，我经常会期待着下一次大雨，每到下大雨的时候，我就嚷嚷着妈妈带我出去捡孩子，妈妈说不要孩子了，家里再养孩子要花费很多很多的钱，爸爸一个人在外地上班赚的钱只够我们三个孩子吃饭。我觉得妈妈真够自私的，那么多孩子都在大雨中，她不出去领回来，邻居小燕她妈妈领了五六个孩子，自然要比我妈妈伟大。妈妈说那都是很便宜的孩子，基本上不需要什么花费，我想了想，小燕家的弟弟妹妹们，都穿着肮脏，裤子屁股补着补丁，球鞋底进水，袜子露着脚趾头……

我们家的屋子红色砖瓦，玻璃窗户，高高的大院墙。每天早晨醒来，我都会站在窗台上，手抓着铁楞子，看墙外的风景。红红的高粱那边一棵高高的大树，大树那边是郁郁葱葱的远山。阳光从天边斜射过来，各种植物被照射的部分黑油油的发亮，连麻雀落在上面，压得发颤的庄稼明亮或者阴暗都一览无余。

从炕上爬下来，我来到了妈妈的房间，我和妈妈说一只小猴子下山来偷西瓜的故事。说着说着，我感觉身体内部暖和起来，也许是小猴子偷了一只大西瓜，拿不动，滚来滚去的缘故，让我替它出了一把汗。我爬到妈妈的炕上，趴在竹凉席上学着小猴子的动作给妈妈看。然后，我就在炕上睡着了，醒来的时候，妈妈在厨房里锅碗瓢盆地忙活着。

早饭之后，我和妈妈去村东头的灵光寺磕头烧香。这是一上午的行程。在村子里生活的人，天气好的情况下，不是去烧香，就是去种地。这天我和妈妈从寺庙里回来，天就下起了雨点，水柳湾的水面上被雨点溅得很高，像是里面的鱼吐着气泡，要钻出来，呼吸一番新鲜空气。我心里想着今天磕头烧香的愿望，能让爸爸经常回家来，帮着妈妈种地喂猪割麦子。当然，我也不知道这算不算是愿望。

傍晚，爸爸果然回来了。他穿着那件中山装，四个口袋，一个口袋插着一支钢笔，非常气派的。妈妈说，口袋插一支笔的人，不是会计，就是电工，还有知识分子。爸爸是中学的老师，应该是知识分子。他插着一支钢笔的时候，比任何人都要精神吧！妈妈说我们的愿望得到了实现，应该去寺庙里送点糖块，感谢菩萨的灵验。

这真是一个很大的功德！那天爸爸回家后，他脱去了中山装，挂在衣服架上，换下了他的绿军营鞋，就推着铁车去山里运石渣子垫猪圈。爸爸每每推回一车石渣就猛吸一根烟卷，跷着二郎腿，很有沉思的样子。妈妈看着爸爸忧郁的样子说，谁让你找了一个种地的老婆，双职工的话还用出这份力气吗，都是你的命啊！我不喜欢爸爸忧郁的眼神，好像有怨气一样，虽然他干活很累，这样一来好像我们全家都是欠他的。于是，我就打断爸爸的宁静。

"等一等，小鳖蛋！"妈妈总是喜欢这么叫我。

家里来了让人不喜欢的叔叔，妈妈总是这样叫我，不让我上炕和大人一起吃饭。

"别吵闹，小鳖蛋！"她不耐烦地说，"没看到爸爸在歇息吗？"

我老是不喜欢妈妈替爸爸辩护的字眼："爸爸在歇息，"在我心里直犯嘀咕：爸爸一星期才回来一次，干一次活还算多吗？那还不是相当于没干吗？

"你干吗要跟爸爸着想呢？"我极力不喜欢妈妈的口吻。

"因为爸爸是拿书本的，让他为我们干农活，已经是很委屈他了，听着，别再让爸爸生气了。"

下午，妈妈对爸爸说带着我出去玩玩，这孩子长大了，别心理阴暗。我想妈妈这是怎么了，我心里阴暗，难道我这是为她好，她不知道吗？我根本不喜欢田间的小路，雨过之后，到处一片泥泞，踩得脚上全是泥巴。再说了，跟爸爸出去，能有什么好收获，他从来一言不发，就知道走路，连脚底下的水坑都看不见。田地里很多种庄稼的老汉，大老远看见爸爸就打招呼，爸爸是他们农民心中的知识分子。在这点上，我跟老农们存在很大的分歧。爸爸什么都不会做，只会捣鼓那些乱七八糟的半导体零件，就像是一个破烂废品厂。在乡村的田间小路上，我看见了两只狗在交配，我站在那里一动不动的看，一只狗被压趴下了，一只狗吐着鲜红的舌头，累的跟孙子一样。爸爸说，快走，看什么，小孩看了会烂眼睛。爸爸拉了我一把，我扯着爸爸的衣角，要是妈妈准会大发脾气，她可比爸爸暴躁多了。爸爸的斯文，是出了名的黏糊。后来缀着爸爸的衣角走远了，背后的两只老狗也黏在了一起。

爸爸蹲在麦田埂上，抽着一根烟，吐着烟气。麦子格外的发绿，爸爸说麦子都开花了，再有一月多就要收割了，可是眼前，这麦子需要水分浇灌。

跟爸爸出去玩，等于没玩一样，他不是跟那些老农打招呼，就是自己走着停停，对我完全不理不睬，我端详着他的神态，感觉爸爸就是远处的大白石山！我从来没有见过这样的爸爸。

下午吃饭的时候，我又盯着爸爸，这次的局面更加复杂而尴尬。因为爸爸手上拿着一份大众日报，他翻来覆去地看着，跟妈妈讲社会主义新农村的好，说不定有那么一天，小平同志的政策会改革，然后我们全家的户口都会变成吃国家商品粮的非农业人口。妈妈说，这都是她的命好，是爸爸跟着她沾光。爸爸觉得这很不公平，明明是强词夺理。我观察到了，爸爸很认真的样子，他不是应该为全家这么做吗？男人和男人，我随时准备好了对付爸爸的策略。他就是一个不爱干活的懒蛋，让他干一次活，他就骗我和妈妈，说什么以后都是吃国家粮了。我想改变爸爸对妈妈这种欺骗的谎言，但是没有成功。

"爸爸在看报，你能不能老实点，小鳖蛋，"妈妈不耐烦地忠告我。

很显然，妈妈要么是很喜欢跟爸爸聊天，要么就是不喜欢我。要么就是喜欢被爸爸欺骗的谎言，明明知道这是不可能实现的谎言，妈妈都喜欢活在理想里。

那天晚上，我躺在自己的炕上翻来覆去睡觉的时候，妈妈走过来说，小鳖蛋，你得把被子盖严实点，伤风了还要打针吃药。我搂着妈妈的脖子说："妈妈，你觉得如果我使劲许愿的话，把爸爸赶走，他一定会去那个教书的地方，再也不回来了吗？"

妈妈沉思了片刻。

"他不会的，小鳖蛋，"她笑着说，"我想他是不会扔下你的。"

"妈妈，为什么呢？"

"因为你是他的孩子啊！"

"可是，妈妈我看见那只老虎的嘴里怎么还吃着一只小老虎呢？"

"虎不食子！能吃掉自己孩子的人，一定都是坏蛋，不是好人。"

我彻底失望了。我原本以为有一场很大的战争等着爸爸和我来挑战，结果泡汤了。

我一直觉得自己一个早睡早起的孩子。第二天早晨，我又跟往常一样醒来，我揉搓了一下眼睛，发现妈妈不在我身边，我看着窗户外黑着有点渐亮的天色，我抱着被子跳下炕，跑到隔壁妈妈的炕上。我突然觉得是爸爸在干坏事，他骑在妈妈身上被我逮着正着。爸爸有种负罪感的眼神看着我，然后从妈妈身上下来躺在一边累得不想说话，我二话没说，钻到他们的中间，我把后背给了爸爸，脸朝着妈妈。爸爸比妈妈要胖很多，占据了整个炕的一多半。我心里有点愤愤不平，被他粗壮的胳膊和大腿挤得不舒服。妈妈说，她该起来烧水给猪仔们煮地瓜了，我嚷嚷着不同意妈妈就这么打发我。妈妈半躺在我身边，指着我的嘴巴说，再不起来做饭，全家上下几十口嘴巴都等着她呢，岂不都饿成歪歪嘴了。我笑着，一会儿又在妈妈地哄着下，睡着了。

等着我醒来的时候，妈妈已经做好了一大锅的熟地瓜。屋子里都是地瓜的香味。

院子里鸡呀，猪呀，狗呀，都在哄哄唧唧地叫着。

只有爸爸还在死死的熟睡中，什么不管不顾。打着呼噜的声音让我讨厌，我嚷嚷着，让妈妈给我找衣服。

"小鳖蛋，小点声，别跟那些牲畜一样，把爸爸吵醒了。"妈妈埋怨道。

瞧妈妈这德行，总是替着爸爸着想，爸爸怎么不替她着想呢，爸爸怎么不起来喂猪喂鸡喂狗，睡懒觉呢。

"因为你爸爸累了。"妈妈一本正经地说给我听。

这是什么借口，爸爸每个星期回家干一点家务活外，就是睡懒觉。哪里的累？他肯定又是昨天夜里干了坏事。我心里气愤着。

"你爸爸教毕业班，每天工作很忙，早晨有早自习，晚上有晚自习，白天还要上一天课，只有礼拜天才是他睡觉的时间。"妈妈对爸爸的解释充满了感情，可是，你看看妈妈的身板瘦的如火柴杆，手指头的骨节都肿得很大，我对爸爸的工作感到虚假声势，谁知道他在外干的是什么营生呢。

我对妈妈说，"今天下午，咱们去大白石山摘松隆子吧，也许那里还有小松鼠呢。"

妈妈说，"哪里有松隆子，松树还没有开花呢。赶紧小点声。"顺便把缝纫机上的衣服扔给我。也不管衣服是正反，让我自己往头上套。

这个时候，爸爸醒了，他摸了窗台上的他的上海牌手表，一看时间都9点了。然后又摸起桌子上的火柴点燃一根香烟，半躺着炕上抽起来。

妈妈把一杯泡好的蜂蜜茶递给爸爸，我以前从来没见过妈妈什么时候对爸爸是如此的周到，以妈妈的性格脾气，根本不懂得这样对待爸爸。

我哭泣鼻子来，我也想要一杯蜂蜜茶。可是妈妈说让爸爸给我喝几口就行了，小孩子喝什么茶，还得占用个杯子。

爸爸一言不说，只是拼命地抽烟，在他眼里，大清早起来第一件事抽烟要比喝蜂蜜茶强多了。而我十分讨厌这臭臭的烟气，熏得满屋子，都冲淡了蜂蜜花粉的清香甜味。

我对妈妈的态度越来越不喜欢，我感觉她的思想彻底被爸爸控制住了。以前我总是想和妈妈一起睡觉，妈妈说这样对男孩子的成长不利于健康。可是爸爸这个懒鬼，不爱回家的家伙，还带着一嘴臭臭的烟味，妈妈倒不去嫌弃了，她丝毫没有考虑自己的健康问题。

我们坐在一起吃饭的时候，我和妈妈又谈到了爸爸，关于两个男人的健康问题。

我说着说着，妈妈竟然哭起来了。感觉天要塌下来一样。这可不是我们的妈妈。她是一直都不会在别人面前掉泪的人，突然之间，怎么哇哇哭了。这个时候，我希望走的是爸爸，而不是我。因为爸爸，妈妈才不高兴，因为爸爸，妈妈才一个人受累承担着全家老小的担子。

我不知道是哪根神经触动了妈妈，她哭着吃了一颗中药丸。黑黑的，圆圆的，有点苦味的药丸，我真想一把夺过妈妈手里的药丸，替她把这份苦吃了，妈妈的病就好了。

我看着爸爸，嚼在嘴中的馒头半截子咽不下去。这个讨厌的家伙，他把妈妈气成什么样了，还在吃着妈妈做的馒头。

"你别委屈了，"爸爸瞅着妈妈说风凉话。

结果，妈妈又大哭起来。

前一个星期天，爸爸没有回家，妈妈一个人去山里刨树根，把树根里冬眠的一条蛇切成了七瓣，妈妈吓得汗毛都竖起来了。扔掉了镢头哇哇大哭着跑回家。一想起那个情景，妈妈都要大哭，如果爸爸在场的话，可能就不会是这样的结局。

"妈妈，我要保护你，以后你就跟着我过吧。"我不动声色地说。

妈妈停止了哭声，心里至少觉得我比爸爸要爱她。

爸爸扑哧的笑出声来，他好像没有听懂我的意思。我知道他是在装蒜，始终觉得自己是一个国家的人民教师了不起。不管怎么说，妈妈很高兴，也许她觉得会有那么一天儿子会长大了替她争一口气。

"那不是太好了吗？"妈妈笑着对我说。

"那当然会很好的，至少我可以养着你，不用你跟着爸爸受罪了。"我很自信地说。

"宁愿要个要饭的娘，不要个做官的爹。"妈妈对我说。"儿子也会长大的，并且也会结婚生子，以后我就给你看孩子。"我就是老太婆了。

我听了之后乐开了花。因为这表明，虽然爸爸是国家干部，但是儿子们的心是跟种地的妈妈站在一条战线上的。所以妈妈松了一口气，把失落的心情调整到最佳状态。

不过以后的事情，事与愿违。妈妈变得越来越暴躁。首先妈妈心事重重，很多家庭的重担还是放在她一个人肩膀上。十一亩责任田，玉米，高粱，大豆，地瓜，小麦，拥有仅有。还要养着两头老母猪，一头老母猪一年产二十个猪崽子，一天要挑十担水，不管是刮风下雨，还是下雪，都要完成它们的口粮。

每一头老母猪的猪崽子卖掉了，妈妈都要把钱存到农村信用社，如果差一百不够一千的话，妈妈会向姥爷借一百凑齐。就是这样的生活方式，让妈妈变得像吃了炸药一般，一点就着。因为，妈妈像一头老黄牛一样在不停地挤奶。

苦头还真是来了！妈妈一下子病倒了。隔壁一个信神的大娘说妈妈的魂掉了，要请来香和纸钱，在房门口对着太阳光拜三拜，把魂叫回来。当时，我一直站在旁边看着隔壁大娘给妈妈叫魂的场景，一碗水，三炷香，一大摞纸钱，嘴中念念有词。突然间，碗里水的中间一团波纹散开，呈螺旋状，阳光直射到水中央，我被神奇的奇观惊呆。然后大娘摸了一把妈妈胳膊上的脉络，确定妈妈的魂回到身体。

妈妈好了，用养猪的钱买了一个宝石花牌的手表。妈妈说，不能这样亏待自己。妈妈是担心自己的身体有一天吃不消了。那天，爸爸下班回来，果真带回来一个漂亮的手表，正和妈妈心意。后来这块手表一只戴在妈妈的手上，一直到大哥读初中的时候，作为奖励品给了她大儿子。我一直耿耿于怀，从弟弟落地的那天起，妈妈就为他跑前跑后，不是爸爸的问题了，而是让我多照看着弟弟，不要欺负他，要让他多睡觉，不睡觉就不是好孩子。因为弟弟，爸爸工作降职，连罚八百工资。否则大队里的工作组就是天天催着妈妈到办公室去谈话，要求把孩子打掉。作为国家干部的家属，应该懂得计划生育超生的严重性。妈妈都气得牙痛了一个月，坚持把孩子生下来。这可倒好，自从有了这个孩子。妈妈总是说不要吵醒光光，不要欺负光光，弟弟的名字叫光光。我真不明白，这孩子为什么在该睡觉的时候从来不睡，在不该睡觉的时候非要睡。有时候，为了不让他睡觉，我偏要拧他一把，把他拧哭看算数。妈妈一转身的工夫，看到孩子在哭，又要扔下手中的活，来给他喂奶。那一天，妈妈把我逮住了，把我狠狠地踹了一脚，一脚踢在屁股上。

那天晚上，我说："要是家里再多一个宝宝的话，我非把他掐死不可，三个已经足够了。"天，再也不要下大雨了，妈妈再也不要去树林里捡那些没人要的野孩子了。让他们就在大雨中被大水冲走吧！

这话刚说完，半夜里，妈妈把我叫醒，说光光的眼睛看不见了。原因是光光半夜口渴，起来找水喝。妈妈把杯子递给他的时候，他竟然说，妈妈我看不见杯子在哪里。

我一路小跑，跑到姥姥家敲开了姥爷的大门。大舅来不及穿衣服登上自行车把弟弟送到了乡里的医院。那是一个多么好的医院啊，阿姨把光光救好了，第二天天亮的时候，我跟着爷爷去看光光的时候，他已经躺在病床上可以吃饭了。光光说，他要吃妈妈做的地瓜干馇馇，那是一种乡间百姓丰富日常生活的优良馒头。

我跟光光见了一面，爷爷又把我托回了家。妈妈在医院里照看着光光。

那一个星期的光景里，我跟着爷爷奶奶生活。像一个流浪者一样道遥自在。

村子上来了马戏团。只有大人买票才能入内。而我例外的进入表演区内，看它们精彩的表演，那是我一生当中唯一看过的一次马戏团表演。大象，老虎，狮子，狗熊，还有一匹老掉牙的骆驼，驼峰上的毛皮被那个狗杂种像薅一把草一样，薅的寸草不生。小丑，化妆的丑态逗人可笑，所有的动物在他的鞭策下一一上台表演。可怜的大象，老虎，狮子，狗熊还要眼巴巴地瞅着小丑手中的食品，这是它们表演的最大诱惑，没有了这种诱惑的欲望，动物园的物种面临着灭绝。

人群里有人，有人拉了一把我的衣襟，村上大龅牙告诉我妈妈和弟弟从医院回来了。

我冲出人群，向家中跑去。

在牌楼底下，妈妈抱着光光，大老原地站着。

光光戴着一顶绿色的毛线帽子，那是妈妈亲手给他织的。我摸着光光的小手，问他好了没有。光光笑着的样子像小日本，虽然我没见过真正的小日本，小日本是村上一个瘸子的外号，但是光光眼睛仍然还有点肿胀的后遗症，完全没有消失。

我和妈妈，妈妈抱着光光一起回家的路上。妈妈问我，看马戏团都看到了什么，我说有个可恨的小丑。不知道从哪里捡了一些没人要的大象，老虎，狮子，狗熊，让它们挨饿表演。

妈妈说，你长大了可以做一名小丑。我说宁愿做那些动物，我也不要做小丑。

小丑，把微笑献给了全世界。妈妈说傻孩子！

那天夜里，爸爸从外地请假回来了，他放心不下光光刚出院。妈妈把爸爸赶下了大炕，这是光光的地盘，他要随时照顾这个最小的伢子。早晨我醒来的时候，看见爸爸躺在我身边，我的腿搭在他的肚皮上，而他却睡得像一头死猪一样，他得到了和我一样的下场，都被妈妈赶走了。

阳历年临近的时候，我收到了爸爸送给我的一辆火车模型。

火车，火车，你快开，一路开到北京天安门。

妈妈，爸爸，大哥，我和光光，去照相馆照了一张全家福。

时年，一九八一，鸡年。

小团圆

离婚在家庭中有两种情况：

一是男人不负责任，性情粗暴，拈花惹草不说，还领进门守着老婆胡打狗干。

二是女人对着丈夫不忠，床上一套，床下一套，偷奸养汉，喜新厌旧。

其实，这两种情况用在男人和女人身上都不过。没有划清界限。

但居然有老婆跟着丈夫享不了清福的要离婚，真让人听去瞠目结舌，看来这女人是真的昏了头脑，闹到非离婚不可的地步了。

乔振达是岛城大学的高才生，人长得是英俊潇洒，风流倜傥，又继承了山东男人的优点，魁梧的身材，强健的肌肉，赛过世界男模。

每每走到哪里，乔振达总能给人们带去一阵强烈的旋风，尤其在女人堆里，更是让姑娘们看花了眼，就连他本人也陶醉了。

庄户人常说，宁愿有个穷命，也别长副穷相。

牛丽丽就是女人堆里的一张穷脸，都说她是寡相。嘴是兔子的三瓣嘴，这也是当年被亲生父母抛弃的原因。一副大脸盘真格儿是肉团，不说像个大瓦缸，倒也像个小瓷盆，一双香港女演员吴君如的眯眯眼，怎么看都没有吴君如顺眼。造物主规定好了，给演吴君如一双小眼睛早就她喜剧的文艺细胞，而给了牛丽丽就变得丑陋。外国人说中国人都一个样，说这话的洋人是没有辨别美丑的能力，是洋人眼瞎。

别看牛丽丽人长得丑了些，可真是个天不怕地不怕，牛气冲天的人。有一次她跟经理多要几块钱的加班费，两人在办公室里吵闹了一番不说，牛丽丽顺手捡起桌子上的茶杯泼了经理一脸的茶叶。茶水全都溅到了衣服上。

牛丽丽在公司里是出了名的老牛子。

老牛子不老才25岁，她嘴里爱唱的歌曲是《冬天里的一把火》……星星火光照亮了我，乔振达跟牛丽丽是怎么认识的，直到现在还说不清楚，旁人更没有一个标准的答案。

乔振达不是那种拈花惹草的公子哥，刚开始他和牛丽丽的相处只是为了他从来没有尝到女人的新鲜味儿，想从丽丽身上找到一点男人的尊严而已。对于老牛子来说，这不是癞蛤蟆想吃天鹅肉怎么地，况且又是乔振达这样的俊男。送到嘴里的美餐不吃白不吃，抵挡不住诱惑，想想都会有心跳加速的感觉，水往低处流，人往高处走。

乔振达是第一次，把处男之身给了牛丽丽。如果说是乔振达上了牛丽丽，还不如说是牛丽丽直接上了乔振达。

当时牛丽丽比乔振达还着急，一时没有做好保护措施，子弹直接打进去弹不回来了。乔振达没想到和牛丽丽做了一次，就中标了。痛苦的他咬牙彻齿。

乔振达虽不是惹了大祸，可是他捅破了天，这个窟窿无法弥补。

牛丽丽怀孕的消息在瑞森公司不翼而飞，人人都感到惊讶的是谁会跟老牛子做那种事呢，除非是眼瞎的看不见什么德行。

乔家老爷子也没想到，一手拉撒大的儿子竟做出了这个恶作剧，这不是败坏门风吗，乔家祖上的脸往哪儿搁呢。

乔家老太太气晕过去，老太太哭得昏天黑地，牛丽丽呢，知道拿着她没办法，天天挺着大肚子在乔家吃住。乔家老太太想说句粗话都不敢，一说就指着肚子说寻死寻活的话。他们乔家不喜欢的是牛丽丽，可没有不承认肚子里种。

关心乔振达的人都帮着出主意，想怎么能花点钱把这个事情打发掉，让牛丽丽回娘家生去，先封住口再说。乔振达还年轻，又是国家局机关重要培养骨干，开除党籍，断送前程就是毁了一辈子的人生。

在命运前途关键的时刻，乔振达不愧是高才生，他找了一个瞎眼老先生算了一卦。

卦书是上上签！

牛丽丽把《冬天里的一把火》唱的更欢了，偶尔也唱《我的心在等待》，她等待着和乔振达举办一个体面的婚礼。

牛丽丽把自己装扮的如花似玉，看上去再也不是以前的那个老牛子了。说话谈吐夹杂着文绉绉的词汇，尽管三瓣嘴偶尔表达不清，也不妨碍她的狂风暴雨，大喜的日子她浪的够呛，人人都夸她是聪明透顶的好媳妇。乔家的人也并没有觉得因为牛丽丽而失掉身份，突然之间接纳了她。

乔振达对婚姻看得过于美好，理想。

卦书上说，时辰到，要成亲。他是按照先生的旨意把婚结了。

牛丽丽的肚子一天天大起来，乔振达的思绪也一天天涨起来。他没有被要做父亲的激动冲破头脑。而是每天面对着这样一个啰唆的女人，突然厌烦了。两口子的话语也愈来愈不投机，不是我翻你几下白眼，就是你瞪我几下眼珠。

锅碗瓢盆叮当响，他们的生活正常不正常地演奏着。

十月怀胎，一个黄道吉日，牛丽丽顺产生下了孩子，一个白白胖胖的八斤八两的大小子。乔振达他妈，牛丽丽的婆婆第一个感觉不是兴奋和激动，而是冲向前去看看孙子的嘴唇，确定不是三瓣嘴再说。乔老太太和乔老爷子说，摸了一把孩子的鸡鸡，果真是个孙子。乔老爷子只是高兴地大喊，我也有孙子了，我也有孙子了……这时候最踏实的应该是牛丽丽了，她心里一块悬浮的石头终于落地了。

母以子为贵！孩子的出生，决定着母亲的命运，牛丽丽总算有个盼头了，要不真没有她的活路了。她在心里一遍一遍佩服起自己，心里头美滋滋地哼哼着小曲，星星火光照亮了我。

乔振达望着躺在牛丽丽身旁的大胖儿子，也禁不住流下了伤心的泪水，男儿有泪不轻弹，只是未到伤心处，他这是高兴的泪，心酸的泪，悔恨的泪，一切委屈，怨恨都流进了肚子里。看看这孩子长得面大耳方，粗胳膊粗腿，简直是乔振达小时候的翻版重新洗了一遍，乔老太太遇见来看孩子的亲戚朋友，都会这么朝着他们夸上几句。乔振达也心里开始尝到了甜滋味，冬天里的一把火把他原先幼稚狭窄的心房照亮了。

孩子带来了家庭的幸福，俗话说，劲往一处使，扭成一股绳，劲往二处分，分成两半锅。乔振达也不敢再有离婚和抛弃牛丽丽的念头了。

乔振达好了，牛丽丽的毛病开始在身上滋长着，她是破罐子破摔还是咋地，没有受不了的罪，只有享不了的福。

乔振达跑门子托关系，给牛丽丽找了一家卫生院干卫生员，活轻松挣钱也多，难能可贵的是更加体面。

牛丽丽也干劲十足，信心百倍，又拿出当年那股猛追猛打乔振达的虎劲，工作上蒸蒸日上。虽然只是一个小小的临时工，也得到了院长的许多夸奖和鼓励。

牛丽丽和乔振达的那张特别大结婚照旁，醒目地贴着那份荣誉证书，它被牛丽丽视为同结婚照同等重要的宝贵财富。

看着妻子在事业上的劳动成果，丈夫乔振达也得到了莫大的安慰，她在家庭中包揽了所有的家务劳动。等着妻子回家，他早早做好了饭菜，儿子的尿布尿裤子他一个男人做得比女人都熟练，甚至用什么样的奶瓶什么样的奶粉他都非常的内行，没有一个女人不在牛丽丽面前称赞她的丈夫，有时也竟说得她飘飘欲仙，激动得不知所以然。

表面看起来挺幸福的家庭，其实也有不顺心的事情潜伏着。

华秃子是牛丽丽在卫生院的一名工人，管着烧了几十年的锅炉，蒸汽的温度把他的一头黑发都烤成了白发，把白发熬成了秃瓢。四十几岁的男人，看上去活像六十岁老头，不知道的人看着他和牛丽丽一块上街走路，还以为是她老爹。

事情恰恰发生在这位"老爹"身上。牛丽丽每次干完了一天的活，临时回家之前都要去锅炉房提一大桶热水洗洗身上的八四药水味。日子久了，跟华秃子也拉上了话茬，一些家常无所不谈，牛丽丽甚至把她和乔振达的老底都搬出来，她要华秃子看看她的厉害之处，证明她不是普通的人物，她不是吃素的女人。

牛丽丽每次的话题都是高深莫测，华秃子只觉得丈二和尚摸不着头脑儿。

"真想不到，真想不到……"

这是华秃子对牛丽丽的日常惯用语。

真是谁也没想到应验了华秃子的那句老话，他是土地奶奶怀孕净是一肚子小鬼。有妻有室，有二十多岁闺女的华秃子在水房里和牛丽丽放了一把火。

一次不要紧，二次不要紧，他们男女间的活动在猖狂地进行着。也许华秃子看惯了家花的颓败，迷住了野花的娇艳。而牛丽丽有什么理由会对华秃子有冲动呢？比起来乔振达，华秃子长得没人样，干的工作又不行，而且又没给牛丽丽多少体面，更不用说给牛丽丽多少钱花花，说来挺怪。

牛丽丽也似乎找到了一辈子的知音，华秃子这种粗糙的男人才是她心目中的对象。他们是臭味相投便称知己，还有着相同的感应，这是一种语言和肉体上的默契。

二姑娘肿脊梁——难看还在后边。

自从牛丽丽跟华秃子偷偷摸摸睡了一觉后，说话都是前言不搭后语，驴唇不对马嘴。吓得乔振达整天围着牛丽丽转悠，他实在不忍心丑老婆给他养了一个儿子再出现精神上的问题，乔振达摸着牛丽丽的额头，难道老婆中邪了，还是女人的更年期提前了，乔振达不明白，他从来没在牛丽丽身上花这么多工夫，再怎么想，也想不明白。

牛丽丽下班回家越来越晚了，乔振达问她为啥不回来给孩子喂奶水，都把孩子饿得嗷嗷叫。牛丽丽说她在卫生院里加班加点，工作挺累的，回到家里饭也不吃，躺在床上就进入了梦乡。乔振达可是又当爹又当妈把孩子喂饱后，哄着儿子睡了再收拾一顿家务活。一个月来乔振达和牛丽丽根本没有那种肉体上的关系来往，每次想要求的时候牛丽丽都是坚决地拒绝，恨不得拒丈夫千里之外，要不就是身子蜷缩着一团朝外睡。表面呆如木鸡的牛丽丽，此时觉得自己的身份比维多利亚女皇还高贵。看她那个模样像一只蜷缩的大母狗，面对着她的姿态，乔振达的欲望全没了，在乔振达还没变成一条公狗之前，他只有无能为力的份儿。一夜之间两个人你扯一下被子，我拉一把毯子，结果害得他们的宝贝儿子第二天感冒一顿，孩子不停地咳嗽起来，把小脸都震得红嘟嘟的，一个这么小的孩子能顶得住两口子的折腾吗。

乔振达的娘和爹一看孙子患了病，都一齐急红了眼，把所有的怨恨都洒向了儿子身上，数落得儿子一处都不是，在情急迫不得已之下，乔振达举起了巴掌扇了牛丽丽一耳刮子，这是第一次打惹祸多端的妻子。

这一巴掌下去，扇得牛丽丽头发凌乱，眼睛冒金光；扇得她耳朵放火，鼻子出血；扇得她直接躺在了床上放声号啕大哭，那个伤心劲儿好像天要塌下来一样，让人都感受到她的疼痛。

星期天下午乔振达下班回家抱着电视看足球甲A联赛的时候，一张参差不齐的纸片在电视剧上压着，他也没有在乎上面涂了什么东西就继续看他的足球联赛了。直到儿子叽叽哇哇着饿了想吃奶的时候，他才离开电视机忙着进了厨房。

孩子在乔振达娘的怀里，又跳又蹦，又哭又嚎，眼泪汪汪地在屋子里搜寻着什么，但大人们又不明白小家伙内心的世界，任凭他怎么撒欢都无动于衷。

孩子是悲惨的孩子。

秋后的黄昏，乔振达一家子人都在等候着牛丽丽归家进餐。他们等得月亮都不耐烦郁郁地爬上了树梢。

"丽丽这是干什么去了，按说早下班回家了啊？"

"这些天，孩子娘回来这么晚，像是外面有赚不完的钱，干不完的活。"

乔家娘说了爹说，乔振达嘴里不说什么，心里可火冒三丈，他已经预感了战争早晚会在今天爆发。

电视机上的纸片，再次引发了乔振达的关注，不看不知道，一看吓一跳，真是出乎人意料的爆炸性新闻。

"我和华秃子不混出个人模狗样来给你们看看，我牛丽丽就不算是老牛子。"

乔振达这是招谁惹谁了，引来牛丽丽如此大的壮举，离家出走，实在是令人震颤不已。

出事后的第二天，大街小巷早已经传遍了她们的花边新闻，激动得老百姓看到乔振达就指手画脚，有讽刺的，有打抱不平的，也有祝福的，不管怎么说这件事发生在谁人身上都是件丢人现眼的事。

"振达，你赶快把你媳妇找回来吧。"

"振达，那样的丑老婆不要也就罢了，咱爷们也不差她一个。"

"唉，振达，你这孩子啊，说你什么好呢，你是怎么把人家欺负跑了，牛丽丽再差，不还是给你生了个胖儿子，你这小兔崽子可得有良心啊……"

在这些众人流言蜚语的唾沫下，乔振达他挺住了，他不知生活会如此虐待他，他也不知道做错了什么，他更不知道牛丽丽在哪方面讨厌他了，丢弃他。他认为自己是一为堂堂正正的男子汉，整个来说，再也见不到他这样的男人了，可到头来是他最终被遗弃了，他无法向别人哭诉内心的失落。

更欺人太甚的是，华秃子拐跑了牛丽丽，华秃子老婆一个卖菜的菜贩子竟然跑到乔振达家门要人。这不是给人戴绿帽子戴到家门口了吗。

乔振达越想越气，牛丽丽是明摆着要气死他。不留那张纸条还好，让人看了都觉得可笑，越可笑越可气。乔振达在苦苦地和他的名誉做着斗争，国家单位赫赫有名的高才生，事业上如日中天，婚姻却跟他开了个不折不扣的玩笑，哪里会想到为了图个一时的快乐，释放一下荷尔蒙，就招祸上身。这一祸端可彻底把他多年经营的梦想和甜蜜的果实给敲击碎了，他感到命运的天平和砝码是如此的不公平。

婚前婚后的反差，沉沉打击了乔振达。牛丽丽这把火实在是烧得他心里难受。

听说华秃子的老婆菜贩子，在家里也不自在。在东北的小姑子，华秃子的妹妹偷偷地从电报局拍了一个电报让嫂子去那里领人。言外之意都明白，小姑子可不想烙下个窝藏犯人的罪名，虽说大哥华秃子在她家里的日子肯定不会长，但还得真心真意的照顾他们。甚至吃饭时候，都得为和华秃子一起私奔的牛丽丽伺前顾后忙得不亦乐乎，始终还得强装着一张笑脸奉陪着。

女人不要张好看的脸，要张能干的双手。

瞧瞧牛丽丽那模样，她和华秃子俩都彼此彼此，狗配狗，鸡配鸡，谁也不嫌弃谁，谁也犯不着谁。真都一个德行。

华秃子的老婆菜贩子在家里又气又急。气的是狗老秃子丢了老婆孩子去东北私奔，急的是她不能去东北一下子把狗老秃子抓回来，一把撕了牛丽丽那破丫头。

婚姻就是一座坟墓。尤其是没有爱情的婚姻更可怕，这样凑合的日子过不长久。

如果华秃子的老婆菜贩子不是挑男人挑花了眼，她宁愿去当尼姑庵里做尼姑，也不会嫁给秃得没了毛的狗老秃子。她这一辈子可要跟着这个老秃瓢窝窝囊囊的生活了。

华秃子去东北私奔的钱都花光了，给妹妹一家子每人一点见面礼就去了千儿八百块，给牛丽丽再买点像模像样的衣服，细细算下来也就所剩无几了。聪明的妹妹一家人也不敢继续收留他们，给他们备上点行李就送上了回老家的火车。

华秃子和牛丽丽要是在半道上丢了人，跟妹妹家是一点关系都没有。

华秃子和牛丽丽真的没胆量敢回来，他们要混出个人模狗样来，还没怎么混就心底凉了半截子。火车停在河北沧州站的时候，他们俩真是半道上跳下了火车，投奔另一个亲戚。

火车开走了，多年失散的亲戚也没有找到。他们像流浪人一样沿着铁路线行走。

一个月后已经是渐冷的初冬。冰霜在铁轨上铺了厚厚的一层。华秃子和牛丽丽过着一路乞讨的生活，走到了胶东。

华秃子和牛丽丽一同出现在单位的时候，他们的工作岗位已经有了新人代替。单位开除了他们的工作关系。烧锅炉的不再是华秃子，打扫卫生室的也不是牛丽丽。他们面对着工作和家庭的双向选择，从此没有了牛丽丽哼哼唱着《冬天里一把火》的狂放。

近些日子，乔振达的耳朵了又灌进了许多垃圾碎片，牛丽丽的花絮一再地飘进他的耳洞里。

"振达，丽丽回来了，你还不快接回家去。怎么也是孩子的妈呀。"

"振达，华秃子那样的男人，沾过的女人你还要，一脚踢走，别污染了你。"

"振达，你可得给牛丽丽多洗洗澡啊，免得床上不卫生。"

动听不动听，入耳不堪的话传到他的心窝里，给他原本平静的生活又多添了几分愁闷，把他在单位的成绩和声誉抹杀的一沓涂地。乔振达这个人还是很有肚量的，他是一个有知识有文化的人。

但是要乔振达容忍牛丽丽的过错，一失足成千古恨，他还是办不到，这也太损害他家的光荣传统了。

华秃子的老婆菜贩子可不行，她再厉害也是女人的刀子嘴豆腐心。毕竟这个秃老鸟已经同她风雨十几年的生活。当她听到丈夫老秃子回家的时候，她彻底兴奋了。以前所有的刺心的疼痛都化作了幸福的眼泪，她连拉带拖地就把华秃子拖回了家。

牛丽丽依然无路可走，当她再去华秃子家时，华秃子老婆出面要把牛丽丽的嘴彻底撕烂。这次牛丽丽真正感到了什么叫上当受骗，她懊悔都已经晚了。

牛丽丽在迫不得已的情况下去了县城最好的澡堂子冲刷了一下肮脏的躯体和灵魂，但她的殷勤没有换来丈夫的疼爱。

他们两个人的婚姻最终在冬天里散伙。

流浪狗

下午一声闷雷刚过，暴雨将至。

雨点子溅起老高的水花，把过路的行人都淋跑了。

皇亭子小区跑进来一条狗，它东瞅瞅西瞅瞅，蜷缩着尾巴，外貌平凡不说，四只小腿还瘸了一条，身上的毛被雨水淋过后顺着身子耷拉成一溜一溜的，它跑几步停下来左顾右盼，眼看着黄昏来临，它找不到回家的方向。

查二家的女人说，这是一条流浪狗。是谁在这个闷热的大雨天抛弃了它，还是它跟着它的主人走丢了。看看它的毛色错不了，就是一条被主人遗弃的狗。这条狗在皇亭子小区整整混了三天也没有人领养，每天在这条道上夹着尾巴跑来跑去，只要一有人从它身边走过，它就特别敏感地跑开几步，像身上安了发条弦子一样快。查二家的女人有时候会走近流浪狗说，这是一条什么品种的狗，反正不是什么名贵的狗，也就是家里的土狗下的崽子，集市上也就三十四十块钱。当然啦，这可比不上查二家女人养的狗！

查二家女人的狗，在众狗里也不是什么名贵的狗，虽然是西施和吉娃娃的串。否则就不会给一条狗起名字叫丑丑。丑丑虽然和这条流浪狗的品种没什么区别，但是它们的出身却相差万别。丑丑的毛色发亮，浑身胖乎乎的，像原始社会的小地主，尤其查二家的女人喜欢打扮这条狗，还给它身上缝制了一件漂亮的牡丹花外套。像是宾馆那些站岗的小姐迎接客人时穿的旗袍，返璞归真是对过去时代感的怀旧。

前些年，查二家的女人并没有养宠物狗。她是一个很爱赚钱的女人。在皇亭子小区整个夏天里她几乎不分白天黑夜地守着一堆绿皮西瓜卖。这是一个靠近艺术学院的社区，不大的小区总共有四排楼房，二十米长的街道，一眼能看到夹尾巴的流浪狗更何况看穿人。

查二家的女人原本不是本地人，老家在安徽一个叫芜湖的地方。因为17,8岁来京城打工嫁给了没有媳妇的查二。查二原本是本地的农民，因为北京建设三环改造，把农民的房屋拆倒了国家还了二套楼房，查老大和查二，查三一人一套。查老大和查三都早早地结婚了只剩下查二光棍一条。老娘看在眼里急在心里。老娘和查二一起过日子。

查二家的女人刚来京城就是在朋友的介绍下来到皇亭子小区卖西瓜。外来人口时不时地被城管驱赶，尤其是小商小贩。那年夏天查二是被这个安徽女人的一个西瓜给甜到了心窝子。心里一高兴，查二就喝了一斤红星二锅头，壮了壮胆量，把城管几拳就打趴在地上。城管报警，警车几分钟赶到，警察欲把查二带走处理，查二的老娘出来不干了，直接一头撞在警察的怀里，说城管抢儿媳妇的西瓜，警察欺负妇女老太太了，也帮着打人了。警察个个都是年轻的小伙子，刚踏上工作岗位不久，女人一出手这就是作风问题了。他们一看动谁也不能和妇女动手，欺负谁也不能招惹地头蛇。警察说这是误会，上了警车就走了。城管一看警察跑来，他们再也不敢找这个安徽女人的麻烦。

查二老娘会做人，一出面把事情铲平了，而且还白捡了一个儿媳妇。从此，查二老娘也成了皇亭子的一霸，因为有警察撑腰，谁也不敢惹她。

卖西瓜的安徽女人嫁给了查二，成了真正的北京人。一起来打工的姐妹们都羡慕她的福分。

没多久，查二老娘的日子就变得不好过了，家里所有的财务都归安徽女人管。查二老娘退居二线。安徽女人管着这管着那，查二成了缩头乌龟，什么都不敢给老娘。查二老娘的一霸名气没上演多久，就一气之下病倒了，彻底坐在了轮椅上。

查老大一看自己的亲娘昨天还活蹦乱跳的，一夜之间就成了残废，哑口无言。哥三个开会商量轮流照顾老娘的生活起居。安徽女人开口说话了，她只出钱，什么也不管。连哄带骗的把老娘推出了家门。自此以后，老娘不是在老大家就是在老三家。包括亲生儿子查二都没去给老娘倒过一次尿盆。

安徽女人开始有了权势，连西瓜也不卖了，直接雇了本乡的一个小伙子照管着西瓜摊。她怀里，整天抱着一条狗。

这条叫丑丑的狗，和安徽女人长得一模一样，鼓鼓的眼睛，薄薄的短嘴唇，圆圆的额头，忽闪着招风耳。查二老娘每次看着这个安徽女人怀里抱着狗从她身边路过的时候，总是斜视着眼睛，说不出的仇恨。不知道是恨这条狗，还是恨这个女人。

查老大和查三不分时的照看着老娘，查老大有些时候是下班后推着老娘出来，查三有些时候是一整天照管着。查老大是最认真细致的照看，有太阳了就把老娘推到树荫底下，日头西斜了晒到脸了，再挪挪位置，跟着查老大的时候老娘心里是不委屈的，还是不是的有大儿子给点上根烟抽抽，暂时忘了自己心头的病痛。跟着查三就不怎么舒服了，查三喜欢打牌，把老娘往路边上一放，三个小时四个小时赌钱是经常的事，老娘坐在轮椅上只会哭，哭得鼻涕流进嘴里也说不出话来，因为老娘的嘴都歪了，话不利索不成音。路人只能看着她哭，莫名其妙的不知道哭什么。查二家的女人怀里抱着那条鼓鼓眼的小狗也不多愁老娘一眼，假装没事一样。倒是怀里的小狗冲着老娘吐吐几声。查二老娘很讨厌儿媳妇，这个安徽女人怀里的狗，因为这条经常跑到她的轮椅脚下抬头望着她，就那么一个眼神不变的看着，老娘手里拿着吃的火腿肠一旦手哆嗦起来掉在地上的时候，它就急忙刁到嘴里囫囵吞枣似的咽到肚子里。老娘气急了朝着小狗吐一口唾沫。查二家的女人很反感这个小东西一不小心就溜走了，跑到老东西的身边。查二家的女人会朝着狗脑袋拍两下，还没拍下去的时候就吓得狗眨起眼睛来。查二家的女人说，非买条狗链子拴着它不可，省的往那个老东西身边跑。

查二在花园路派出所上班，因为一次和警察的交手，到所里上班了。他的任务，就是顺着元大都公园遗址巡逻，有事没事背着一个包，一手拿着一瓶红星二锅头，一手提着一袋花生米，知道他的以为是警察值班，不知道的还以为他天天游手好闲吃饱饭没事溜达呢。

查二回皇亭子小区的时候，看见老娘在哭，把老娘推到自己家的西瓜摊位前，老娘看着眼前一个个发绿的大西瓜就不再哭了，不哭，是因为太阳晒不到自己了；过一会儿又号啕大哭了，又哭，是因为馋西瓜吃。查二找到查三大骂一顿，查三手里捏着一把牌把老娘推走了，老娘边走还是边哭，推到打牌人的前面，查三给老娘点上一根烟，老娘又不哭了，她在一群人的吆三喝五声中，烟雾缭绕中过了一下午。

皇亭子流浪狗出现的时候，是一个黄昏的下午，因为大雨和闷热的天气，查二老娘没有推出来蹲路边。都是已经几天过去了，流浪狗还是确定没人要是被遗弃的时候，查二老娘被查老大推出来了。老娘坐在轮椅上，虽然中风了一段时间，但是坐在轮椅上的风采依然不减皇亭子一霸的帅气，穆桂英挂帅不牛，牛的是佘太君。查二老娘一手夹着烟卷，一手拿着一个蒲扇，轮椅的把手上挂着一个老式的收音机，刚刚能听见嗡嗡的响声，不知道在播着什么新闻。流浪狗还是照旧在皇亭子小区里跑着，一会儿停住脚步东瞅瞅西望望，有人断定这条狗的记忆好像昨天就是住在皇亭子，怎么今天就找不到回家的路呢。否则不会只在这一条街道上跑来跑去，像一条死魂灵。

当流浪狗和查二老娘的眼神碰撞的一瞬间，好像找到了知音。流浪狗一步一步走向查二老娘的脚下，在她裤腿上闻了闻，又抬头看了看，然后屁股朝地上一坐来了个标准的狗蹲式，特别忠诚地看着老太婆，像等待着发号施令。查二老娘把手里的肉包子毫不吝啬的往地上一扔，结果菜和肉洒了一裤腿，流浪狗站起来把裤腿上的食物一一舔干净，然后又把地上的舔干净。摇了摇尾巴又来了一个标准的狗蹲式，眼睁睁地盯着老太婆不放。

从此，流浪狗每天跟着查二老娘过日子，老太婆虽已人约黄昏后，泥菩萨过河自身难保，还另外养了一个小祖宗。这似乎是在和查二家的安徽女人过不去。其实不论比什么，老太婆都比不上安徽女人，老太婆老了瘫痪在轮椅上，曾经的皇亭子一霸顿时没有了威风，霸气倒是被儿媳妇安徽女人给抢走了头衔，论小狗，老太婆的流浪狗自然比不上查二家女人怀里的宠物狗，但是坐在轮椅上的查二老娘还是咽不下这口气。

时间长了，流浪狗和查二老娘的感情也深了。流浪狗经常坐在查二老娘的腿上。皇亭子小区街道卜又多了一位看风景的放哨士兵。

查二家的安徽女人还在顾着小伙子卖西瓜，一车一车的绿皮西瓜每天都要卖的空空的。查二家的女人，经常，一边手掐着烟卷，一边手拿着半边西瓜啃着。那个叫丑丑的狗，一走一停一走一停，像个小地主般挪不动脚步。安徽女人在前面大喊着，不赶紧走，把西瓜给流浪狗吃了。丑丑听到流浪狗要吃自己家的西瓜，虽然走不动了，也要不情愿地走，屁股一甩一甩的，连步子都迈不开了。站在老太婆腿上的流浪狗看到丑丑就急跳下去追上它的屁股闻闻，这一闻，丑丑就彻底不动了，把屁股翘得老高了，流浪狗把嘴狠狠滴伸进去舔，舔得丑丑伸舌头。安徽女人一看，扭头跑回来，用没吃完的半边西瓜砸流浪狗，西瓜皮狠狠滴砸在流浪狗的狗头上，嗷的叫一声跑开了，丑丑瘫坐在地上了，自己回过头来舔舔自己的臀部看着安徽女人，一股不爽的眼神告诉主人破坏了它的好事。安徽女人抱起丑丑说，我家的漂亮公主怎么能和那个破玩意交配呢。要交配怎么也得去公园里找虎子。虎子英俊，虎头虎脑，体魄健康，四肢发达，虎子他爸还是公安局长，任你怎么配都没事。丑丑听着妈妈安徽女人的话用舌头舔了舔嘴角。

　　流浪狗跟着老太婆后，生活有了新的变化。它替代了查老大和查三的任务，照看着老娘。查老大用一根细绳把流浪狗拴起来，绳子一头攥在老娘的手里。它以后再也不是流浪狗，是名花有主的小少爷。流浪狗生活好起来以后，也完全失去了自由。它只能牵在老太婆的手里，就算看着丑丑出现，它也逃脱不出去。也有些时候，它会一个劲地往外挣一挣，跷起脚来，脖子依然被紧紧地勒住。就在这样的时光中，它渐渐地失去了一条公狗该有的本能。不再跟它的同类接触。经常有些男狗和女狗在它身边打情骂俏的时候，流浪狗就拼命地往外挣绳子，它把所有的狗都当成了敌人。老太婆死死地把绳子攥在手里，被流浪狗拖出去很远，时间长了，流浪狗成了老太婆的骡子，马一样使唤，总比坐在轮椅上始终待在一个地方要舒服很多。老太婆斜视着眼睛，几乎是半躺坐在轮椅上，被流浪狗来回拉着走，邻居大妈看见了总要躲闪到一边让路，有点坡脚的二大妈被这一幕惊讶的吓傻了，浑身直哆嗦。哎哟娘啦，要是把老太婆从轮椅上拉翻了个，岂不呛个狗吃屎。这太要命了，查老大呢，查三呢，她吆喝起来。

流浪狗把老太婆从皇亭子小区拖到了元大都城墙遗址的公园路上，这里车辆繁多，但是不用担心老太婆的下场，流浪狗拉一阵停一阵，总是挑着平和的路面走，一旦遇到坑洼的地方，它会自然停下来，确定安全后再启动马力行驶。路过前进小学的时候，很多放学回家的孩子背着书包吵闹着，查二家的孩子看见了奶奶坐在轮椅上孤零零地停在学校门口高兴地跑上去，惊讶之余是奶奶怎么来接她放学回家，自从坐在轮椅上这还是大姑娘坐花轿头一次呢。

流浪狗闻到了自家主人老太婆孙女的气味，高兴的又作揖又跳跃，老太婆嘴角也是似笑非笑般半张着嘴巴说不出话来。

孙女在背后推着奶奶，流浪狗在前面拉着车。他们在人群中特别的耀眼。

一天黄昏，坐在轮椅上的老太婆没有按时出来乘凉。邻居二大娘说已经有几天没有看见老太婆和她的那条流浪狗了，瞧瞧吧，她的那条流浪狗多么乖啊，简直比自己儿子还孝顺。话还在嘀嘀咕咕说着的时候，从巷子里走出来了三大娘。三大娘说，老太婆昨天夜里死了。真可怜啊，等发现的时候，老太婆已经从床上掉在地上咽气了，身边没有一个儿女，只有那条流浪狗坐在她身边流泪。真不一般的感情呢，听起来就怪可怜的，让人心痛啊。三大娘和二大娘说着的时候，几乎是流了一脸的泪水。我要是到时候，儿子不养我的时候，我也去大街上捡一条狗回来。我对狗好，它也对我好，我对它好，它对我不好，我就把它煮着吃。二大娘啧啧起舌头来，你要是儿子不孝啊，都能把儿子煮了吃，谁还敢对你不敬。

老太婆死了后，流浪狗又回到了皇亭子大街上生活，它又恢复了往日的自由。可是它从来不踏上皇亭子大街一步，它总是蹲坐在老太婆的门口等着主人的使命，希望自己尽可能地拉着老太婆上大街去逛一逛。它不明白的是，老太婆死了，三个儿子没有一个人哭，只有查二刚张开嘴哭的时候，就被安徽女人给捏回去了，安徽女人说哭什么哭，只有你会哭吗，还是你哭的比别人好听。查二说瞧你那个德行，自己老娘死了还不能哭，难道你死了才能哭啊。安徽女人一听气不打一地来，抱着怀里的丑丑扭头就走了。

流浪狗看在眼里，它不明白这是个什么世道，它不明白这是个什么家庭，有这么不孝的子孙。

出入老太婆家的人很多，都来忙着办丧事。个个都做得比老太婆活着还要热情。有人嫌弃流浪狗在这里碍事绊脚的，上去就踢它一脚，它换个地方，又有人上来踢它一脚。它挪来挪去实在成了绊脚石，就跑到门楼下的门口去。

扔垃圾的三大娘把一兜骨头扔在了垃圾桶旁，流浪狗闻到了气味，嗅了嗅识别的鼻子，跑去就吃。三大娘看在眼里，瞪了流浪狗一眼，用脚就踢开了。你是什么玩意啊，整天围着老太婆团团转悠，现在我看你怎么办，那个老东西活着是皇亭子一霸，死了就是鬼。你还以为你会有什么好下场，做你的美梦去吧。

三大娘和老太婆有矛盾不假，那都是多年以前的事了。其实，她们都是在皇城根脚下长大的娘们，非得挣个什么一霸之类的美名。三大娘说，乾隆皇帝赐的那块"蓟门烟树"石碑就在她的家门口，言外之意就是她才是真正的一霸。就差点说当年皇帝给她立牌坊了。

有一个月，两个月，三个月没看见流浪狗了，自从老太婆死后。二大娘和三大娘嘀嘀咕咕着。"那条流浪狗一定是被老太婆带到外星球了，不，也可能带着下地狱了……"这句话音未落，瞧，那条流浪狗又出现了，一瘸一拐的，是被谁打断腿了吗？这么可怜的家伙，怎么出去逍遥法外，又回来了。

昨天夜里，也就是流浪狗回来的这个夜晚，查二家安徽女人的狗，突然被雷声劈死了。有人说，这是她伤天害理，不养老人得罪了雷公公。三大娘说，她亲眼看见查二喝醉了酒，把狗灌了一瓶子红星二锅头，然后夜里就死了。还有二大娘说，这些说法都不对。查二家的女人，她是把自己狗给毒死了，流浪狗把安徽女人的狗终于给骑了。要不流浪狗一瘸一拐的从西瓜摊走来，那是死亡的下马威。

"只有死亡才能换回安徽女人的面子"，几个娘们叽叽喳喳起来，一直到秋天，老太婆经常坐在遮阴的梧桐树落下了一片片泛黄的秋叶结束。